L'OMBRA DEL MALE

LE INDAGINI DELLA DETECTIVE KAY HUNTER

RACHEL AMPHLETT

CAPITOLO 1

Alexandru Popa si massaggiò la schiena con le nocche, contemplando la leggera foschia che si levava sopra i tralci di luppolo.

Erano passate da poco le sette del mattino, e si prese un istante per godersi una delle albe più belle che avesse visto dal suo ritorno nel Kent, a luglio. Il paesaggio ondulato del Weald era un tripudio di sfumature di verde dopo un'estate di acquazzoni e sole, e il luppolo cresceva rigoglioso.

Spalliere intrecciate a mano fiancheggiavano la distesa di luppolo sul fianco della collina in file ordinate che si estendevano per diverse centinaia di metri, interrotte a tratti da corridoi naturali per consentire il passaggio del trattore e del rimorchio per la raccolta, una volta che Alexandru e gli altri braccianti avessero reciso i tralci. I tralci si avvolgevano lungo fili metallici che erano stati intrecciati tra febbraio e marzo, pronti perché i primi timidi germogli vi si aggrappassero in aprile, e i mesi estivi erano poi stati impiegati per guidarne la crescita fino a farli diventare le piante alte otto metri che ora lo sovrastavano.

Fornivano un po' d'ombra sul terreno argilloso e arenario, inaridito, cotto e spaccato dall'ondata di caldo di fine estate, e lui si fermò un istante a fare un respiro profondo.

C'era un aroma che sfidava ogni descrizione e che faceva esultare il cuore di Alexandru. Dipendeva dalla varietà di luppolo accanto a cui passava, ma poteva variare da un odore di terra, genuino, a uno agrumato nell'arco di pochi filari. Fece scorrere la mano callosa sui coni di luppolo maturi più vicini con un tocco leggero e allenato, frutto di anni di viaggi stagionali dalla Romania per offrire la propria esperienza e manodopera al personale a tempo pieno.

La fattoria apparteneva a un'azienda affermata che forniva luppolo a diversi birrifici artigianali indipendenti della contea, oltre a uno o due al di là del confine, nel Sussex. Entro la fine del raccolto di settembre, Alexandru e i suoi colleghi avrebbero lavorato dalle dieci alle dodici ore al giorno per raccogliere diverse migliaia di tralci, ognuno destinato a diventare parte della fiorente industria locale della birra artigianale.

Aveva anche sentito voci di birrifici più lontani che stavano facendo ordini per l'anno successivo, a seconda di come sarebbero state accolte due nuove varietà al festival del luppolo verde del mese seguente.

«Tieni.»

Al suono di una voce si voltò e vide Daniel Ionescu che gli si avvicinava, un thermos in mano, e inarcò un sopracciglio. «È caffè?»

«Justin è arrivato col trattore cinque minuti fa e ha portato provviste fresche.»

«Sapevo che mi piaceva per un motivo.»

Daniel sorrise e gli passò una delle due tazze di latta, poi si tolse lo zainetto e lo posò a terra prima di stappare il thermos e versarne una generosa porzione. «Come va la schiena?»

Alexandru agitò la mano libera in risposta.

«È l'età,» disse Daniel.

«Vaffanculo.» Soffiò sulla superficie del liquido caldo e chiuse gli occhi, assaporando i chicchi di arabica prima di berne un sorso cauto. «Raccogliamo ancora questi oggi?»

L'uomo più giovane alzò lo sguardo verso la cima dei tralci, osservando i fili metallici che si incrociavano in alto. «Dice che sono pronti.»

«Credo che abbia ragione.»

«Sei d'accordo con lui?»

«Non è paziente come suo padre, ma sì, sa il fatto suo,» disse Alexandru, fermandosi a bere un altro sorso. Indicò i tralci dall'altra parte del sentiero di terra battuta. «E non ha paura di provare nuove varietà. Quelle sono andate molto bene quest'anno.»

Daniel arricciò il naso. «Ha trovato un acquirente?»

«Un nuovo birrificio artigianale a Maidstone ne vuole la metà.» Alexandru finì il caffè e rovesciò i fondi sul sentiero, lontano dai tralci per non alterare il delicato equilibrio dei preziosi nutrienti del terreno. «Hanno già fatto un ordine anche per l'anno prossimo.»

L'altro spalancò gli occhi. «Possono farlo?»

«Non volevano aspettare il festival del luppolo per non rischiare di perdere l'occasione, ma, stando così le cose, non credo che avrà problemi a vendere il resto una volta che si spargerà la voce.»

«Bene.» Daniel gli prese la tazza e le lasciò cadere entrambe nello zainetto insieme al thermos. «Allora vuol dire che avremo lavoro anche l'anno prossimo.»

«Pare di sì.» Alexandru si interruppe al suono del trattore, qualche centinaio di metri alla sua destra, oltre i tralci, e indicò con un cenno del pollice i tralicci accanto a loro. «Meglio rimettersi al lavoro.»

I due uomini si incamminarono verso la fine del filare, dove rombavano due trattori rossi, uno con una piattaforma di raccolta agganciata sul retro, l'altro che trainava un rimorchio.

«Pronti?» chiamò l'uomo con la piattaforma. «Pensavo di iniziare da questo filare prima che il sole si alzi troppo, i tralci restanti ci faranno un po' d'ombra mentre lavoriamo.»

«Pronti, Howard.» Alexandru soppesò la falce dall'aspetto minaccioso nella mano callosa e guardò prima il luppolo più vicino, poi Daniel. «Vuoi salire tu di nuovo?»

«Vai tu. Ci diamo il cambio tra un'oretta.»

Tirando fuori dalla tasca posteriore dei jeans un cappello da pescatore di cotone floscio e sistemandoselo in testa, Alexandru sollevò la barra di sicurezza e si arrampicò sul cestello d'acciaio, piantò i piedi sul pavimento a griglia e attese mentre Howard ne controllava la salita. Con un unico movimento fluido si ritrovò in aria, in grado di allungarsi e tagliare la cima del tralcio con un solo colpo di falce.

Di sotto, Daniel fece lo stesso, lasciando che qualche

centimetro del tralcio sporgesse dal terreno, e portò i resti al rimorchio trainato dal secondo trattore prima di tornare indietro.

I due uomini ripeterono l'operazione lungo tutto il filare di luppolo, prima che Howard abbassasse la piattaforma e Alexandru scendesse, mentre il trattore si posizionava per percorrere il filare successivo.

Il rimorchio era pieno solo per un quarto e il motore del secondo trattore girava al minimo, mentre l'autista aspettava che ricominciassero il processo di raccolta.

Mentre la piattaforma lo sollevava in aria, Alexandru si prese un momento per ammirare il paesaggio. Ne era certo, non se ne sarebbe mai stancato. Da lassù poteva vedere lungo i tralci e oltre, verso il sentiero sterrato principale che dal campo conduceva al cortile della fattoria. Un vecchio muro di pietra correva per tutta la larghezza della piantagione di luppolo, scomparendo in un boschetto di faggi, querce e frassini che veniva rimboschito con parte dei profitti dell'azienda agricola. Il cancello che dal campo portava al cortile era lasciato aperto per facilitare l'accesso ai due trattori e agli operai. Al di là, erano parcheggiati un fuoristrada verde scuro e un pick-up blu usati dal proprietario e da sua moglie.

La casa colonica era in stile tardo vittoriano, un edificio imponente che rifletteva il sole del primo mattino sui suoi muri di mattoni rossi e sul tetto di tegole in argilla. Ci fu un movimento presso una porta sul lato dell'edificio, e poi Justin Mallory, il proprietario, attraversò a grandi passi il cortile in direzione di una stalla ristrutturata sul lato opposto, adibita a ufficio della fattoria e a rudimentale sala ristoro per il personale. Aveva una mano accostata alla testa, e Alexandru si rese conto che l'uomo era al cellulare: la giornata lavorativa di quella fiorente attività era già cominciata.

Entro un'ora circa, il primo gruppo di turisti sarebbe stato accompagnato da un minibus al cancello principale, desideroso di passeggiare tra i tralci e di partecipare, subito dopo, a una divertente degustazione di birra, anche se prima dell'ora di pranzo.

«Ci muoviamo, Alex.»

Sobbalzò, poi guardò giù, dove Daniel stava aspettando alla base del tralcio con la falce abbassata. «Scusa.»

Riportando la sua attenzione sul lavoro, si spostarono metodicamente lungo il filare; il *fruscio* della falce e il fruscio del luppolo fresco che si depositava nel rimorchio sottostante filtravano fin dove si trovava lui, imponendo al lavoro un ritmo che celava un'urgenza di fondo.

Se il luppolo fosse stato lasciato a maturare troppo a lungo, il delicato equilibrio che garantiva gli aromi attesi dai birrai sarebbe andato in fumo e, con esso, la reputazione della piantagione di luppolo.

Alexandru fece una smorfia quando una fitta familiare lo colpì alla base della schiena mentre lasciava andare il tralcio successivo. Si raddrizzò per un momento, lasciando vagare lo sguardo sui filari rimanenti, che si estendevano per altri cento metri o più.

E poi aggrottò la fronte.

C'era qualcosa incastrato tra i tralci in un filare a una ventina di metri di distanza, qualcosa di un azzurro pallido che sbatteva nella brezza leggera. Qualcosa che...

«Fammi scendere!» urlò. «Svelto!»

Howard non esitò. Il braccio della piattaforma si abbassò mentre Alexandru si aggrappava alla ringhiera di sicurezza, con la mascella serrata.

Non appena il braccio fu in posizione di sicurezza, sollevò la sbarra, sganciò il suo cavo di sicurezza e corse fino alla fine del filare, con Daniel e Howard alle calcagna.

«Che succede?» gridò Daniel. «Cos'è?»

Alexandru non rispose, era già senza fiato e si pentiva della quantità di birra artigianale che si era concesso la sera con i suoi compatrioti nel pub locale. C'era stato un tempo, in gioventù, in cui avrebbe potuto correre una mezza maratona, ma quei giorni erano ormai lontani. Delle gocce di sudore gli imperlarono la fronte e ansimava quando raggiunse il sentiero e rallentò fino a camminare, scrutando tra i filari di tralci mentre cercava di individuare ciò che aveva visto.

Howard lo raggiunse per primo, il suo accento inglese venato da una cadenza del Somerset che tradiva la sua esperienza nei campi di sidro del sud-ovest del Regno Unito. «Cosa hai visto?»

«Non ne sono sicuro. Credo...» Alexandru si interruppe quando raggiunse il filare successivo e sentì le viscere attorcigliarsi. «Rimani qui.»

«Alex?» Daniel tentò di superarlo, ma lui lo respinse.

«Ho detto, rimani qui.» Poteva sentire la paura nella sua stessa voce, e gli occhi dell'altro uomo si spalancarono, cogliendo nella sua espressione qualcosa che non ammetteva repliche. «Lasciami controllare prima. Potrei essermi sbagliato.»

Si voltò prima che Daniel e Howard potessero protestare ulteriormente e percorse il filare. Questo formava una curva naturale, dovuta alla topografia della piantagione di luppolo. Trovandosi su un dolce pendio che catturava i raggi del sole per tutta la giornata e che drenava bene dopo le piogge abbondanti, il centro del filare di tralci era al momento nascosto alla vista, rivelando il suo segreto man mano che si avvicinava.

I passi di Alexandru erano ora più lenti e più esitanti, mentre alzava lo sguardo e lo faceva scorrere sulle linee incrociate del traliccio, cercando di valutare quanto fosse vicino a... quella cosa.

Poi ci fu un alito di vento tra i tralci, e le foglie si separarono per rivelare un brandello dello stesso azzurro pallido che aveva visto dalla piattaforma.

Solo che non era un brandello.

Era una camicia da uomo, lo capiva adesso. Era stata strappata per il lungo, dal colletto all'orlo, e c'era quello che sembrava...

Sangue.

Aveva impregnato l'orlo della camicia, colando lungo i pantaloni cargo grigio scuro e sugli scarponi da lavoro sporchi e consunti, prima di raccogliersi in una pozza sul pavimento tra...

Alexandru si portò la mano al crocifisso d'argento che portava sulla nuca, con la bile che gli saliva in gola mentre fissava l'uomo insanguinato legato per polsi e caviglie ai fili del graticcio, il viso contratto in una smorfia di agonia.

C'era così tanto sangue, così tanto orrore negli occhi dell'uomo, e il suo...

«Mio Dio» riuscì a dire Alexandru, poi si voltò sui tacchi e barcollò all'indietro verso Daniel e Howard.

CAPITOLO 2

L'Ispettrice Kay Hunter scese dall'anonima auto di servizio grigia e appoggiò il braccio sulla portiera, mentre una leggera brezza le solleticava i sottili capelli biondi sulla nuca.

Faceva già caldo e le previsioni annunciavano un caldo torrido che avrebbe attanagliato la campagna del Kent per le successive ventiquattro ore, senza promessa di pioggia per almeno un'altra settimana. Mentre si rimboccava le maniche della camicia e osservava la schiera di auto di servizio della polizia del Kent, un furgone bianco anonimo degli investigatori forensi e una berlina argentata a quattro porte del patologo forense, Kay si soffiò la frangia dagli occhi e si rammaricò di non aver pensato a portare una bottiglia d'acqua.

Solo che non c'era stato tempo.

La chiamata era stata inoltrata dalla centrale un'ora prima, la prima pattuglia era arrivata sul posto entro venti minuti e a lei e al suo sergente detective, Ian Barnes, era stata assegnata l'indagine successiva quindici minuti dopo.

Nonostante il loro attuale carico di lavoro, i loro superiori a Gravesend avevano dato un'occhiata alla loro posizione, uno sfasciacarrozze alla periferia di Tunbridge Wells, sotto inchiesta da un mese, e avevano optato per inviare l'ufficiale di grado più alto disponibile più vicino.

«Che fortuna», borbottò. Chiudendo la portiera, sbirciò oltre il tettuccio mentre Barnes scendeva dal sedile del passeggero, allentandosi la cravatta. «Cosa ha detto Gavin?»

Barnes si mise il cellulare nel taschino della camicia e si riparò gli occhi con la mano, osservando tre investigatori forensi in tute protettive bianche che si muovevano tra il loro furgone e un edificio all'estremità dell'aia. «Sostiene che qui non ci sia mai stata neanche l'ombra di un problema. L'incidente registrato più vicino è stato un incidente per guida in stato di ebbrezza a circa un miglio lungo la strada verso Headcorn, a febbraio».

«Me lo ricordo. Tre diciannovenni, non è vero?» Kay rabbrividì. «Credo che uno degli agenti della stradale intervenuti sia ancora in malattia».

«Già. È stato terribile». Barnes abbassò la mano e scrutò oltre il tetto dell'auto. «Pronta?»

«Come non mai. Sembra che Nadine abbia il perimetro sotto controllo».

Kay si diresse verso l'estremità del cortile, dove una giovane agente in uniforme con i capelli castani raccolti in una coda di cavallo ordinata stava accanto a un cancello di metallo a cinque sbarre. Il cancello era rimasto aperto, con una catena arrugginita avvolta attorno alla sbarra superiore e l'altra estremità legata a un palo di legno incastonato nel muretto a secco lì accanto.

Nadine aveva teso del nastro bianco e blu della scena del crimine tra il palo e una sporgenza di selce nel muro di fronte, e se ne stava in piedi con un portablocco in una mano e una biro nera nell'altra. Si raddrizzò alla vista dei due detective.

«Buongiorno, capo», disse a Kay, rivolgendo a Barnes un cenno di saluto e porgendole il portablocco. «Kyle ha detto che stavate arrivando».

Kay scarabocchiò la sua firma e l'ora sul foglio delle presenze prima di passarlo al collega. «Stai aiutando Gavin ad allestire la sala operativa?»

«Sì, e anche Laura e Debbie sono state assegnate a questo caso», disse Nadine. «Sono pronte a elaborare le informazioni non appena avremo qualcosa da qui».

«Ottimo lavoro. È stata la prima ad arrivare sulla scena?»

«Io e Tim Wallace. Lui è giù nei campi di luppolo al momento, sta aiutando a coordinarsi con la squadra di investigatori forensi di Harriet. Sono arrivati circa dieci minuti fa, quindi si stanno assicurando che non abbiamo combinato casini».

«E ne avete combinati?» disse Barnes.

«No, sergente. Non appena gli operai ci hanno mostrato la scena del crimine, li abbiamo spostati tutti nella sala ristoro in quel fienile laggiù. Harry Davis e Sean Gastrell sono arrivati venti minuti fa e hanno iniziato a raccogliere le deposizioni, partendo dal tizio che ha trovato il corpo».

«La vittima è stata identificata?»

«No, sergente. Aspetteremo che la squadra di Harriet ci restituisca la scena del crimine e poi organizzeremo con loro un rastrellamento per vedere se riusciamo a trovare il suo portafoglio, il telefono o qualsiasi altra cosa».

Mentre Kay ascoltava, la consapevolezza che tutto ciò che lei e la sua squadra avrebbero fatto sarebbe stato esaminato attentamente dai suoi superiori era mitigata dalla calma metodica con cui una delle agenti più giovani stava svolgendo i suoi compiti.

Sorrise. «Sembra che tu stia gestendo tutto bene. Dobbiamo indossare le tute qui?»

«No, capo». Nadine si girò e indicò oltre il cancello i filari di luppolo che si estendevano a perdita d'occhio lungo i tralicci. «Se seguite il filare per circa duecento metri, arriverete a un sentiero più ampio tra le piante che i coltivatori usano per accedere al campo successivo. Lucas è laggiù e credo che anche la squadra di Harriet si sia stabilita lì».

«Perfetto, grazie».

Kay si avviò a passo svelto lungo i filari di luppolo, il cui odore forte era quasi opprimente. Non si era mai trovata così vicina a una piantagione matura e, mentre guardava tra le file di tralicci, rabbrividì per come questi svettavano sopra di lei, bloccando ogni spiraglio di luce.

C'era immobilità nell'aria, l'attesa che qualunque cosa fosse accaduta lì si sarebbe propagata tra coloro che vi lavoravano, così come tra famiglie, amici, abitanti del posto, tutti coloro che sarebbero stati toccati dalla morte della vittima e dall'indagine che ne sarebbe seguita.

A sinistra del sentiero c'era un margine di erba alta che lo separava dai tralicci e, a metà strada, notò un paio di scatole di cartone aperte, insieme a un contenitore per rifiuti a rischio biologico gestito da un membro della squadra di Harriet, l'uomo che camminava avanti e indietro lì accanto con il telefono all'orecchio.

I sentieri tra i quattro tralicci ai suoi lati erano stati transennati con un secondo nastro della scientifica e, accanto a esso, se ne stava un gigante dai capelli color sabbia, un sergente in uniforme dal volto impassibile.

«Buongiorno, Tim» disse Kay. «Ho sentito che c'è un bel pasticcio, da quelle parti.»

«Lo è, capo» disse il sergente Wallace. «È per questo che ho pensato, mentre io venivo qui, fosse meglio dire a Nadine di gestire il primo cordone.»

«Grazie.» Kay gli rivolse un sorriso riconoscente, poi si voltò verso il tecnico forense che aveva appena concluso la telefonata. «Buongiorno, Gareth.»

«Buongiorno, detective Hunter.»

«Le dispiace se prendiamo un paio di tute?»

«Nessun problema.» Il tecnico si chinò per un istante, poi estrasse due tute protettive avvolte nella plastica dalla prima scatola e un paio di guanti e copriscarpe abbinati dall'altra. Mentre Kay e Barnes si infilavano le tute sopra i loro abiti, Gareth indicò il filare alla sinistra di Tim. «Abbiamo creato un percorso delimitato da quella parte. Per fortuna è piuttosto largo, perché devono farci passare un rimorchio durante la raccolta, quindi non rischierete di toccare nulla mentre camminate. Lucas è già lì.»

«Okay, grazie.»

Aspettò che Tim sollevasse il nastro della scientifica per far passare lei e Barnes, poi si mise al passo con il collega. «Dopo aver dato un'occhiata a cosa abbiamo per le mani, vorrei interrogare l'uomo che l'ha trovato.»

«Alexandru Popa» disse Barnes a memoria. «È uno dei

lavoratori rumeni part-time che vengono qui per la stagione della raccolta.»

«Visto in regola?»

«Sì, tutto legale. Ce ne sono quattro in questa fattoria, e altri cittadini rumeni sparsi in altre coltivazioni di luppolo e frutteti della zona, insieme ad alcuni polacchi e ungheresi. Questo è il quinto anno che Alexandru lavora qui.»

«Grazie» mormorò Kay, poi rallentò il passo quando vide una figura familiare dinoccolata che, in attesa, bloccava il centro del filare.

Simon Winter era entrato a far parte della squadra di patologia di Lucas Anderson qualche anno prima ed era un membro chiave di quel compatto contingente di esperti. Kay aveva lavorato con lui in diverse occasioni e il suo approccio calmo e metodico al lavoro era tale da tranquillizzare anche i visitatori più nervosi dell'obitorio di Dartford.

Salutò i due detective con un cenno del capo, poi si fece da parte mentre una figura robusta lo raggiungeva; l'uomo più anziano diede una gomitata a Simon prima di porgergli un tablet.

«Grazie per essere arrivato così in fretta, Lucas» disse Kay, poi osservò Simon superare lei e Barnes, con un'espressione preoccupata sul viso mentre fissava lo schermo del tablet.

«Nessun problema. Uno degli investigatori forensi mi ha detto che stavate scendendo dalla fattoria, così ho pensato di venirvi incontro.» Lucas Anderson usò un dito guantato per grattarsi il cappuccio di plastica che gli copriva la testa. «La avverto subito, non è un bello spettacolo.»

«Cosa intende con 'non è un bello spettacolo'?»

Il patologo la scrutò da sopra la mascherina, i suoi occhi castani carichi di malinconia. «Beh, posso confermare che non è morto per cause naturali. E penso che possiamo escludere anche l'incidente.»

«E perché?»

In tutta risposta, fece loro cenno di seguirlo. «È meglio che glielo mostri, piuttosto che tentare di spiegarlo.»

Detto questo, Lucas li condusse oltre la leggera curva del graticcio, prima di farsi da parte e indicare verso l'alto.

Kay seguì il suo sguardo, poi sussultò e fece un passo indietro, sentendo la bile salirle in gola nonostante gli anni di esperienza, mentre fissava il corpo dell'uomo sospeso ai fili del graticcio, con i piedi che penzolavano sopra il terreno.

Del sangue secco macchiava il terreno sotto di lui, e poteva vedere dove aveva sporcato i pantaloni dell'uomo. Ciò che restava della sua camicia esponeva una profonda ferita aperta che partiva appena sotto lo sterno della vittima e gli solcava lo stomaco e l'addome; gli intestini dell'uomo si snodavano a terra, dove ronzavano e strisciavano le mosche.

«Gesù» disse Barnes, sbiancando. «Direi che possiamo escludere anche il suicidio.»

Kay deglutì, poi passò lo sguardo sulle legature che tenevano la vittima in posizione. «Come diavolo è finito lassù? Sarà a due, tre metri da terra?»

«E per la sua età ha anche un bel peso» disse Lucas. «Harriet avrà le sue teorie basate sui suoi rilievi a tempo debito, ma direi che ci sono volute almeno due persone per metterlo lì.»

«Glielo hanno fatto prima o dopo averlo ucciso?»

«Prima» disse il patologo senza esitazione. «C'è troppo sangue qui perché sia stato spostato da un altro luogo, e non ci sono tracce di sangue lungo il sentiero che conduce a questo traliccio.»

Kay si guardò alle spalle prima di fare un passo indietro, poi allungò il collo per vedere lungo le file ombreggiate di tralci. Riuscì a scorgere tre figure chine, con indosso identiche tute protettive bianche, all'estremità opposta. «Cosa sono quelle tracce di pneumatici che vanno in quella direzione?»

«Harriet e la sua squadra sono già laggiù ad analizzare quelle e alcune impronte che hanno trovato» spiegò Lucas. «Sta lavorando sull'ipotesi iniziale che chiunque sia stato abbia usato il cestello elevatore che usano qui per tagliare le cime dei tralci dal traliccio per sollevarlo fin lassù.»

«Comunque, non dev'essere stato per niente facile.» Kay si guardò intorno, osservando la terra riarsa e le radici nodose del luppolo. «Nessuna traccia dell'arma?»

Lucas sospirò. «Secondo il proprietario, ci sono sei persone sul posto in questo momento, tutte con in mano delle falci da luppolo. C'è l'imbarazzo della scelta.»

«La prego, mi dica che Harriet le ha sequestrate tutte per le analisi.»

«Sì, l'ha fatto, non appena le ho detto che questa ferita era stata causata da un coltello o qualcosa di simile.»

«D'accordo, grazie.» Kay diede un ultimo sguardo alla vittima, imprimendosi il suo volto nella memoria nonostante gli incubi con cui avrebbe dovuto convivere. Si conficcò le unghie nei palmi delle mani.

«Quando pensa di poter eseguire l'autopsia?» chiese Barnes, mentre gli tornava in viso un po' di colore.

«Domattina. Volete assistere?»

«Sì.»

«Ci sarò anch'io» disse Kay, dando un'ultima occhiata in giro. «Chiunque sia stato ha pianificato tutto per bene, e questo mi preoccupa. Molto.»

CAPITOLO 3

Kay trovò Alexandru Popa in un accogliente salotto accanto alla cucina della casa colonica principale. I lineamenti dell'uomo, segnati dal tempo, apparivano tormentati mentre sedeva su un divano consunto e fissava una tazza di caffè vuota che teneva in mano.

Il salotto aveva un soffitto basso intonacato, attraversato da travi di quercia a vista, e un grande camino in pietra all'estremità opposta che al momento ospitava un vaso colmo di gigli orientali rosa freschi, attorno al quale era stata sparsa una manciata di coni di luppolo essiccati. Un televisore a muro fissava la stanza in modo anonimo dalla sua posizione sopra la mensola del camino, con la lucina rossa dello standby nell'angolo inferiore come unico segno di vita. Un pianoforte verticale in palissandro, pieno di graffi, occupava lo spazio tra due librerie sulla parete destra, mentre quella sinistra si apriva su due ampie finestre a ghigliottina che davano su un vasto giardino. Un tavolino basso e lungo si trovava di fronte al divano, separandolo da due poltrone con cuscini e una struttura consunti, che sembravano graffiati da un gatto, al momento non presente nella stanza. Sul tavolo c'erano diverse riviste di agricoltura, una copia della brochure del tour della piantagione di luppolo e un telecomando del televisore con il coperchio posteriore rimosso e due batterie gettate di fianco.

La luce del sole creava macchie di luce sul tappeto ai piedi di Alexandru e, mentre Kay si sedeva su una delle poltrone di fronte a lui e aspettava che Barnes tirasse fuori un taccuino e una penna dal taschino della camicia, notò che il grigio screziava i capelli radi dell'uomo e che macchie di età gli coprivano il dorso delle mani.

«Alexandru, sono l'Ispettrice Kay Hunter e questo è il sergente detective Ian Barnes. Siamo della polizia del Kent» esordì. «So che questa mattina ha subito uno shock terribile e che ha già rilasciato una deposizione ai miei colleghi, ma vorrei farle qualche domanda. Le va bene?»

L'uomo sollevò lo sguardo verso di lei, i suoi occhi marrone scuro cerchiati di rosso per il pianto. Tirò su col naso, poi si chinò in avanti, posò la tazza sul tavolino ed emise un sospiro tremante prima di parlare.

«Non sono stato io.»

«Sa chi è stato?»

«No. Non ho mai visto quell'uomo in vita mia.»

«Ha avuto problemi a casa, in Romania?»

Scosse la testa. «Nessuno. Mia moglie è morta quattro anni fa, le mie due figlie sono sposate con uomini meravigliosi e i miei tre nipoti vanno a scuola.»

«Perché lavora qui durante l'estate?»

Alexandru spalancò gli occhi. «Ha visto quanto costano le università?»

«Sì, e sono care. Costano tanto anche da lei?»

«Sì, soprattutto quando una delle tue nipoti decide di voler studiare medicina. È per questo che vengo qui, per aiutarla a mettere da parte i soldi.»

«È gentile da parte sua.»

Fece spallucce. «Amo la mia famiglia.»

«Le mancheranno.»

«Mancano solo poche settimane.»

Kay si appoggiò allo schienale della sedia, tenendo le mani rilassate in grembo. «Da quanto tempo lavora nei campi di luppolo qui?»

«Cinque anni. Sempre qui.»

«Come ha saputo di questo lavoro?»

«Tramite un amico che stava andando in pensione. Sono venuto con lui il primo anno e mi hanno richiamato.» Un debole sorriso affiorò sulle labbra di Alexandru. «I Mallory sono una buona famiglia per cui lavorare.»

«Mi racconti cos'è successo questa mattina.»

Il corpo di Alexandru fu scosso da un brivido al ricordo. «Ero sul raccoglitore, è una piattaforma rialzata che usiamo per raggiungere la cima dei tralci. Daniel ci aveva passato la prima ora, quindi facciamo a turno. Ci dà una pausa dal chinarci per tagliarli alla base e caricarli sul rimorchio. Stavo solo guardando i filari successivi, calcolando quanti ne rimanevano per quel raccolto e quanto tempo ci sarebbe voluto, quando ho visto qualcosa muoversi. Fa caldo là fuori, ma tra i luppoli c'è brezza, e il vento muoveva... si è rivelata essere la camicia di quell'uomo... Sapete chi è?»

«Perché ha deciso di andare a indagare?» chiese Kay, ignorando la sua domanda.

«Non lo so. Io...» Alexandru si interruppe e fece spallucce prima di continuare. «Sembrava... sbagliato. Fuori posto. Volevo vedere cosa fosse. Suppongo di aver pensato che, se ci fosse stato un problema, avremmo dovuto scoprirlo prima che causasse un ritardo... Il luppolo deve essere raccolto prima che perda il suo aroma, sa.»

«E così è andato a dare un'occhiata?»

«Sì. Daniel e Howard mi hanno seguito, ma quando ho visto il sangue, li ho mandati indietro.» Alexandru guardò Barnes. «Quando ero più giovane sono stato nell'esercito. Coscritto. A quei tempi, come medico, ho visto delle cose... Non volevo che vedessero quell'uomo, in quello stato. Avrebbero avuto gli incubi.»

«E lei?» disse Kay, aspettando che lui tornasse a concentrarsi su di lei. «Se la caverà?»

«Credo di sì.»

«Mentre è qui, ha accesso a un medico, a un dottore?»

L'uomo annuì. «Tutti noi.»

«Per favore, parli con loro se dovesse avere problemi a dormire, o se avesse bisogno di parlare con qualcuno» disse. «Loro potranno aiutarla.»

Alexandru annuì con la testa. «Grazie.»

«Quando ha trovato l'uomo nella piantagione di luppolo, ha toccato qualcosa?» chiese Kay.

«No. Sapevo di non dover toccare nulla. Ho tenuto le mani in tasca.»

«Cos'ha fatto dopo?»

«Appena ho visto tutto quel sangue, ho capito che per lui non c'era speranza. Vedevo la morte nei suoi occhi. Era morto da un po'.» Alexandru si passò la lingua sulle labbra. «Sono scappato. Ho vomitato, e poi ho detto a Howard di usare il suo cellulare per chiamare i soccorsi. Dopodiché, l'abbiamo detto a Justin e lui ha detto a tutti di uscire dalla piantagione di luppolo.»

Kay lo osservò per un istante, poi si sporse in avanti. «Ha idea di chi potrebbe voler uccidere un uomo in quel modo? Proprio nessuno?»

«No.» Lo sguardo di Alexandru cadde sulle sue mani. Le strinse come in una preghiera silenziosa, con le nocche sbiancate. «Chiunque gli abbia fatto questo è un diavolo.»

CAPITOLO 4

Il sergente detective Ian Barnes seguì Kay attraverso il cortile della fattoria, con il sudore che gli imperlava la fronte pochi secondi dopo aver lasciato il fresco della casa.

Tirò fuori dalla tasca dei pantaloni un fazzoletto di cotone, un'abitudine che gli aveva trasmesso il suo defunto padre, e si tamponò la fronte prima di scansare una giovane tecnica investigatrice forense che gli si era levata di torno ed era corsa verso il furgone bianco.

C'era immobilità nel cortile, come se fosse sospeso nel tempo. Laddove normalmente si sarebbe aspettato di sentire il rombo dei macchinari per la raccolta del luppolo e i moderni essiccatoi nel fienile accanto al vecchio essiccatoio per luppolo e le voci che si chiamavano da un capo all'altro del cortile mentre trattori e rimorchi arrivavano con altro raccolto di stagione, non c'era nulla.

Persino gli uccelli erano silenziosi.

Barnes scrutò il blocco delle stalle ristrutturate a cui si stavano avvicinando e notò le tegole d'argilla più nuove all'estremità e la vernice fresca che era stata applicata agli infissi delle finestre e delle porte a un certo punto durante l'estate. I vetri delle finestre erano impolverati, con gusci di luppolo sparsi sulla pavimentazione di cemento sottostante, ma i timpani sovrastanti erano stati decorati con cesti di fiori pensili dai colori vivaci, dando l'impressione che l'intera proprietà fosse ben curata e che l'attività fosse fiorente.

Il blocco delle stalle era stato diviso in tre stanze separate. Quella all'estremità, più vicina a tutte le auto di pattuglia e agli altri veicoli, era la più grande delle tre, secondo Nadine, e fungeva da ufficio della reception e centro visitatori. Barnes si inumidì le labbra al pensiero di una birra fresca, ma rivolse la sua attenzione alla stanza centrale che veniva usata come sala ristoro e cucina. La porta era aperta mentre passavano, ma non c'era nessuno all'interno e i banconi in acciaio inossidabile su ogni lato di un lavello abbinato erano spogli.

L'ultima stanza del blocco era stata trasformata in un ufficio della fattoria, ed era a questa porta che Kay si rivolse. Bussò sulla superficie di quercia e Barnes sentì un soffocato "avanti" prima che lei aprisse la porta ed entrassero.

Barnes sbirciò oltre la sua Ispettrice e vide un uomo sulla trentina seduto su una sedia di pelle dietro una scrivania di pino, con la testa tra le mani mentre fissava un fascio di rapporti che erano stati disposti davanti a lui.

L'uomo alzò lo sguardo con un'espressione stanca e fece cenno ai due detective di accomodarsi su un paio di sedie per visitatori sotto la finestra, ai lati di un tavolino occasionale con una macchia d'acqua al centro. «Immagino siate voi i due detective che mi avevano detto sarebbero arrivati.»

Barnes fece le presentazioni e tirò fuori il suo taccuino. «Può confermare il suo nome, per favore?»

«Justin Mallory» disse l'uomo. Si appoggiò allo schienale della sedia e sospirò, con il cigolio della pelle logora che riecheggiava il suo stato d'animo. «Sono il proprietario della fattoria, insieme a mia moglie, Cassandra. L'avete incontrata?»

«L'abbiamo trovata in cucina, a distribuire caffè a tutti. Ci ha detto che l'avremmo trovata qui» disse Barnes.

«Tipico di Cassandra.» L'agricoltore abbozzò un sorriso triste. «È sempre la prima ad affrontare ogni crisi a testa alta.»

«Da quanto tempo avete la fattoria?»

«Apparteneva a mio nonno» disse Justin, raccogliendo i rapporti e impilandoli in una vaschetta alla sinistra dello schermo di un computer. Fatto ciò, allontanò la tastiera e il mouse e incrociò le braccia sulla scrivania, la pelle abbronzata enfatizzata dalla polo verde chiaro che indossava. «Era una azienda agricola seminativa finché mio padre non decise di sperimentare con il luppolo. Da allora non ci siamo più guardati indietro.»

«Quando è andato in pensione suo padre?»

La bocca dell'agricoltore si contrasse in un tic. «Dice di esserci andato due anni fa, anche se non ha mai veramente smesso. Gli piace tenersi in esercizio.»

«Oh?» Barnes inarcò un sopracciglio. «Questo causa problemi da queste parti?»

«Non spesso. Ha ancora una certa influenza su alcuni dei dipendenti di vecchia data, ma sono abbastanza bravi da assecondarlo senza offenderlo, e poi troviamo un modo per aggirare l'ostacolo tra di noi.» Justin abbozzò un sorriso triste. «Ha mandato avanti questo posto attraverso tempi davvero difficili nel corso degli anni, quindi non voglio che si senta escluso.»

«Ci siete solo lei e sua moglie qui?»

«Abbiamo delle figlie adolescenti, che al momento sono a casa dei genitori di Cassandra nel Wiltshire, grazie a Dio. Papà ha il cottage dall'altra parte della fattoria, più vicino a una proprietà confinante; ce ne sono due lì, e l'altro lo affittiamo durante l'estate per avere un'entrata extra. E poi abbiamo tre dipendenti a tempo pieno che vivono qui vicino. Gloria gestisce la parte turistica: prenotazioni per le visite guidate, il cottage di cui ho appena parlato e il nostro sito web e blog. Howard è il nostro bracciante a tempo pieno, è con noi da più di un decennio, e poi c'è Trevor, che gestisce con me il lato della produzione: lavorazione ed essiccazione del luppolo, cose del genere.»

«Avete molti viticci là fuori» disse Barnes. «Quanto tempo ci vuole per raccogliere tutto?»

Justin sfoggiò un sorriso paziente. «Nel settore li chiamiamo *"biticci"*. *Viticci* per il vino, *biticci* per la birra: è così che lo spieghiamo ai gruppi di turisti. Iniziamo ad agosto, a seconda della varietà, e possiamo continuare la raccolta fino all'inizio di ottobre.»

«Qualche problema con l'attività?»

«No.» La risposta dell'uomo fu categorica. «Ho appena firmato un contratto con un nuovo birrificio locale per una varietà che stiamo testando dall'anno scorso e loro hanno già fatto un ordine per assegnarsi il cinquanta percento del raccolto di quella varietà per l'anno prossimo. Per quanto riguarda il resto del luppolo di quest'anno, siamo al massimo della capacità e ci stiamo preparando per i festival del luppolo verde del mese prossimo.»

«Luppolo verde?» chiese Kay.

«Birre nuove, molto giovani e un gusto a cui ci si deve abituare,» spiegò Justin. «Ma sono fondamentali per il nostro marketing: entusiasmano i birrai sul potenziale delle varietà nuove ed esistenti e ci aiutano a vendere il luppolo che raccogliamo, oltre a gettare le basi per quello dell'anno prossimo. È ciò che aiuta a sostenere il nostro bilancio. Fiutando le tendenze o quale potrebbe essere la prossima grande novità, possiamo adattare la nostra semina a febbraio e marzo per soddisfare tali esigenze.»

«Ha ricevuto minacce che possano spiegare cos'è successo qui stamattina?» disse Barnes. «E intendo *qualsiasi cosa*. Anche se pensa che sia insignificante.»

«Niente,» disse l'uomo. Fece un cenno con la mano verso i rapporti nel vassoio. «Ci ho pensato mentre stavo controllando gli ordini. Non ci sono state minacce, non è stato detto nulla, per quanto ne so, nei pub locali... Quindi no, non ho idea del perché ci sia un uomo morto appeso nella mia piantagione di luppolo.»

«L'ha visto?»

«Ho accompagnato il suo sergente, Wallace, quando è arrivato qui.» Justin rabbrividì. «Non sono arrivato fino a... quello... ma era ovvio che chiunque fosse, era morto.»

«Sa chi era?»

«Non gli ho visto la faccia.»

«Se ottenessimo una fotografia, sarebbe disposto a dare un'occhiata per vedere se lo riconosce?» disse Barnes.

«Forse...» Il tono di Justin era cauto.

«Non si preoccupi, sarà dopo che l'avranno sistemato, e mi assicurerò di essere io a mostrargliela. Va bene?»

«Ok. Immagino di sì, se può essere d'aiuto.»

«Grazie, lo sarebbe.» Barnes aggiornò i suoi appunti prima di continuare. «Ha detto che dei gruppi turistici visitano l'azienda agricola. Con quale frequenza?»

«Il martedì, il giovedì e nei fine settimana. Il lunedì, se è un giorno festivo,» disse Justin, le spalle che si rilassavano un po' al cambio di argomento. «Gloria li organizza tramite il nostro sito web, e io o Trevor facciamo da guida. Offriamo anche strutture per conferenze aziendali, matrimoni, degustazioni private la sera durante l'estate con un picnic nella piantagione di luppolo; ci avvaliamo di un'impresa di catering esterna per questo. È gestita da qualcuno del paese. Cerchiamo di trasmettere il successo dell'azienda ad altre attività locali, ove possibile.»

«Sembra ottimo. Qualche problema con i visitatori durante una di queste visite?»

«Nessuno.» Justin scosse la testa. «Siamo molto attenti a quanto alcol serviamo. Devo esserlo, dopotutto, per mantenere la licenza, e chiariamo bene nel nostro marketing che non siamo interessati a ospitare addii al celibato o al nubilato, quel genere di cose. Alcuni eventi aziendali e matrimoni possono diventare un po' chiassosi, ma niente di sconveniente. I matrimoni sono tipicamente per gruppi piccoli rispetto ad alcune delle feste che organizzano gli hotel da queste parti. Promuoviamo l'esclusività della location, capisce?»

«Che effetto avrà la giornata di oggi sulla sua attività, signor Mallory?» chiese Kay.

La sua attenzione scattò su di lei, come se si fosse dimenticato della sua presenza, e Barnes vide la paura nei suoi occhi.

«A parte i tour che sono stati appena cancellati all'ultimo minuto? La tempistica è tutto nella coltivazione del luppolo,» disse Justin, le mani giunte che battevano sul tavolo per dare enfasi mentre parlava. «Anzi, in qualsiasi sistema di agricoltura seminativa. Troppo presto e il sapore sarà troppo amaro. Troppo tardi e tutti gli aromi e i sapori andranno persi. Se il luppolo non viene raccolto in tempo, sarà rovinato. Se non raccolgo quella nuova varietà questa settimana, tutto ciò per cui abbiamo lavorato negli ultimi due anni andrà in fumo.»

«E quanti soldi perderà?» disse lei.

«Centinaia di migliaia di sterline,» rispose Justin. «Mi rendo conto che un poveraccio è stato torturato e ucciso là fuori, ma se voi non scoprite chi ha fatto questo, potrei perdere la mia attività, e la mia casa.»

CAPITOLO 5

L'agente Gavin Piper bevve un sorso dalla sua lattina di energy drink e osservò la sala operativa in fermento con un familiare senso di attesa.

Due piani più su e lungo un corridoio dalla reception principale della centrale di polizia di Maidstone, riusciva a sentire il rombo e i clacson del traffico lungo Palace Avenue, oltre le finestre con i doppi vetri; la sirena di un'ambulanza aggiungeva un mesto ritornello in lontananza. Dall'altra parte della stanza, dove un gruppo di quattro impiegati amministrativi sedeva a un'isola di scrivanie, un'enorme stampante e fotocopiatrice sputava fuori pagina dopo pagina di rapporti e aggiornamenti delle prime indagini, e l'odore di toner bruciato si mischiava all'aroma di caffè stantio proveniente dal piccolo angolo cottura a un lato della stanza.

Altri due detective sedevano a delle scrivanie posizionate fuori da un ufficio abbandonato, con la porta chiusa e le tendine abbassate. Venti minuti prima aveva incaricato Laura Hanway e Kyle Walker di stilare un elenco delle proprietà confinanti con il campo di luppolo e di reperire i contatti dei proprietari, e ora i due erano a testa china su una mappa che alla fine sarebbe stata appesa alla bacheca di sughero alle sue spalle.

Voltandosi, posò la lattina di energy drink e scelse un pennarello nero da una collezione infilata in una vecchia tazza da caffè sbeccata. Iniziò a scrivere sulla lavagna bianca un elenco puntato che riassumeva i fatti noti.

Erano a dir poco scarsi.

Gavin sapeva che era meglio non formulare alcuna teoria in quella fase: Kay le avrebbe chieste durante il briefing, al suo arrivo dalla scena del crimine, ma quelle gli turbinavano già in testa.

Una singola fotografia, scattata da Kay sulla scena del crimine, era appuntata nell'angolo in alto a destra della lavagna bianca e mostrava il volto dell'uomo trovato massacrato tra i tralicci del luppolo. Col tempo sarebbe stata sostituita da una scattata da Lucas Anderson dopo l'autopsia, quando una versione più pulita fosse stata resa disponibile alla squadra, ma per ora serviva a ricordare a tutti l'urgenza dell'indagine.

Gavin fece una smorfia, poi distolse lo sguardo e serrò la mascella.

Persino l'esperto Tim Wallace sembrava scosso quando gli aveva telefonato cinque minuti prima per dirgli che Kay e Ian Barnes stavano tornando, e quando Gavin gli aveva chiesto dettagli sulle ferite della vittima, il sergente in uniforme era stato brusco, con un disgusto palese.

Nonostante avesse voluto essere sulla scena del crimine e ascoltare di prima mano le cruciali testimonianze iniziali, il rammarico di Gavin era mitigato dal sollievo di avere un incubo in meno di cui preoccuparsi.

«Gav, abbiamo sei proprietà che confinano con il campo di luppolo, e tre di queste sono piccoli poderi» disse Laura, interrompendo i suoi pensieri. «Le altre sono abitazioni private.»

Lui guardò dietro di sé, con il pennarello bloccato a mezz'aria sopra la lavagna. «Ci sono abbastanza pattuglie già là fuori per iniziare gli interrogatori oggi?»

«No, ma Kyle è in contatto con il quartier generale per chiedere di trovarne altre.» Teneva la mappa in una mano e scuoteva delle puntine da disegno nell'altra, prima di puntare il pugno verso la bacheca di sughero. «Vuoi che la appenda?»

«Sì, grazie. Sarebbe bene interrogare i vicini più prossimi oggi, per vedere se hanno notato qualcosa di insolito da quelle parti negli ultimi giorni. Almeno così, se lo hanno fatto, possiamo mandare gli investigatori forensi.»

Laura annuì in risposta, poi spianò la mappa e fece un passo indietro prima di leggere i suoi appunti. «Non c'è molto su cui lavorare, vero?»

«Non ancora.» Sospirò, poi rimise il cappuccio al pennarello e lo lasciò cadere sul tavolo accanto alla lavagna. «Tu che ne pensi?»

Lo sguardo di lei si posò sulla fotografia e si morse il labbro prima di parlare. «Beh, direi premeditato, data la logistica per portarlo lassù. Ci vogliono almeno due persone per sollevarlo, no? E da quello che hai detto che ti ha riferito Tim sulle ferite, qualcuno lo ha torturato prima che morisse, il che per me significa che volevano che soffrisse... ma perché?»

«Aaron Stewart si sta coordinando con il laboratorio a cui sono state inviate le copie delle impronte digitali della vittima» disse Gavin. «Ma a meno che non sia nel nostro sistema, da quel punto di vista non ci aiuterà.»

«Incrociamo le dita, allora» disse Laura. «Non era una battuta.»

«Passi troppo tempo con Barnes» replicò Gavin, con un angolo della bocca che si piegava. «La prossima volta dirai delle freddure.»

«Non ci penso nemmeno.»

Si voltarono al suono della porta della sala operativa che strideva sui cardini e Gavin vide entrare Kay e Barnes.

Gli occhi dell'Ispettrice erano tormentati mentre si avvicinava alla lavagna, lasciando che Barnes radunasse il resto della squadra. «Tutto sotto controllo, Gav?»

«Sì, capo.» Si fece da parte e indicò l'elenco puntato. «Non è molto per il momento, ma...»

«Non ti preoccupare. Siamo solo all'inizio, e ci aspettano lunghe ore di lavoro.» Kay si rivolse a Laura. «Non suppongo che abbia avuto modo di vedere quali filmati di sorveglianza potrebbero esserci in zona?»

«Se ne sta occupando Debbie, capo» disse la sua collega più giovane. «Le ho chiesto di iniziare con le stazioni di servizio, quel fornitore di materiali edili lungo la strada della fattoria... il pub a cui pensavo ha chiuso tre mesi fa, ma Debbie si metterà in contatto con l'agente immobiliare il cui cartello è esposto in vetrina per vedere se hanno delle telecamere sul posto. Dopodiché, inizieremo a parlare con i residenti della zona.» Indicò la mappa. «E abbiamo identificato i proprietari delle sei tenute che circondano la piantagione di luppolo.»

Gavin afferrò la penna e aggiornò i suoi appunti mentre lei parlava, poi la porse a Kay. «Direi che siamo pronti per il briefing, capo.»

«Ottimo lavoro, tutti quanti.» Kay guardò dietro di sé al rumore delle sedie che il resto della squadra investigativa stava spostando verso di loro, poi si rivolse di nuovo a lui. «E grazie, Gavin. Apprezzo il vantaggio che ci hai dato.»

Lui le rivolse un sorriso tirato. «Assicuriamoci solo di prendere i bastardi che gli hanno fatto questo, capo.»

CAPITOLO 6

Kay passò lo sguardo sugli agenti e sul personale amministrativo riuniti, mentre questi prendevano posto.

Nella sala operativa aleggiava un forte senso di attesa, accompagnato da una familiare scarica di adrenalina che le scorreva in corpo, e Kay si prese un momento per concentrarsi sul respiro e calmare il battito cardiaco.

Oltre le finestre, il traffico di metà mattina si era ridotto a un ronzio sommesso e, sopra la sua testa, le bocchette dell'aria condizionata mormoravano mentre una costante brezza fresca le sfiorava le spalle. Fuori dalla sala operativa, sentì una porta sbattere più in là nel corridoio, da dove veniva gestita un'altra indagine, e dei passi rimbombare sulle scale tra quel piano e i due inferiori, mentre il personale amministrativo consegnava attrezzature e cancelleria, sistemando il tutto su tre scrivanie in fondo alla sala, pronto per essere allestito dopo la riunione.

Guardandosi intorno e vedendo quei volti familiari, parte delle preoccupazioni iniziali di Kay riguardo all'enormità del compito che l'attendeva cominciarono a dissiparsi. C'erano diversi agenti in uniforme e due o tre sergenti che avevano offerto la loro esperienza in indagini precedenti: spesso erano stati proprio loro a ottenere le svolte chiave che avevano portato all'arresto dei sospetti.

La sua squadra di detective era seduta in prima fila, con espressioni stoiche, preparandosi a quelle che sarebbero state giornate di lunghe ore e frustrazione. Kyle Walker si affrettò a lasciare la sua scrivania per sedersi accanto a Barnes, e si sporse dietro al detective più anziano per dare un colpetto sulla spalla a Laura, facendole un leggero cenno di no con la testa prima di estrarre il cellulare dalla tasca e abbassare il volume.

Kay guardò alla sua sinistra mentre l'agente Debbie West si avvicinava, portando una pila di documenti in una mano e una tazza di caffè fumante nell'altra.

Debbie porse il caffè a Kay, poi prese uno dei documenti pinzati in cima alla pila e glielo consegnò. «Questo è l'ordine del giorno provvisorio, capo, basato su ciò che abbiamo finora. Aggiornerò di nuovo il sistema dopo la riunione».

«Perfetto, grazie». Kay sollevò la tazza in segno di saluto e ne bevve un sorso, aspettando che l'esperta responsabile dei reperti prendesse posto vicino alla prima fila e distribuisse gli ordini del giorno. Usando il pollice per scorrere i punti elencati, Kay attese mentre i restanti membri della squadra trovavano posto o si appoggiavano a scrivanie e schedari, e bevve un altro sorso di caffè prima di iniziare. «Bene, signori, cominciamo».

All'unisono, tutti si voltarono verso di lei. Si sentì un fruscio di taccuini aperti, deboli mormorii mentre uno o due degli agenti in uniforme più giovani cercavano affannosamente penne funzionanti, e poi un silenzio devoto calò sulla sala operativa.

«Grazie», disse Kay. «Inizierò questa riunione dicendo che questa sarà una delle indagini per omicidio più sconvolgenti a cui alcuni di voi abbiano mai lavorato. La nostra vittima, al momento non identificata, è stata crocifissa tra due tralicci per il luppolo, prima che il suo o i suoi assassini usassero un oggetto affilato per torturarlo e poi sventrarlo. La serie completa delle foto della scena del crimine non sarà messa a disposizione di nessun membro del personale amministrativo, né di chiunque non sia direttamente coinvolto in questa indagine. Se non avete accesso alle foto e pensate di doverlo avere, parlate con me o con il sergente detective Ian Barnes».

Barnes si alzò e si voltò, facendo un cenno di saluto ai membri della squadra che non lo conoscevano, poi si sedette di nuovo.

«Inoltre, la maggior parte di voi conosce Debbie West. Debbie sarà la nostra responsabile dei reperti per questa indagine, ma è anche responsabile dei vostri turni e supervisiona qualsiasi problema amministrativo o di attrezzatura che possiate incontrare». Kay rivolse loro un sorriso sornione. «E state attenti... la sua fama di guardiana dell'armadietto della cancelleria è leggendaria da queste parti».

Si levò qualche risata di cortesia che allentò un po' l'atmosfera tesa, e Kay vide alcuni dei membri più giovani della squadra rilassarsi sulle sedie.

«Passiamo al lavoro», continuò, «iniziando con un rapido riepilogo di ciò che abbiamo finora. Lucas

Anderson ha comunicato che la nostra vittima è morta sulla scena del crimine in un momento imprecisato tra domenica sera e ieri pomeriggio. Sarà in grado di darci una finestra temporale più precisa una volta completata l'autopsia domani. Nessuno stava lavorando in quella zona della piantagione di luppolo ieri perché, secondo l'agricoltore, Justin Mallory, il luppolo non era ancora pronto, e questo è il motivo per il quale la nostra vittima non è stata scoperta fino a stamattina».

Si voltò a guardare la fotografia della vittima, un brivido le percorse le spalle al pensiero che persino l'immagine non riusciva a catturare il vero orrore della tortura e della morte di quell'uomo. «Al momento, non sappiamo chi sia. Le sue impronte digitali non sono nel nostro sistema e non ha precedenti penali. Qualcuno ha avuto modo di dare un'occhiata alle persone scomparse?»

«Io», disse il sergente Harry Davis, alzandosi da una sedia in fondo al gruppo. «Ho iniziato con i nomi e le fotografie più recenti, andando a ritroso. Non c'è nessuno che corrisponda alla sua descrizione tra gli scomparsi negli ultimi quattro mesi, ma continuerò a cercare».

«Grazie, Harry. Anche se i suoi assassini gli avevano tagliato la camicia, Lucas ha dato un'occhiata all'etichetta: non è una marca economica e per il resto era in buone condizioni, quindi sospenda la ricerca quando arriva a sei mesi fa e venga a parlarmi», disse Kay. «Decideremo se continuare o meno su quella strada. Nel frattempo, può mettersi in contatto con il quartier generale e assicurarsi che le comunichino se arriveranno nuove denunce di persone scomparse nelle prossime quarantotto ore?»

«Nessun problema, capo.»

«Domattina Lucas eseguirà l'autopsia, e io e Barnes saremo presenti, perciò se dovessimo scoprire qualcosa che possiamo condividere con voi tutti, ve lo comunicherò durante il briefing di domani pomeriggio.» Kay si fermò per bere un altro sorso di caffè, consapevole che avrebbe potuto essere l'ultimo per diverse ore. «Non ci sono segni di effrazione alla fattoria, e le telecamere di sorveglianza puntate sul cortile nelle ultime due notti non mostrano alcun macchinario agricolo spostato all'insaputa del proprietario, né ci sono segni di intrusi. Sean Gastrell ha completato la revisione iniziale con Justin Mallory, ma ha richiesto delle copie di quei filmati e ha intenzione di riesaminarli nel caso gli fosse sfuggito qualcosa.»

«Crede che Mallory possa averlo distratto o qualcosa del genere, capo?» chiese Gavin.

Kay si strinse nelle spalle. «Penso sia solo Sean che vuole essere sicuro di essere stato il più meticoloso possibile. Diciamo che è una cosa che gli deriva dalla sua formazione militare. Nel frattempo, la squadra degli investigatori forensi di Harriet è ancora al lavoro nella piantagione di luppolo per cercare di capire come l'assassino o gli assassini della nostra vittima siano riusciti a portarlo nel campo e a issarlo su quel traliccio senza essere visti o sentiti. Sono state confiscate sei falci ai braccianti agricoli, compreso l'uomo che ha trovato il corpo, Alexandru Popa. Lui e alcuni altri sono qui dalla Romania per aiutare con il raccolto, ma hanno già lavorato in passato per la fattoria di Justin Mallory e non hanno mai causato problemi prima. Mallory stesso non sa spiegarsi chi sia quell'uomo o perché si trovasse nel suo campo. Kyle, puoi iniziare a indagare sui trascorsi di Mallory? Ha preso il posto di suo padre a tempo pieno due anni fa, ma aveva già lavorato nella fattoria in precedenza. Vorrei sapere cos'altro ha combinato.»

«Certo, capo.» L'agente aggiornò i suoi appunti, poi si accigliò. «E sua moglie?»

«Cassandra Mallory si occupa della contabilità della fattoria e dei contatti con tutti i loro fornitori», disse Kay. «È anche colei che reperisce i lavoratori stagionali tramite un'agenzia di collocamento con sede qui a Maidstone. La fattoria si è avvalsa degli stessi operai negli ultimi cinque anni. Gavin, puoi organizzarti per parlare con l'agenzia e ottenere tutte le informazioni di cui avremo bisogno su quegli operai, per favore?»

«Nessun problema, capo», disse Gavin. «Scoprirò anche se quegli operai hanno dato una mano in altri raccolti nella zona, al di fuori della stagione della raccolta del luppolo.»

«Ottima idea. Qualcuno dei loro nomi è comparso nel nostro sistema?»

«Nessuno», disse lui, rivolgendole un sorriso da lupo. «Ma questo non significa che non abbiano precedenti per violenza...»

«Significa solo che non sono stati presi», concluse Kay. «Se scopri qualcosa, anche solo una voce, fammelo sapere.»

«Sarà fatto.»

«Okay, ultima cosa per ora, la fattoria del luppolo organizza regolarmente dei tour durante l'estate», disse Kay. «Laura, puoi reperire un elenco di tutti i partecipanti degli ultimi quattro mesi da Gloria, la donna che gestisce il sito web e il marketing della fattoria, e iniziare a indagare sui loro trascorsi?»

«Sì, capo.»

«Kyle, Laura ha detto che stava parlando con il quartier generale per reperire personale aggiuntivo per aiutare con gli interrogatori ai vicini e tutte queste altre mansioni. A che punto è?»

L'ultimo arrivato nella sua squadra investigativa fece una smorfia. «Non bene, mi dispiace, capo. Hanno detto che non ci saranno rinforzi disponibili questa settimana, e che forse potranno concederci due agenti semplici la prossima settimana se verrà annullata un'esercitazione antisommossa.»

«Dannazione.» Kay sospirò, guardò il caffè rimasto nella tazza, poi lo finì in un solo sorso. «Okay, la situazione è questa. Debbie, è meglio che ti faccia dare una mano da Nadine e Sean per rintracciare il resto dei filmati delle telecamere di sicurezza della zona, non appena saranno congedati dalla scena del crimine.»

«Nessun problema, capo.» L'agente in uniforme aggiornò i suoi appunti. «Già che ci siamo, posso chiedere a tutti di assicurarsi di aggiornare HOLMES2 con i propri compiti entro la fine di ogni giornata, così posso mantenere la coerenza nei rapporti? In questo modo, saremo in grado di identificare più velocemente eventuali connessioni o anomalie.»

«Grazie, e sì.» Kay rivolse lo sguardo ai suoi colleghi. «Avete sentito Debbie, tutti quanti. So che alcuni di voi sono indietro con le pratiche amministrative, ma in questo caso dovrete renderle una priorità. Faccio affidamento su di voi, d'accordo?»

Ci furono mormorii di assenso, poi lei diede un'occhiata alla lavagna bianca per un momento e guardò la fotografia della vittima. «È ancora troppo presto per avere un rapporto completo dagli investigatori forensi scientifica, ma Harriet ha richiesto le impronte digitali di tutti i braccianti le cui falci sono state sequestrate per ulteriori indagini. Ci sono notizie su eventuali corrispondenze nel nostro database?»

«Nessuno schedato, capo», disse Kyle, «ma manca una persona: Roland Hammerton. Justin Mallory ha confermato che è in malattia questa settimana per un forte mal di schiena, quindi non appena sarà disponibile...»

«Un mal di schiena?» Kay si girò di scatto verso di lui, poi vide Barnes che la fissava, con la mano che già estraeva le chiavi della macchina dalla tasca dei pantaloni. «Avete un suo indirizzo?»

CAPITOLO 7

Kay teneva il telefono in una mano e si aggrappava alla maniglia sopra la portiera del passeggero, mentre Barnes premeva a tavoletta sull'acceleratore facendoli sfrecciare su uno stretto ponte di pietra che attraversava il fiume Medway.

La strada per uscire da Maidstone era una secondaria proibita ai mezzi pesanti e, a quell'ora del giorno, non c'erano pendolari e pochissimo traffico locale. Nonostante i finestrini chiusi e l'aria condizionata accesa, riusciva a sentire il profumo dolce dell'erba appena tagliata sui bordi della stradina e notò i caratteristici bagliori gialli delle coltivazioni di ricino tra le file di querce e faggi.

Tornando a concentrarsi sul telefono, sentì l'auto scattare di nuovo in avanti mentre la mano di Barnes era appoggiata sul cambio, con un'aria rilassata, mentre il veicolo ondeggiava in una curva a sinistra e sbucava in cima a una collina, con la chioma degli alberi che lasciava spazio a una luce solare abbagliante che si riversava attraverso il parabrezza.

Alzò lo sguardo e vide sfrecciare un pub dall'intonaco bianco, poi il suo collega frenò bruscamente quando apparvero un cavallo e il suo cavaliere, e lei sentì la cintura di sicurezza premerle con forza sulla spalla.

«Accidenti, Ian» disse lei, abbassando il telefono in grembo mentre lui abbassava il volume della radio della polizia. «Se ha davvero mal di schiena, non andrà da nessuna parte di fretta.»

«E se non ce l'ha?» Barnes le lanciò un'occhiata, poi tornò a concentrarsi sulla stradina tortuosa che attraversava il villaggio. «Ad ogni modo, cosa dice il suo fascicolo personale? Gliel'hanno mandato?»

«Laura è riuscita a farsene dare una copia da Cassandra Mallory.» Kay scrutò lo schermo del telefono. «Roland Hammerton ha cinquantadue anni, divorziato con due figlie, entrambe all'università. Ha iniziato a lavorare per i Mallory quattro anni fa, dopo essere stato dichiarato in esubero dal suo precedente lavoro come lattoniere in un'azienda fuori Orpington. Lui e la sua attuale fidanzata sono in affitto nella casa dove stiamo andando.»

«Qualche precedente?»

«Niente sul lavoro e Laura non lo trova nel nostro sistema.» Kay rimise il telefono nella borsa e si sistemò sul sedile, mentre Barnes, ascoltandola, adottava uno stile di guida più tranquillo. «Non prende ferie da Pasqua, quando è andato a Manchester a trovare una delle figlie, ma ha prenotato una settimana di ferie all'inizio di dicembre e ha detto a Cassandra che lui e la sua ragazza andranno alle Canarie.»

«Cosa fa la fidanzata?»

«Nessuna idea. Quando Laura gliel'ha chiesto,

Cassandra ha detto che crede che Roland la frequenti solo da circa quattro o cinque mesi.»

«E sono già andati a vivere insieme?»

Kay si strinse nelle spalle, poi aprì l'app delle mappe sul telefono. «Gli affitti non sono economici da queste parti, e se vanno d'accordo...»

«Tanto vale trasferirsi insieme e risparmiare.» Barnes si strinse nelle spalle. «Ha senso.»

«Gira alla prossima a sinistra tra circa duecento metri» disse Kay, irrigidendosi mentre lui frenava, «casa loro è quassù, sulla destra.»

Barnes rallentò fino a procedere a passo d'uomo prima di raggiungere la fila di quattro case coloniche a schiera in mattoni.

Erano edifici semplici, senza giardino sul davanti e con una semplice piazzola sterrata di fronte. C'erano quattro auto parcheggiate di fronte alle case: due vecchissime utilitarie in fondo, che sembravano sul punto di cadere a pezzi da un momento all'altro, un fuoristrada verde scuro davanti alla terza villetta, e un pick-up bianco, sporco, parcheggiato di fronte alla prima.

Il tetto di ardesia era stato danneggiato nel corso degli anni, e Kay notò dei teli di plastica blu nei punti in cui alcune tegole erano volate via durante le tempeste o erano cadute per incuria. Anche la vernice si stava scrostando dai davanzali della proprietà, in contrasto con le case vicine che avevano cesti fioriti appesi alle piccole verande sopra le porte d'ingresso e sembravano in condizioni molto migliori. C'era un arbusto avvizzito in un vaso di terracotta scheggiato e macchiato accanto alla porta d'ingresso e, quando Kay percorse il sentiero per raggiungerla, sentì le mattonelle di cemento vacillare sotto le scarpe.

Barnes suonò il campanello e poi ritrasse bruscamente la mano quando un ronzio elettrico risuonò dai fili che sporgevano da sotto. «Porca miseria.»

Facendo un passo indietro per guardare le finestre del piano superiore, Kay percorse la casa con lo sguardo. «Questo posto cade a pezzi. Penseresti che il padrone di casa faccia qualcosa al riguardo, no?»

«Ma stai scherzando. Questo posto è una reggia in confronto ad alcuni di quelli che ci sono da queste parti.» Barnes fece un cenno col mento verso le case vicine. «Presenti esclusi.»

«Tieni d'occhio i dintorni, nel caso vedessi qualche vicino» disse Kay. «Potrei voler parlare con loro, dopo.»

Lui annuì, ma non disse nulla mentre il suono di una catena risuonava attraverso la porta di legno, che poi si aprì rivelando una donna sulla quarantina, con la bocca segnata da rughe che suggerivano un'abitudine al fumo decennale che non aveva fatto bene alla sua pelle.

Kay mostrò il suo tesserino. «Ispettrice Kay Hunter, e il mio collega, il sergente detective Ian Barnes. C'è Roland Hammerton?»

Gli occhi della donna si strinsero. «Cosa volete?»

«Scambiare qualche parola.» Kay allungò il collo per guardare oltre la testa della donna, lungo il corridoio alle sue spalle. «È in casa?»

«No.» La donna fece per chiudere la porta, ma Kay mise il piede in mezzo per bloccarla. «Ehi.»

«Dov'è?»

«Non lo so.»

«Come si chiama?»

«Non glielo dico.»

«Senta, possiamo sbrigarcela qui o giù in centrale» disse Kay, perdendo la pazienza. «Sono nel bel mezzo di un'indagine per omicidio e non sono in vena di sopportare il suo atteggiamento. Decida lei.»

La donna mise il broncio, poi lasciò andare la porta e incrociò le braccia sul petto ossuto. «È andato al negozio a prendere delle sigarette.»

«Perché non c'è andata lei?»

«Alla stronza che lo gestisce non piaccio.»

«Come mai?»

«Può darsi che le abbia detto qualcosa di troppo l'ultima volta che ci sono stata.» Il suo cipiglio si accentuò. «Comunque, di che si tratta?»

«Possiamo entrare?» Kay fece un cenno verso le case dei vicini e vide una tenda scostarsi per poi tornare a posto. «A meno che non voglia offrire ai suoi vicini uno spettacolo in prima fila.»

«Bastardi.» La donna si fece da parte e quasi trascinò Kay oltre la soglia. «Non sanno farsi gli affari loro. Chiuda la porta.»

Detto questo, si voltò e li condusse in un soggiorno squallido che dava sul vicolo. C'erano tende di pizzo ingiallite alla finestra e pesanti tendaggi di velluto, impregnati di fumo di sigaretta, tirati di lato per far entrare un briciolo di luce.

Kay sentì le scarpe appiccicarsi alla moquette mentre si dirigeva verso una poltrona, ma poi riconsiderò l'idea di sedersi quando notò la quantità di peli di cane bianchi attaccati ai cuscini. Invece, voltò le spalle alla finestra e attese mentre la donna si lasciava cadere su un divano sfondato contro la parete opposta. Barnes era in piedi di fronte a un mobile basso su cui era appoggiato un grande televisore con lo schermo coperto di polvere.

«Bene» disse Kay. «Come si chiama?»

«Jenna Corey.»

«E la sua relazione con Roland è…?»

«Complicata.» Jenna alzò gli occhi al cielo, allungò la mano verso un pacchetto di sigarette accartocciato e un accendino di plastica rossa sul tavolino di fronte a lei, poi cambiò idea e li spinse via con un'espressione accigliata. «Era molto più divertente prima che andassimo a vivere insieme.»

«Dove l'ha conosciuto?»

«In quel pub sulla strada secondaria fuori Smarden.»

«Quello che ha chiuso?»

«Sì.»

«Come vi siete conosciuti?»

Jenna fece spallucce. «Ero lì un venerdì sera ad aspettare un amico. Il mio amico non si è fatto vedere e io e Roland abbiamo iniziato a chiacchierare. C'è stata subito intesa.»

«Le ha parlato di qualche problema sul lavoro di recente?»

«No. Perché?»

«Abbiamo saputo che al momento è in malattia per un forte mal di schiena.»

«Sì, si è fatto male qualche giorno fa.»

«Facendo cosa?»

«Non lo so.»

«Lei dov'era?»

«Cosa?»

«Lei dov'era?» ripeté Kay, osservando con interesse la donna mentre si dimenava sulla sedia.

«Io… io sono andata a Tunbridge Wells nel pomeriggio per vedere un amico. Abbiamo bevuto un po' troppo, così ho dormito sul suo divano.»

«Un amico?»

Jenna strinse gli occhi. «Non c'è niente tra me e lui. Abbiamo solo bevuto qualcosa, va bene?»

«E a Roland andava bene?»

«Non gliel'ho chiesto.» La donna si lanciò sulle sigarette, ne sfilò una dal pacchetto e l'accese con un unico movimento fluido. «All'epoca non era qui.»

«Dov'era?»

«Fuori.»

«Dove?»

«Non lo so.» Jenna fece un lungo tiro di sigaretta, poi inclinò il mento e soffiò il fumo verso il soffitto, dove si unì a una miriade di macchie giallastre. «È uscito sabato mattina, mentre io dormivo ancora.»

«Ci serviranno il nome e l'indirizzo del suo amico di Tunbridge Wells.»

«Perché?»

«Perché, come le ho già detto, sto conducendo un'indagine per omicidio, signorina Corey, e al momento chiunque con cui parlo è un sospettato, finché non sarò convinta del contrario.» Kay la fulminò con lo sguardo, osservando la punta della sigaretta ridursi in cenere mentre la bocca di Jenna si apriva in una "o" di sorpresa.

«Omicidio?» farfugliò lei. «Io non so niente di nessun omicidio.»

«Il nome e l'indirizzo del suo amico?» la incalzò Barnes, con la penna pronta a scrivere.

Jenna glielo disse, poi rivolse di nuovo la sua attenzione a Kay. «Roland non farebbe male a una mosca.»

«Ma sta mentendo riguardo al mal di schiena, non è vero?»

«Ieri stava davvero malissimo. Ha preso degli antidolorifici.»

Kay insistette. «Come si è fatto male?»

«Le ho già detto che non lo so. Le posso però assicurare che quando sono rientrata domenica pomeriggio, era in agonia.»

Kay osservò la donna, lasciandola contorcere a disagio sotto il suo sguardo per qualche istante, poi, al rumore di un'auto che si fermava fuori, guardò dalla finestra.

Scese un uomo corpulento sulla cinquantina, con radi capelli castano chiaro e la pancia prominente che sporgeva dalla cintura dei jeans. Nonostante la stazza, si muoveva con agilità mentre tirava fuori due buste di plastica piene di spesa dal sedile posteriore e chiudeva l'auto.

Poi si voltò e fissò la berlina argentata che non conosceva, parcheggiata più avanti nella piazzola di sosta, aggrottando la fronte.

«A me sembra che stia bene,» disse Kay, poi fece un passo avanti mentre Jenna si lanciava dal divano e tentava di correre verso la porta del soggiorno. «Si sieda e stia zitta. Barnes?»

«Lasci fare a me.»

CAPITOLO 8

Il sergente detective si precipitò alla porta d'ingresso prima che Jenna potesse lanciare un avvertimento, lasciando Kay a fulminare la donna con lo sguardo mentre sentiva la porta aprirsi e Barnes ordinare all'uomo di entrare.

Dando un'occhiata furtiva attraverso la finestra, vide Roland Hammerton che sembrava valutare se fosse il caso di tornare alla macchina o meno, prima che le sue spalle si afflosciassero e si trascinasse verso la casa con le due borse.

«Non andare da nessuna parte» ordinò a Jenna, poi uscì dalla stanza, si chiuse la porta alle spalle e seguì Barnes e Roland lungo il corto corridoio.

Da Hammerton proveniva un forte odore di sudore, e lei notò delle macchie che si allargavano sotto le ascelle della sua maglietta azzurra, che a suo parere non avevano nulla a che fare con la temperatura mite di fuori. Il suo respiro era affannoso e, quando raggiunse la porta in fondo, era spuntata una tosse sibilante e rantolosa.

Lui la aprì e si fece da parte per far passare prima

Barnes, ma il suo sergente ebbe più buonsenso, ed esperienza, e fece cenno all'altro uomo di precederlo, poi si voltò e la chiamò con un gesto.

«È la cucina, capo. Via libera.»

«Grazie.» Lo lasciò sulla soglia ed entrò nella stanza, dove vide Roland in piedi, di spalle al lavello, le dita tremanti impegnate ad aprire l'involucro di plastica di un pacchetto di sigarette. Le buste della spesa erano su un piccolo tavolo ricoperto di formica scheggiata; un altro pacchetto di sigarette e una pagnotta erano rotolati sulla superficie. Due sedie erano infilate sotto il tavolo, e altre due erano impilate in un angolo della cucina accanto a un'aspirapolvere verticale, per non essere d'intralcio.

Kay sfilò una delle sedie dal tavolo e la indicò. «Si sieda, per favore, signor Hammerton. Potrà fumarne una quando avremo finito.»

Lui grugnì, poi trasalì per il dolore e si portò una mano alla schiena prima di trascinarsi fino alla sedia e accomodarsi con cautela. Fece scivolare il pacchetto di sigarette e l'involucro di plastica scartato verso le buste della spesa, poi aggrottò le sopracciglia quando Kay prese posto di fronte a lui e sorrise.

Lei non disse nulla.

Dopo alcuni istanti di imbarazzante silenzio, Roland si schiarì la gola con una tosse catarrosa, poi deglutì. «Oggi sarei dovuto andare dal medico per un certificato, ma non avevano appuntamenti liberi.»

«Sono sicura che sia perché ci sono persone che soffrono più di lei, signor Hammerton, e che hanno più bisogno di un dottore» disse lei. «Come si è fatto male?»

«Al lavoro, venerdì pomeriggio.»

«E dove sarebbe "al lavoro"?»

«Se siete qui, lo sapete. La fattoria dei Mallory.»

«Come si è fatto male?»

«Mi sono girato male mentre spostavo dei sacchi di fertilizzante.»

«E se controllo il registro infortuni della fattoria, troverò una nota di questo incidente, giusto?»

«Sì, mi sono assicurato che la signora Mallory lo scrivesse sul registro per me, ma sul momento non faceva così male. È stato solo quando sono tornato a casa che mi sono reso conto di quanto grave fosse.» Roland fece per appoggiare i gomiti sulle ginocchia, ma ci ripensò e simulò un'altra smorfia di dolore. «Fa davvero un male cane.»

«Eppure riesce a guidare.»

«Devo farlo, per prendere gli antidolorifici.»

«E le sigarette.» Kay osservò mentre lui si sistemava sulla sedia ed evitava il suo sguardo. «Perché non ha chiesto a Jenna di prenderle per lei?»

«Jenna non può guidare al momento. Le hanno ritirato la patente il mese scorso.» Il labbro inferiore di Roland sporse in fuori. «Stupida cretina.»

«Come si è fatto male?»

«Un sacco di fertilizzante si è spostato su un sollevatore telescopico mentre ne controllavo le cinghie. Mi ha buttato a terra e sono atterrato male.»

«A che ora ha lasciato la fattoria dei Mallory venerdì?»

«Alle tre e mezza, come al solito. Ci è voluto tutto quel tempo per sbrigare le pratiche e dirle cos'era successo.»

«Dove è andato dopo?»

«Perché?» Socchiuse gli occhi.

«Risponda alla domanda, per favore.»

«Sono venuto qui.»

«Si è fermato da qualche parte lungo la strada?»

«No.»

«Neanche per comprare le sigarette?»

Si agitò sulla sedia. «Ok, ho comprato le sigarette.»

«Dove?»

«Ehm, al minimarket del paese qui in fondo alla strada.»

Kay si acciglò. «Venendo dalla tenuta dei Mallory, è fuori strada.»

«Non volevo andare al supermercato grande di Staplehurst. Troppo affollato a quell'ora del giorno, no?»

«Dove è andato dopo il minimarket?»

«Da nessuna parte. Sono venuto qui.»

«Qualcuno può confermarlo?»

Roland fece un cenno col mento verso la porta. «Lo farà lei.»

«Ian?» Kay guardò dietro di sì. «Ti dispiacerebbe chiedere alla signorina Corey di confermare, per favore?»

«Capo.»

Si rivolse di nuovo all'uomo. «Dove è andato sabato mattina?»

«Cosa intende?»

«La signorina Corey afferma che quando si è svegliata sabato mattina, lei non era qui. Dov'era?»

La mascella di Roland si tese e il suo sguardo si spostò oltre Kay al rumore di passi.

«Capo, Jenna dice che è tornato qui venerdì pomeriggio verso le quattro e mezza» disse Barnes.

«Grazie» disse lei, osservando Roland. «Allora, dov'era sabato mattina?»

«Ho cercato di farmi visitare da un dottore...»

«Quale ambulatorio?»

Lui le disse il nome, poi si mise le mani sui reni e si stiracchiò, chiudendo gli occhi con un gemito.

«Signor Hammerton, se ha dei dolori, perché sabato mattina non ha telefonato all'ambulatorio invece di guidare fin lì?»

Riaprì gli occhi, lasciò ricadere le mani in grembo e si strinse nelle spalle. «Ho pensato che se mi avessero visto, se avessero capito quanto dolore provavo, magari mi avrebbero dato un appuntamento.»

«E lo hanno fatto?»

«No» rispose lui, imbronciato. «Mi hanno detto di prendere degli antidolorifici e di chiamare se per oggi non fosse migliorato.»

«E l'ha fatto? Intendo, ha telefonato.»

«Avevo intenzione di farlo appena tornato.» La fulminò con lo sguardo. «Ma ora sto parlando con lei e probabilmente perderò la fascia oraria per le telefonate.»

«Ha preso appuntamento con un chiropratico o un osteopata?»

«Non posso permettermelo» disse. «Ecco perché voglio un appuntamento dal medico, così può mandarmi da uno dei loro. Gratis, diciamo.»

«Okay, Roland. Dice di essersi fatto male al lavoro venerdì. È più tornato alla fattoria da allora?»

«Eh? No, perché avrei dovuto?»

«C'è tornato?»

«No. Non ci andrò finché non starò meglio con la schiena. Non ha senso. Non posso lavorare così, no?»

Roland si massaggiò una tempia. «Ho anche dei flashback. Incubi.»

«Come farà per i soldi?»

«Dovrò chiedere il sussidio di disoccupazione o qualcosa del genere, se i Mallory non mi danno niente, suppongo. Almeno finché non starò meglio.»

«Quanto tempo è rimasto dal dottore?»

«Cosa?»

«Ha detto di essere andato all'ambulatorio del medico sabato mattina. Per quanto tempo è rimasto lì?»

«Non so, un bel po'.»

«Cinque ore?»

Lui si strinse di nuovo nelle spalle a mo' di risposta.

«Perché Jenna dice che lei non c'era quando si è svegliata, e lei è uscita di casa alle due» spiegò Kay. «E non credo che l'ambulatorio del medico sia aperto molto oltre mezzogiorno di sabato. Dove è andato?»

«Ho aspettato lì un'eternità» disse Roland, con voce insistente.

«Dove è andato quando ha lasciato l'ambulatorio?»

«Ho pensato che tanto valesse andare a comprare altri antidolorifici, per tirare avanti, sa. Poi sono tornato qui. A quel punto Jenna era uscita, così mi sono addormentato sul divano guardando la TV.»

Kay inarcò un sopracciglio. «Fossi in lei, starei attento, signor Hammerton. Per come sta prendendo gli antidolorifici, potrebbe finire con un bruttissimo problema di stomaco.»

CAPITOLO 9

Laura guidò l'utilitaria azzurra oltre i due pilastri di mattoni all'ingresso dell'azienda agricola dei Mallory, con le bocchette dell'aria del cruscotto che rombavano e i finestrini abbassati.

Maledicendo il fatto di aver pescato la pagliuzza più corta e di essersi vista assegnare per la settimana un'auto di servizio con l'aria condizionata rotta, fece un cenno di saluto con la mano al giovane agente in uniforme che stazionava al cancello aperto per tenere alla larga gli ospiti indesiderati, poi seguì le sue indicazioni per parcheggiare sul lato sinistro dell'aia.

Trovò un posto accanto a uno dei furgoni degli investigatori forensi, spense il motore e recuperò la borsa da sotto il sedile del passeggero, frugandoci dentro finché non trovò una piccola boccetta spray di profumo. Se ne tamponò un po' sui polsi e sulle clavicole, controllò di non aver bisogno di altro deodorante, poi scese.

Lì non c'era un alito di vento, nessun sollievo dal caldo soffocante che si rifletteva sulla spianata di cemento e sul muro di pietra che circondava il cortile. Le erbacce che spuntavano dalle crepe erano appassite, e notò una coppia di passeri qualche metro più in là lungo il muro, con i becchi aperti per contrastare il caldo mentre cercavano formiche e coleotteri.

Laura non riconobbe l'agente e si avvicinò per presentarsi. Fatto ciò, si guardò intorno nell'aia. «Dove posso trovare Gloria Barkham?»

«Laggiù, in quella vecchia stalla ristrutturata» disse lui. «L'ufficio più vicino a noi.»

«Grazie.»

Tirandosi gli occhiali da sole sulla testa, Laura si avvicinò alla porta contrassegnata da un cartello per il centro visitatori. Era chiusa, e da qualche parte lì vicino un motore ronzava. Con suo grande sollievo, quando bussò e poi aprì la porta, una folata d'aria fresca l'avvolse.

Varcò la soglia ed entrò in un ampio locale con un bancone nell'angolo in fondo dotato di quattro spillatori, e quattro tavoli con sedie di fronte. Chiudendosi la porta alle spalle, osservò il materiale promozionale che copriva la parete di sinistra, le cui foto illustravano la storia della raccolta del luppolo nel Kent e poi la fondazione dell'azienda agricola dei Mallory.

Alla sua destra c'era un tavolo di quercia che fungeva da scrivania, con la superficie coperta di scartoffie, opuscoli promozionali e cartelline beige di cartoncino. Il condizionatore era fissato al muro dietro di esso, la velocità era impostata su un leggero ronzio.

Una donna sbirciò da sopra lo schermo di un computer con un'espressione affannata. «Mi dispiace, oggi siamo chiusi.»

«Lo so.» Laura estrasse il suo tesserino e glielo mostrò. «Detective Laura Hanway, polizia del Kent. Lei è Gloria Barkham?»

«Sì» disse la donna. «Ho già parlato con un suo collega e ho rilasciato una dichiarazione. Cos'altro le serve? Sono molto impegnata.»

«Posso sedermi?»

Gloria, con un sospiro rassegnato, indicò una delle sedie vicino al bar. «Faccia pure, ne prenda una.»

Una volta trascinata una sedia fino alla scrivania e preparatasi con taccuino e penna, Laura passò lo sguardo sui documenti e sulle cartelline. «Quanti tour erano prenotati per oggi?»

«Tre. Due, più un evento aziendale privato nel pomeriggio.» Gloria allungò la mano e inclinò lo schermo in modo da poter vedere meglio Laura e si appoggiò allo schienale della sedia, squadrando le scartoffie. «Saranno tutti rimborsati, ovviamente, e secondo i suoi colleghi dobbiamo cancellare anche i tour per il resto della settimana. Per quanto riguarda la prossima settimana...»

A quel punto, la donna tirò su col naso, poi prese da un cassetto della scrivania un fazzoletto di carta da un pacchetto stropicciato e si asciugò gli occhi prima di rimettersi comoda sulla sedia. «È terribile, semplicemente terribile.»

«Da quanto tempo lavora qui?» chiese Laura.

«Sei anni. Ho iniziato aiutando il padre di Justin con l'amministrazione quotidiana dell'azienda. All'inizio lavoravo solo part-time, mentre i miei figli andavano a scuola, e quando sono arrivati agli esami di maturità sono passata a tempo pieno. Justin mi ha chiesto di rimanere quando ha preso in mano l'attività.»

«E da quanto tempo organizza i tour?»

«Dall'inizio.» Gloria si raddrizzò un po', con orgoglio nella voce. «In realtà, è stata una mia idea.»

«Ah sì?»

«Beh, c'è stato un po' un calo l'anno prima che Justin subentrasse e, non dica a nessuno che l'ho detto, ma penso che Joseph, suo padre, si stesse stancando di tutto il lavoro che comportava. Però non riusciva a rinunciarci. Questa azienda appartiene alla famiglia dalla fine dell'Ottocento, e questo mi ha fatto pensare che forse avremmo potuto condividere quella storia di famiglia con gli appassionati di birra artigianale e altri turisti della zona.»

«Cosa pensò Joseph quando gliel'ha accennato per la prima volta?»

«All'inizio non era molto entusiasta» ammise Gloria. «La sua preoccupazione principale era l'impatto sull'assicurazione; può immaginare quanto costi ogni anno. Ma parlai con alcuni esperti del settore turistico locale e preparai un piano commerciale da mostrargli. Una volta che vide come quel reddito potesse giovare ad altre aree dell'azienda, accettò di fare una prova per quell'estate. Da allora non ci siamo più fermati.»

Laura sentì l'orgoglio nella voce della donna e sorrise. «Sono ovviamente molto fortunati ad averla qui. Qualche problema con i tour di recente?»

«Che cosa intende?»

«Beh, qui servite alcolici.» Laura indicò con il pollice dietro la spalla, verso l'area del bar. «Avete mai problemi con clienti ubriachi, o cose del genere?»

Gloria arricciò il naso. «A volte, ma è raro. Se capita, di solito è perché sono stati in una o due delle aziende di luppolo o dei vigneti vicini prima di venire qui. Justin e Trevor, però, sono piuttosto bravi a gestire quel genere di cose, e in un modo tale da non mettere i clienti a disagio.»

«Le viene in mente qualche altro problema?»

«No, non che io sappia.» Gloria si sporse in avanti e mosse il mouse per riattivare lo schermo del computer. «E non ho idea del perché ci sia un morto nella nostra piantagione di luppolo.»

Laura ripose il taccuino e la penna nella borsa. «Grazie per il suo tempo. Prima di andare, vorrei una lista con tutti i nomi delle persone che hanno visitato la fattoria negli ultimi quattro mesi, per favore. Gruppi turistici, eventi aziendali, degustazioni private, qualsiasi cosa del genere.»

Le sopracciglia della donna schizzarono verso l'alto. «Ma queste sono informazioni riservate.»

«Lo sono, finché non vengono richieste per un'indagine ufficiale di polizia,» replicò Laura. Aprì la cerniera di uno scomparto della borsa e tirò fuori una chiavetta USB nuova. «Ecco a lei. Le risparmierà di dover inviare tutto via email.»

Gloria sospirò, ma prese la chiavetta USB e la inserì nel computer. «Immagino di sì. Dovrà aspettare che io esporti tutto dal nostro sistema di prenotazione.»

«Nessun problema.»

Laura trascinò la sedia di nuovo verso l'area del bar, poi si avvicinò al montaggio fotografico che si estendeva lungo la parete. Fece scorrere lo sguardo sulle immagini più recenti, che mostravano la modernizzazione dei metodi di essiccazione del luppolo, e si soffermò qualche istante ad ammirare la professionalità del fotografo che aveva immortalato delle toccanti immagini di Justin e Cassandra Mallory mentre camminavano e ridevano tra i filari di luppolo; la didascalia spiegava che stavano ispezionando il raccolto dell'anno precedente.

Ripercorrendo l'anno a ritroso, si fermò quando arrivò al momento in cui la fattoria era passata da Joseph a suo figlio Justin. Una fotografia in posa, attribuita a una rivista nazionale di economia, mostrava i due uomini nella piantagione di luppolo, in piedi uno accanto all'altro, con il Mallory più anziano che poggiava la mano sulla spalla del figlio e sorrideva.

Justin teneva le braccia conserte e i piedi divaricati alla larghezza delle anche, dando l'impressione di essere pronto a lasciare il segno sull'azienda a modo suo, e sembrava ignorare i tentativi del padre di mostrare un'unita generazione di agricoltori.

«Ecco a lei.»

Al suono della voce di Gloria, Laura si voltò e vide la donna che le porgeva la chiavetta USB, e si affrettò ad avvicinarsi. «Grazie.»

«Mi scusi, ma ora devo proprio andare avanti.» La donna indicò le cartelline di cartoncino. «Devo ancora telefonare a tutti questi clienti e spiegare che le visite devono essere riprogrammate. Non è che per caso sa quando potremo riaprire?»

«No, mi dispiace.» disse Laura, mettendo la chiavetta nella borsa. «Dovrà parlarne con l'Ispettrice Hunter, o lo farà il signor Mallory.»

Gloria si morse un labbro. «Okay.»

«Grazie per il suo aiuto.» Laura si diresse verso la

porta, poi si fermò e si guardò indietro. «Un'ultima domanda. Com'era qui, quando Justin ha preso in gestione la fattoria? Per Joseph andava bene?»

«Oh, credo che all'inizio Joseph abbia fatto un po' fatica,» disse Gloria. «Penso che sia stato più che altro il suo orgoglio a essere ferito, il dover rinunciare alla tenuta. Insomma, vive ancora qui vicino, in uno dei cottage della fattoria dall'altra parte dei campi e passa di tanto in tanto, ma credo che una parte di lui sperasse che a Justin non andasse così bene.»

Laura si accigliò. «Perché?»

«Perché voleva vendere la proprietà quattro anni fa,» disse Gloria. «All'epoca riteneva che valesse milioni, ma Justin lo convinse a tenerla per via della storia di famiglia. Credo che da allora non gliel'abbia mai perdonato.»

Laura lanciò un'occhiata dietro di sé, alla fotografia dei due uomini. «Lì sembra abbastanza felice della cosa.»

«Quella fotografia è stata scattata l'anno prima che Justin subentrasse,» spiegò Gloria. «Di questi tempi si parlano a malapena.»

CAPITOLO 10

Il mattino seguente il cielo era coperto e la temperatura era scesa di almeno otto gradi.

Il suono delle sirene lacerava l'aria, mescolandosi al frastuono del traffico proveniente sia dalla strada a doppia carreggiata a sud del Darent Valley Hospital sia da Watling Street a nord, dove un flusso costante di veicoli si dirigeva verso l'enorme centro commerciale. Un elicottero sorvolò le loro teste per la terza volta; la sua livrea sgargiante lo identificava come appartenente a un canale di notizie ventiquattr'ore su ventiquattro mentre girava intorno al Dartford Bridge.

Nuvole grigie macchiavano il cielo mentre Kay, appoggiata all'auto di servizio, alzava lo sguardo verso la facciata a vetri dell'ospedale, chiedendosi se sarebbe andata via da quel posto con le risposte che cercava o se l'autopsia fosse sul punto di aggiungere altre domande a quelle che già le frullavano in testa.

Ignorò i furgoni delle consegne e le auto dei visitatori

che intasavano la strada di servizio accanto ai posti macchina del parcheggio e rivolse invece l'attenzione al telefono, scorrendo le ultime e-mail arrivate. Con un sospiro, notò che i suoi tentativi di trovare altri agenti per farsi aiutare con l'enorme mole di indagini che li attendeva erano stati inoltrati ai piani alti per «valutazione». Un brivido le percorse le spalle mentre si chiedeva quali crimini fossero stati commessi da meritare più uomini dei suoi, poi alzò lo sguardo sentendo un fischio breve e acuto.

Barnes le stava andando incontro, con un biglietto cartaceo in mano e un sorriso stampato in faccia. «È il suo giorno fortunato, capo.»

«Davvero?»

«L'addetto laggiù ci ha appena dato un pass gratuito. A quanto pare stanno facendo dei lavori di manutenzione nell'altro parcheggio, per questo non siamo potuti entrare lì. Gli ho mostrato il tesserino e mi ha detto di non preoccuparmi.» Il suo sorriso si tramutò in un'espressione accigliata. «Meno male, visto quello che fanno pagare di solito.»

Kay alzò lo sguardo verso il cartello sopra l'auto che indicava un'area di scarico merci. «Ma...»

«Non si preoccupi: stanno facendo passare tutte le consegne dall'altro ingresso. Non stiamo creando disagi a nessuno.» Barnes diede uno schiaffetto al pass per il parcheggio sul cruscotto, poi chiuse a chiave le portiere. «Come siamo messi con i tempi?»

«Siamo in anticipo di dieci minuti.» Seguì il collega attraverso la strada di servizio fino alle porte d'ingresso dell'ospedale; il familiare odore di disinfettante e di detergente per pavimenti li accolse appena entrarono nell'atrio principale.

Schivando una coppia di paramedici che trasportavano borse di primo intervento e un anziano che spingeva una donna della stessa età su una sedia a rotelle, Kay attraversò lo spazio fino a una porta e salì una rampa di scale fino al piano successivo. Una porta tagliafuoco conduceva a un lungo corridoio piastrellato con pareti spoglie e cartelli appesi al soffitto che indicavano i reparti di radiologia, risonanza magnetica ed ecografia, ma Kay li ignorò e continuò a camminare fino a raggiungere una porta in fondo, che aprì spingendola per rivelare una piccola reception e una porta che si apriva sulla destra di quest'ultima.

Un uomo si alzò da una sedia dietro la scrivania e spinse verso di loro un registro per i visitatori. «Buongiorno, detective. In orario, anche... lui apprezzerà.»

«Buongiorno, Simon» disse Kay, scarabocchiando la sua firma sulla pagina prima di passare la penna a Barnes. «Hai una mattinata impegnativa?»

«Cinque oggi, tre dall'ospedale, la vostra, e una sospetta overdose da un altro ospedale» disse l'assistente del patologo. «La vostra per prima, date le circostanze.»

Il contegno calmo di Simon Winter nascondeva una mente acuta e una predilezione per le procedure che completavano le capacità del patologo forense e che avevano portato a diverse svolte per Kay e la sua squadra. Mentre lo guardava completare le ultime scartoffie necessarie per procedere con l'autopsia, parte della tensione le scivolò via dalle spalle.

«Vuoi che ci prepariamo mentre finisci, così ci

vediamo dentro?» disse. «Dopotutto, sappiamo come muoverci.»

Simon accennò un sorriso, poi indicò con la penna una seconda porta sopra la spalla destra. «Sai dove trovarle. Mi raccomando, lui inizierà puntuale.»

«Non ci metteremo molto, non ti preoccupare» disse Barnes, e si fece da parte per far passare Kay prima di lui. «Ci vediamo di là, capo.»

«Okay.»

Spinse la porta dello spogliatoio femminile per aprirla e allungò automaticamente una mano per prendere una delle tute protettive imbustate da una pila su una panca che superò, prima di mettere la borsa e la giacca in uno degli armadietti. Indossò l'ingombrante tuta sopra i pantaloni e la camicetta, poi infilò i copriscarpe protettivi abbinati sopra le scarpe e uscì dalla porta, legandosi i capelli mentre teneva il laccetto della mascherina tra i denti.

Barnes era già nell'area della reception, facendo roteare la mascherina attorno all'indice, con i capelli nascosti dal cappuccio della tuta protettiva. Si voltò al suono dei suoi passi e sollevò un sopracciglio. «Pronta?»

«Troviamo delle risposte, Ian» disse, infilando i capelli sotto il cappuccio e sistemandosi la mascherina. «Perché più tempo ci mettiamo, più tempo ha chiunque l'abbia fatto per coprire le proprie tracce.»

«Niente ancora dalla squadra di Harriet?»

«Non ancora. Speriamo per quando torneremo alla centrale...»

Calarono in silenzio quando Barnes aprì la porta d'acciaio della sala autoptica e un'ondata di aria fredda li investì.

Simon era ora in piedi in fondo, accanto a un bancone da lavoro pieno di fiale di vetro vuote e altri recipienti di raccolta, con la testa china mentre lavorava a un portatile che avrebbe registrato il commento del patologo e tenuto traccia di dove i vari campioni sarebbero stati inviati per ulteriori analisi a diversi laboratori specializzati.

L'odore di disinfettante era più forte lì dentro, e Kay arricciò il naso mentre lei e Barnes si avvicinavano al punto in cui Lucas Anderson era in piedi accanto a uno dei due tavoli autoptici, regolando un microfono fissato a un cavo soprastante.

«Ci sono quasi» disse, poi rivolse la sua attenzione a Simon. «Il volume va bene?»

«Forte e chiaro» fu la risposta. «Sono pronto quando vuole.»

«Grazie. Bene, voi due... conoscete la prassi. Ascoltate, osservate e imparate.»

«È questo che racconti a tutte le nuove reclute di questi tempi?» disse Barnes.

«*Stiamo* registrando» disse Simon.

«Giusto.» Lucas tornò a concentrarsi sul tavolo, il suo atteggiamento tornò a essere di empatia professionale mentre faceva un cenno con la mano verso la vittima che era stata distesa e lavata. «Allora, dedichiamo la nostra attenzione a questa povera anima, e cerchiamo di capire perché mai qualcuno avrebbe voluto fargli questo.»

Kay girò intorno al tavolo, osservando il viso tumefatto dell'uomo, i tagli e i graffi sulle sue braccia e mani, e poi la terribile ferita frastagliata che gli aveva squarciato il torace.

Deglutì. «Dove sono i suoi...?»

«Intestini?» disse Lucas. «Già in laboratorio, per alcune analisi. Con un po' di fortuna avremo i risultati domattina. Simon ne ha richiesto l'urgenza. Mettetevi lì, entrambi, e io comincio.»

Kay tornò dove Barnes si era spostato, in uno spazio accanto a un carrello carico di bisturi e coltelli; un brivido involontario le percorse le spalle mentre l'autopsia proseguiva.

Lucas passò le mani guantate sulle braccia della vittima, girandole per esporre un reticolo di tagli incrociati che erano stati fatti sulla pelle. «Per la cronaca, nessuno dei tagli è profondo e sembra che siano stati inflitti come mezzo di tortura.»

Kay ebbe una smorfia, seguendo i movimenti di Lucas mentre ispezionava poi le gambe e i piedi dell'uomo; il patologo scosse la testa mentre girava intorno al tavolo e tornava al petto della vittima; il suo sguardo si posò sul buco profondo prima di cominciare a rimuovere gli organi vitali.

«I polmoni sono in buone condizioni,» commentò Lucas poco dopo, «e il cuore è sano. A giudicare dalla sua costituzione, direi che si allenava abbastanza regolarmente, anche se c'è del tessuto adiposo residuo intorno al fegato, il che suggerirebbe che gli piacevano i cibi piuttosto conditi. Ancora qualche anno e questo avrebbe potuto iniziare a causargli qualche problema.»

«E l'età?» disse Kay.

«Direi tra i venticinque e i trent'anni, non più di trenta.» Lucas si spostò verso le spalle dell'uomo, poi si accigliò e si chinò per guardare più da vicino prima di fare un cenno a Simon. «Potresti venire qui a scattarmi qualche fotografia prima che io continui?»

«C'è qualcosa che non va?» chiese Barnes.

«Non ne sono sicuro.» Lucas rivolse loro un rapido sorriso. «È sempre meglio documentare man mano, non si sa mai.»

Il patologo si fece da parte mentre indicava a Simon le zone che voleva fotografare, poi continuò a esaminare la mascella e i denti dell'uomo.

Entrambi gli investigatori si fissarono i piedi mentre Lucas maneggiava una sega meccanica e, nonostante le numerose volte in cui aveva assistito a questa procedura, lo stomaco di Kay si rivoltò per il fetore che si levava dai resti della vittima.

Conficcandosi le unghie nella pelle morbida dei palmi, si concentrò invece sull'indagine, ascoltando Lucas mentre elencava le ferite della vittima, e giurò di trovare i suoi assassini.

Si sentì un ultimo ronzio provenire dalla direzione del tavolo autoptico, poi Lucas mise da parte la sega e cominciò a passare i campioni a Simon per la catalogazione e l'invio al laboratorio. Fatto ciò, si spostò verso un lavandino di acciaio inossidabile e cominciò a disinfettarsi le mani e le braccia prima di lanciare un'occhiata dietro di sé, verso i resti dell'uomo, e poi a Kay. «Ci vediamo nel mio ufficio tra, diciamo, quindici minuti?»

«D'accordo.» Si accigliò, notando un'espressione turbata nei suoi occhi. «C'è qualche problema?»

«No, nessun problema» disse lui. «Non vi tratterrò a lungo.»

Congedati, Barnes aprì la strada per uscire dalla sala autoptica, poi si voltò verso di lei accanto alla porta degli spogliatoi maschili. «Che cos'era quella storia?»

«Non lo so. Non è da Lucas essere evasivo sui suoi risultati, nemmeno davanti a Simon.»

«Immagino che dovremo aspettare e vedere, allora.»

CAPITOLO 11

Kay si sfilò la tuta protettiva e la gettò insieme alla mascherina e ai calzari in un contenitore per rifiuti a rischio biologico, prima di recuperare la borsa e la giacca dall'armadietto, per poi precipitarsi fuori dalla porta e trovare Barnes che camminava avanti e indietro per il corridoio, fuori dall'ingresso dell'obitorio.

Una giovane infermiera passò di fretta con una cartellina in mano, scomparendo in una stanza con l'indicazione "reparto radiologia", e più in là lungo il corridoio un inserviente spingeva una grande gabbia metallica piena di lenzuola e coperte pulite, ma non c'era nessun altro in vista mentre i due detective si dirigevano verso l'ufficio di Lucas.

Al patologo era stato assegnato uno spazio angusto all'altra estremità dell'ala est, una soluzione temporanea che stava iniziando a sembrare definitiva, dato il numero di fascicoli e libri che ora riempivano gli scaffali ai lati della sua scrivania, e quando Kay prese una sedia libera dall'angolo più lontano della stanza, notò un sottile strato di polvere che ricopriva lo schermo del computer.

Messa la sedia accanto a Barnes, estrasse il telefono e scorse le e-mail mentre il suo collega controllava la segreteria telefonica. Gli lanciò un'occhiata di sottecchi quando lui emise un grugnito di sorpresa a uno dei messaggi, poi un'e-mail dell'Ispettore capo investigativo Devon Sharp catturò la sua attenzione, e lei ricacciò indietro la frustrazione alla notizia che il suo vecchio mentore non fosse in grado di reperire più personale per l'indagine, nonostante le sue richieste.

Rimandò il telefono nella borsa quando Barnes finì di scrivere sul suo taccuino.

«Lo sapeva che Harry Davis va in pensione?» disse lui.

«Davvero?» Si raddrizzò di scatto. «Non lo sapevo.»

«È appena stato reso ufficiale. A quanto pare se ne va alla fine del mese.»

«Ma mancano solo due settimane.»

Barnes scrollò le spalle. «Aveva delle ferie arretrate per anzianità di servizio, quindi lui e la moglie le useranno per andare prima in pensione a stipendio pieno, per poi passare un mese in Australia a trovare la famiglia.»

«Ma non abbiamo nessuno che lo sostituisca.» Kay sentì il panico nella propria voce. «Sharp mi ha appena scritto per dirmi che ha ancora problemi a trovarci rinforzi.»

«Non credo sia una consolazione sapere che siamo entrambi invitati alla sua festa di pensionamento, allora.»

«Detective, scusatemi se vi ho fatto aspettare.»

Kay si voltò al suono della voce di Lucas, con la mente che

ancora rimuginava sulla notizia che avrebbe perso un membro chiave della sua squadra, un sergente anziano con una vasta esperienza, senza alcun piano per avere qualcuno dello stesso calibro ad aiutarla una volta che se ne fosse andato. Sbatté le palpebre, allungò la mano per prendere il taccuino e la penna e cercò di concentrarsi di nuovo sull'indagine in corso mentre il patologo si infilava tra una libreria e la sua scrivania e si lasciava cadere sulla sedia con un sospiro.

Lucas mosse il mouse per riattivare lo schermo del computer, digitò la password con un gesto rapido e poi girò il monitor verso di loro mentre cliccava su una sequenza di cartelle nel sistema dell'ospedale. «Non volevo dire niente di sotto mentre stavamo ancora registrando, per questo ho suggerito di vederci qui.»

«Che succede?» disse Kay. «Non è da lei essere così reticente.»

«Glielo spiego tra un minuto. Non sembra che Simon abbia ancora finito di caricare le foto.» Lucas si appoggiò allo schienale della sedia e intrecciò le mani sulla scrivania. «Mentre aspettiamo, però, posso dirvi che sono dell'opinione che la vostra vittima sia morta tra le undici di sera e le quattro del mattino di domenica. Non credo più tardi, perché fa luce verso le sei e mezza, le sette, e chiunque sia stato è riuscito a portarlo alla piantagione di luppolo e a ucciderlo senza essere visto né sentito.»

«Anche così, non dev'essere stato facile» rifletté Kay. «Perché avrebbe opposto resistenza. A meno che non sia stato drogato.»

«Difficile a dirsi, temo. I test tossicologici iniziali che abbiamo eseguito qui non sono stati conclusivi. Simon manderà dei campioni al laboratorio per ulteriori analisi, ma...»

«È probabile che anche quelli risulteranno inconcludenti» disse Barnes.

«Proprio così.» Lucas aggiornò l'elenco delle cartelle e poi cliccò sulle prime immagini che apparvero. «Vedete questi graffi e questi tagli sulle braccia? Anche le unghie sono strappate, guardate. Questo mi porta a credere che fosse cosciente quando lo hanno portato al campo di luppolo.»

Kay sentì un brivido lungo le spalle che non aveva nulla a che fare con la bocchetta dell'aria condizionata sopra la porta. «Quindi lei pensa che fosse pienamente consapevole di quello che gli stavano per fare?»

Lucas annuì. «Aspetterò i risultati del laboratorio prima di finalizzare il mio rapporto, ovviamente, ma ho già visto segni di colluttazione come questi. Ricordate quel caso di circa un anno fa, la giovane donna?»

«Fin troppo bene.» Kay guardò di nuovo la fotografia. «Ma non è di questo che voleva parlarci, vero?»

Per tutta risposta, il patologo cominciò a scorrere le altre immagini che Simon aveva caricato, finché non si fermò a metà dell'elenco, con la freccia del mouse sospesa sulla fotografia successiva. «Potrei sbagliarmi, ma tempo fa un mio collega scrisse un articolo su un caso particolarmente efferato a cui lavorò nel sud-ovest del Regno Unito. Non credo che la vostra indagine sia collegata a quello: tutti i colpevoli stanno scontando lunghe pene con poche speranze di libertà condizionale, ma ci sono delle somiglianze tra quel caso e alcuni dei segni fatti post-mortem che vedo sulla vostra vittima.»

Kay vide Barnes avvicinarsi allo schermo del computer e si sporse in avanti sulla sedia, con i peli sulla nuca che le si rizzavano per la tensione. «Quali segni?»

Lucas aprì l'immagine e ne aumentò l'ingrandimento, prima di usare il cursore del mouse per indicare le sue scoperte. «Vedete qui? Inizialmente pensavo fosse stato torturato, ma ripensandoci, e considerate le prove emerse dal mio esame, sono più propenso a credere che questi siano stati inferti post mortem. Ma questo schema di tagli sulla nuca non è casuale. E poi...» Fece una pausa mentre selezionava un'altra immagine dalla cartella. «Ah, questa. Lo stesso segno compare sul petto della nostra vittima, sulla pelle sopra il cuore. Ieri sulla scena del crimine non l'avevo notato perché era nascosto da tutto il sangue delle coltellate al torace e all'addome, ma non appena Simon lo ha ripulito, è saltato subito all'occhio. E qui ce n'è un altro, vicino all'inguine... E un ultimo, sulla pianta del piede sinistro. Credo che siano stati tutti inferti dopo che è stato sventrato.»

Kay si accigliò, con la mente che le turbinava.

«Che diavolo?» borbottò Barnes.

«La spiegazione è più semplice di quanto pensiate» disse Lucas, chiudendo l'ultima immagine. «La frase usata per descrivere gli omicidi del sud-ovest del Regno Unito era che l'assassino fosse "squilibrato". Il mio collega fu ovviamente rimproverato per questo, non era suo compito commentare lo stato mentale dell'assassino nel suo articolo, ma la cosa mi è rimasta impressa.»

«Ha detto che l'assassino di quell'indagine era sotto chiave» disse Kay.

«È vero, tuttavia i segni sono piuttosto noti in certi

ambienti» disse Lucas, «ma finché non troverete altre prove a sostegno di questa ipotesi, non ritengo di poterlo affermare in modo conclusivo nel mio rapporto.»

«Quale ipotesi?» chiese Barnes.

Lucas li guardò uno a uno, poi fece un respiro profondo. «Che questo pover'uomo possa essere stato massacrato come parte di un omicidio rituale.»

CAPITOLO 12

Gavin spinse la porta a vetri della reception della centrale di polizia e socchiuse gli occhi nella luce abbagliante del sole che si rifletteva sugli edifici di fronte, mentre attendeva un varco nel traffico che scorreva lungo Palace Avenue.

Una brezza fresca gli tirava le maniche della camicia, portando con sé un odore pungente dal fiume Len, che scorreva in un ampio canale dall'altra parte della strada prima di congiungersi al più grande Medway poche centinaia di metri alla sua sinistra. L'odore si mescolava al puzzo di grasso di un bar che serviva cibo da asporto più avanti lungo la strada e ai fumi di diesel di un camion che passò rombando.

Individuò un varco tra una piccola utilitaria bianca e un motorino e attraversò di corsa, stringendo la giacca in una mano e tenendo ferma la cravatta con l'altra, prima di seguire il marciapiede verso Mill Street e il centro della città.

L'agenzia di collocamento che forniva i lavoratori

interinali alla fattoria di Justin Mallory e ad altre aziende agricole locali si trovava in un ufficio al terzo piano, sopra un panificio artigianale, a metà della leggera salita. Il portone dell'agenzia era a sinistra della vetrina del panificio e, dopo che Gavin ebbe suonato il campanello su una tastiera sudicia da cui spuntavano fili elettrici, si fermò ad ammirare l'esposizione di pane fresco, torte e paste. Il suo stomaco brontolò quando la porta del negozio si aprì e una giovane impiegata uscì con dei sacchetti unti da cui si levava del vapore, mentre si allontanava in fretta.

Tornò a concentrarsi sul portone comune dell'agenzia al suono di un ronzio proveniente dalla tastiera e poi sentì un *clic* metallico quando la serratura scattò. Dando un'occhiata alle insegne sbiadite sotto quella dell'agenzia di collocamento, che indicavano un'associazione di beneficenza al secondo piano e una società di marketing al primo, spinse la porta per aprirla e aggrottò la fronte quando questa strisciò su uno zerbino in cocco.

Richiudendola, si voltò e vide una pila di posta indesiderata e giornali gratuiti che ingombravano la moquette lisa posata nell'atrio del piano terra, e alzando lo sguardo notò ragnatele polverose che pendevano dagli angoli del soffitto.

Dopo essersi infilato la giacca, Gavin salì le scale, dando un'occhiata al corrimano incrostato di sporco prima di ritrarre la mano di scatto e decidere di rischiare invece sui gradini sconnessi. Il pianerottolo del primo piano aveva due porte, una per l'agenzia di marketing che rimaneva ostinatamente chiusa con un secondo pannello di sicurezza, e una con la scritta "WC". Rabbrividì al pensiero di quali orrori igienici potessero celarsi dietro quella porta e continuò a salire al secondo piano, superando la porta dell'associazione di beneficenza e il suono di telefoni che squillavano e voci affannate, fino al terzo piano.

Una donna lo attendeva sul pianerottolo, scrutandolo da sopra il corrimano mentre si avvicinava. «Ci ha trovato bene, allora?»

«Sì, grazie.» Mostrò il suo tesserino. «Agente Gavin Piper, credo che ci siamo sentiti al telefono.»

«Eleanor Wickham», disse lei, indicando una porta aperta con un cenno della mano. «Prego, entri pure. Gradisce un caffè o qualcos'altro?»

«No, grazie, sono a posto così.» Gavin la seguì in un'area reception sorprendentemente ariosa che, rispetto al resto degli uffici lungo le scale, era scintillante.

Le pareti erano state dipinte di un giallo paglierino, con felci finte esposte in vasi di varie dimensioni a fare da contrasto, e opere d'arte di buon gusto erano appese su tre delle pareti. La scrivania della reception era una superficie in laminato bianco che brillava alla luce delle finestre, e due porte in vetro satinato si aprivano dalla stanza, con le maniglie cromate lucide e prive di sudiciume.

Eleanor si fermò a raccogliere una piccola pila di cartelline dalla scrivania e un bicchiere d'acqua mezzo pieno, poi inclinò la testa verso una delle porte in vetro satinato. «Le dispiacerebbe andare avanti? Quella a destra... la uso per i colloqui. Si sta molto meglio che qui fuori. Per cominciare, c'è l'aria condizionata.»

Gavin entrò in un'ampia stanza con tre finestre a doppi vetri che si affacciavano su Mill Street e offrivano una vista su alcuni dei tetti irregolari degli edifici più bassi di fronte. Un tavolo ovale color faggio con sei sedie abbinate occupava il centro della stanza, mentre un basso mobile rettangolare lungo il lato sinistro sembrava fungere anche da armadietto per la cancelleria, viste le risme di carta che poteva scorgere su uno degli scaffali, e da mobile TV per un grande schermo che ne occupava quasi tutta la superficie. Una telecamera era fissata alla parte superiore dello schermo e, quando alzò lo sguardo, notò degli altoparlanti in due angoli del soffitto.

«Ove possibile, teniamo gran parte delle nostre riunioni e dei nostri colloqui in videoconferenza», spiegò Eleanor, posando le cartelline sul tavolo e facendogli cenno di sedersi. «Anche se i miei due figli di solito la usano per i videogiochi e i film, se devo venire qui nei fine settimana.»

«Non li biasimo.» Gavin si sbottonò la giacca e, mentre lei regolava l'aria condizionata, tirò fuori il taccuino e la penna. «Grazie per avermi ricevuto con così poco preavviso.»

«Nessun problema, date le circostanze.» Il viso di Eleanor si rabbuiò. «Ha già idea di chi sia stato ucciso?»

«Le indagini sono in corso», rispose lui. «Tuttavia, posso confermarle che nessuno dei suoi appaltatori è rimasto ferito.»

Le sue spalle si rilassarono. «Meno male. Li conosco tutti da un po' di tempo. A proposito, mi sono permessa di fotocopiare i fascicoli personali dei appaltatori che lavorano per Justin Mallory. Immagino che mi farà avere la richiesta formale, vero? Ovviamente non posso andare in giro a distribuire questo tipo di informazioni, ma suppongo che, dato che fa parte di un'indagine della polizia...»

«È nel giusto, e sì, uno dei miei colleghi si sta occupando delle pratiche burocratiche.» Gavin pensò alla pila di richieste che aveva visto sbrigare da Debbie West mentre lasciava la sala operativa dieci minuti prima, e sperò che la sua fosse in cima. Lanciò un'occhiata alle cartelline sotto il braccio di Eleanor. «Qualche problema con i suoi appaltatori?»

«Assolutamente nessuno», disse lei senza esitazione. «Conosco Alexandru e Daniel da diversi anni, e anche gli altri due che lavorano per Justin.»

«Come recluta i lavoratori stagionali?»

«Facciamo pubblicità su gruppi e pagine dei social, ma la maggior parte delle volte, come nel caso di Alexandru, ci vengono raccomandati da altri lavoratori. L'amico di Alexandru voleva andare in pensione, così lo ha incoraggiato a scrivermi all'inizio di quella stagione», disse Eleanor. «Gli ho parlato al telefono e, dopo che mi ha inviato via e-mail tutta la documentazione, ho accettato di procurargli del lavoro. Visto che il suo amico lavorava per i Mallory, ho suggerito loro di fare un periodo di prova di due settimane con Alexandru, e da allora è sempre stato con loro».

«Mi pare di capire che Justin abbia preso in gestione la fattoria da suo padre...»

«Sì, due anni fa».

«E si interfacciava direttamente con Joseph Mallory, o...?»

«Sempre con Joseph. Era... più pratico di Justin». La

bocca di Eleanor si contrasse in un sorrisetto. «Meno incline a delegare, diciamo».

«Andava d'accordo con lui? Con Joseph, intendo».

«Lei lo ha conosciuto?»

«No».

«È un po' un furfante», spiegò lei. «Ho sempre avuto l'impressione che avrebbe infranto le regole, se solo ne avesse avuto la possibilità... con questo non sto dicendo che lo facesse, ma non credo che gli piacesse il lato amministrativo dell'agricoltura. Dovevo sempre corrergli dietro per le scartoffie... e per i pagamenti. Se non fosse stato per Gloria, per esempio, a Joseph non sarebbe mai venuto in mente di aprire le porte ai turisti. Justin, d'altra parte, è decisamente un agricoltore moderno: ha una buona squadra intorno a sé, è molto lungimirante e cerca costantemente modi per migliorare la fattoria al di là del suo normale compito di coltivare i campi».

«Tornando ai lavoratori stagionali che impiega», disse Gavin. «E gli altri che fornisce come appaltatori? Cosa può dirmi di loro?»

Eleanor picchiettò la cima delle cartelline di cartoncino con un'unghia curata. «È tutto qui. Daniel Ionescu e gli altri sono stati dai Mallory per almeno due stagioni, il che credo la dica lunga sulla loro etica del lavoro. Come Alexandru, lavorano qui in estate per sopperire alla mancanza di lavoratori locali che riusciamo a trovare: molte persone da queste parti preferirebbero lavorare in un negozio piuttosto che nei campi per un salario minimo, ed è per questo che le agenzie come la mia sono così importanti. Procuro lavoratori stagionali anche per le aziende frutticole locali, per i magazzini di distribuzione alimentare, e quant'altro».

«Qualche problema con gli altri suoi appaltatori?»

«Solo un ragazzo che a maggio ha deciso di rubare a uno dei miei clienti di più lunga data. Attualmente sta effettuando lavori socialmente utili». Eleanor sospirò. «E per colpa sua ho perso un cliente importante. A parte questo, no, nessun problema. La maggior parte delle persone che lavorano per me è molto affidabile».

«Un'ultima domanda», disse Gavin. «I quattro lavoratori che si trovano alla fattoria dei Mallory... danno una mano con altri raccolti della zona?»

«Non per il luppolo, no: sarebbe impossibile per via delle tempistiche. È un periodo troppo intenso. Una volta che il raccolto è maturo, deve essere raccolto, altrimenti andrà in rovina».

Gavin raccolse i fascicoli, spingendo indietro la sedia. «Grazie per il suo tempo, signora Wickham. La contatterò se avessi bisogno di altro».

Scese di corsa le scale, estraendo il cellulare dalla tasca mentre si dirigeva a grandi passi verso la centrale di polizia. «Kyle? Fammi un favore. Scopri chi è il concorrente più vicino di Justin Mallory. Credo che potremmo aver appena trovato un movente per il nostro omicidio».

CAPITOLO 13

Kyle tamburellava con le dita sul volante e contò fino a dieci a bassa voce mentre l'agente di pattuglia al cancello della fattoria dei Mallory controllava il suo tesserino confrontandolo con il portablocco che teneva in mano.

Era quasi mezzogiorno, e il sole stava scaldando le banchine erbose ai lati dell'ingresso della fattoria e scavando crepe nel terreno compatto che costeggiava i bordi dell'asfalto. Persino gli uccelli erano ammutoliti nella siepe più vicina al finestrino aperto di Kyle, e si sentiva solo il ronzio di un calabrone solitario, trasportato da una brezza leggera che non faceva nulla per alleviare il caldo soffocante.

Nadine e Sean erano stati sollevati dal loro incarico il giorno prima e ora erano tornati alla sala operativa, e Kyle non riconobbe il ventenne che borbottava a mezza voce con la fronte imperlata di sudore.

«Dovrei essere sulla lista» disse Kyle. «Debbie West mi ci ha aggiunto ieri».

«Oh». Gli occhi dell'agente si spalancarono, e si fermò per girare pagina. «Trovato. Mi scusi. Lista diversa».

«Nessun problema». Kyle si riprese il tesserino, poi gli passò una bottiglietta d'acqua fresca presa da una confezione che aveva comprato a un distributore sulla strada dalla stazione di polizia. «Sono rimasto bloccato in perimetri come questo abbastanza spesso quando ero in uniforme».

Gli occhi dell'agente si illuminarono e aprì la bevanda. «Fantastico. Grazie».

Kyle annuì, tirò su il finestrino e mise l'aria condizionata al massimo mentre avanzava lentamente con l'auto e trovava un parcheggio accanto a uno dei furgoni degli investigatori forensi.

Prendendosi un momento per lasciarsi avvolgere dall'aria fredda, osservò una delle protette di Harriet apparire dal fondo del cortile della fattoria, con le mani piene di sacchetti sigillati per le prove provenienti dalla piantagione di luppolo. C'era ancora una striscia di nastro della scientifica tesa attraverso il cancello che conduceva lì, con un secondo agente in uniforme di guardia al cordone di fianco, e Kyle si chiese per quanti altri giorni gli investigatori forensi avrebbero setacciato il campo e quelli circostanti alla disperata ricerca di prove.

Finora non era stata segnalata nessuna scoperta significativa e, quando scese dall'auto e fece un cenno di saluto alla tecnica investigatrice forense mentre si dirigeva verso la casa padronale, lei gli lanciò un'occhiata diffidente, come a sfidarlo a chiederle come procedessero le ricerche.

Trovò Cassandra Mallory in cucina.

Era seduta a un bancone all'americana con il ripiano in granito, una mano avvolta intorno a una tazza di ceramica e l'altra appoggiata sulla pagina aperta di una rivista. La testa era girata dalla parte opposta della porta, verso le grandi portefinestre che erano state aperte sul giardino.

Lui si schiarì la gola e lei sobbalzò visibilmente sulla sedia prima di voltarsi verso di lui, con gli occhi sgranati.

«Signora Mallory?» Le mostrò il tesserino. «Agente Kyle Walker. Mi scusi per il disturbo. Posso scambiare due parole con lei?»

Lei annuì, poi indicò uno degli altri sgabelli. «Vuole un caffè?»

«No, ma grazie».

«Un bicchiere d'acqua, magari?»

«Davvero, sto bene. Grazie».

«Altre domande?»

«Sì, mi scusi. Ha un momento?»

«Suppongo di sì». Lasciò andare la tazza e chiuse gli occhi, stringendosi la radice del naso prima di lasciar cadere la mano sul piano di lavoro. «Che cazzo di casino».

«Dov'è suo marito?»

«In ufficio, a controllare i conti. Venerdì avremmo dovuto consegnare il luppolo a un nuovo cliente... sta cercando di calcolare se ne abbiamo abbastanza, o...»

Kyle tirò fuori il suo taccuino. «Volevo chiederle di Roland Hammerton, un suo dipendente. La mia Ispettrice, Kay Hunter, gli ha parlato ieri nell'ambito delle nostre indagini preliminari e lui ha detto che lunedì non era al lavoro perché si è fatto male qui venerdì. È corretto dire che lei è la responsabile del benessere dei suoi dipendenti alla fattoria?»

«Sì, e purtroppo questo include Roland, esatto». Cassandra scosse la testa, chiuse la rivista e allontanò la tazza di caffè prima di girarsi sullo sgabello per guardarlo. «Cosa le serve sapere?»

«Cosa è successo venerdì?»

«Roland non l'ha detto all'Ispettrice Hunter?»

«Vorrei sentirlo con le sue parole».

«Okay. Roland è entrato qui verso le due e mezza di venerdì pomeriggio dicendo che si era fatto male alla schiena mentre spostava dei sacchi di fertilizzante. Si teneva la schiena con la mano, così» disse, appoggiando il palmo sulla parte bassa della spina dorsale. «E camminava strascicando i piedi, come si fa quando ti fa male la schiena. Gli ho chiesto se gli facesse male qualcos'altro… ovviamente qui in una fattoria, tutto ciò che facciamo comporta dei rischi e ne ho sentite di storie dell'orrore, ai miei tempi… ma ha detto di no, solo la schiena. L'ho fatto sedere su una di quelle sedie, là vicino al tavolo da pranzo, mentre gli prendevo un bicchiere d'acqua, e poi sono andata a prendere il registro degli infortuni perché lo compilasse. Non ha idea della quantità di scartoffie che dobbiamo compilare da queste parti, specialmente quando qualcuno si fa male».

«Cos'è successo dopo?»

«Se n'è andato. Mi sono offerta di portarlo a casa con la sua macchina per poi tornare in taxi, ma lui sosteneva di essere abbastanza in forze da poter guidare, e ha detto che voleva passare dall'ambulatorio del medico lungo la strada». Cassandra scivolò giù dallo sgabello e si diresse verso un grande tavolo rettangolare di pino nell'angolo. «Non ho ancora avuto modo di rimettere il registro in ufficio, quindi può dargli un'occhiata se vuole».

«Grazie.» Kyle prese il registro dalle sue mani e sfogliò le pagine fino all'ultima annotazione, sentendo la carta sottile al tatto. La calligrafia ordinata di Cassandra aveva compilato le diverse caselle e la sua firma compariva alla fine. Soddisfatto, glielo restituì. «Ha avuto problemi con Roland prima dell'incidente?»

«Cosa intende dire?»

Kyle non disse nulla e inarcò un sopracciglio in risposta.

Cassandra fece scivolare il libro sul piano di lavoro e sospirò. «A volte è... difficile. Il lavoro lo fa, sì, ed è con noi da diversi anni, ma pensa che tutto gli sia dovuto. Non gli è piaciuto quando Justin ha nominato Trevor nostro direttore agricolo... anzi, è stato molto esplicito al riguardo, dicendo che lui aveva più esperienza e che avrebbe dovuto essere promosso al suo posto. Io e Justin abbiamo cercato di spiegargli che il passato di Trevor nell'esercito lo rendeva un candidato migliore... era nel corpo della logistica, e onestamente è stato una manna dal cielo in questi ultimi due anni. Credo che Roland sia rancoroso da allora.»

«Crede che questo risentimento potrebbe portarlo a danneggiare la vostra reputazione?»

«In che modo?»

«Avete avuto problemi in fattoria prima del suo incidente di venerdì?»

«No, non che io sappia.»

«Si è mai fatto male prima d'ora?»

«No, in realtà siamo stati molto fortunati. Se controlla il registro degli infortuni, vedrà che la maggior parte sono tagli, lividi o al massimo qualche lieve commozione cerebrale, niente di più grave.»

«E Roland aveva già esperienza con il sollevatore telescopico che ha detto di aver usato quando si è fatto male?»

«Oh sì, è lui che lo usa principalmente. Anzi, l'altra settimana Justin gli ha fatto un complimento, dicendogli che manovra i macchinari meglio di chiunque altro qui.»

«Vi siete detti qualcosa, lei e Roland, prima che lui andasse via venerdì? Qualunque cosa che possa essere motivo di preoccupazione?»

«No, una volta compilato il verbale dell'incidente, gli ho detto che avrebbe dovuto fissare un appuntamento con il suo medico di base il prima possibile, per assicurarsi che non ci fossero danni, e gli ho augurato una pronta guarigione. Dopo che se n'è andato, mi sono incontrata con Trevor per vedere chi fosse disponibile durante il fine settimana per coprire i turni di Roland. Per fortuna, il figlio di Trevor è qui in visita in questo periodo e ha un po' di esperienza con quel tipo di macchinari, così abbiamo dato il lavoro a lui.» Cassandra strinse gli occhi. «Senta, cosa sta succedendo?»

«Solo indagini di routine, tutto qui», disse Kyle. «Un'ultima domanda: Roland è tornato alla fattoria da quando lo ha visto venerdì?»

«No, non che io sappia.» Aggrottò la fronte. «O almeno, non ho visto la sua macchina qui. Se qualcuno gli ha dato un passaggio o qualcosa del genere, non potrei saperlo. Ma perché avrebbe dovuto? Sarà a riposo, no? Per cercare di rimettersi.»

«Si direbbe di sì», disse Kyle, e mise via il taccuino. «Grazie per il suo tempo, signora Mallory. Trovo da solo l'uscita.»

CAPITOLO 14

Una foschia pomeridiana si aggrappava ai tetti del centro di Maidstone e un ammasso di nubi violacee si affollava all'orizzonte. L'aria era pregna dell'odore di ozono.

Kay diede un'occhiata fuori dalla finestra prima di rivolgere di nuovo l'attenzione alla lavagna bianca in fondo alla sala operativa. Faceva roteare un pennarello nero tra le dita, mentre il suo sguardo vagava tra gli appunti che riassumevano la prima valutazione della squadra sull'indagine che aveva ormai preso slancio.

Il suono dei telefoni che squillavano e delle voci che si accavallavano le arrivava fin dove si trovava, di spalle alle scrivanie, e poteva sentire i passi avanti e indietro sulle piastrelle di moquette lisa, intervallati dalla porta che si apriva e si chiudeva sbattendo mentre i suoi agenti elaboravano tutte le piste raccolte finora.

Abbassò lo sguardo e osservò l'ordine del giorno dell'ultima riunione che teneva in mano.

C'erano così tanti incarichi in sospeso, così tanti nuovi

incarichi generati dalle indagini di oggi, e poi c'erano i risultati dall'autopsia di Lucas.

Kay si voltò verso la stanza e alzò la voce. «Qualcuno ha sentito Harriet?»

«Ha telefonato quindici minuti fa, capo» disse Nadine. «Ha ancora delle persone che stanno lavorando alla catalogazione delle prove alla fattoria, ma dice che finiranno la valutazione iniziale stasera. Ha detto che la chiamerà non appena torna in ufficio.»

«Grazie.» Kay controllò l'orologio. Secondo i suoi calcoli, le restavano venti minuti. «Bene, tutti quanti: riunione tra cinque minuti, prego. Debs, ho apportato alcune modifiche a questa bozza. Potresti prenderle e farle avere a tutti?»

Ci fu un fuggi fuggi per recuperare telefoni, taccuini e penne e poi una fuga precipitosa e ordinata verso la lavagna bianca mentre la sua squadra si riuniva, con due o tre che si facevano largo a gomitate per raggiungere la stampante prima che Debbie se ne impossessasse per fotocopiare l'ordine del giorno revisionato.

Gavin si avvicinò a Kay, con una lattina aperta di energy drink in mano. «Capo, per non farle perdere tempo durante la riunione, Sean Gastrell mi ha appena detto che non c'è nulla di anomalo nei filmati di sicurezza intorno al cortile della fattoria. Ha chiesto anche ad Andy, al quartier generale, di dare un'occhiata, ma neanche lui ha notato nulla di sospetto.»

«Ok, grazie Gavin, apprezzo.» Aspettò che alcuni ritardatari dell'ultimo minuto si unissero alla folla davanti alla lavagna, poi abbassò il foglio. «Grazie a tutti. Prima di iniziare, se non lo avete già sentito, uno dei nostri ha annunciato il suo pensionamento e ci lascerà alla fine della prossima settimana. Harry, sarò onesta: non so cosa avrei fatto senza di te in questi ultimi anni. Sei stato una parte integrante della mia squadra e mi hai supportato in alcune indagini davvero difficili. Grazie, ci mancherai.»

Il sergente in uniforme alzò una mano per schermirsi dall'applauso che seguì le sue parole, con le guance arrossate.

«Grazie, capo» riuscì a dire dopo che la stanza si fu calmata. «È stato un onore lavorare con lei e con tutti gli altri qui. Mi mancherà, questo è certo.»

Barnes si girò sulla sedia per guardarlo. «Ti annoierai entro tre mesi, Harry. Ti conosco troppo bene. Cosa farai del tuo tempo dopo il tuo viaggio all'estero?»

Harry si strinse nelle spalle. «Farò come alcuni degli altri che vengono pensionati in anticipo dalla direzione di tanto in tanto. Aprirò una società di consulenza e aiuterò le ditte di sicurezza privata, immagino. Diane non mi vorrà tra i piedi in casa tutto il giorno.»

«E un suggerimento per tutti voi: Harry è uno dei nostri agenti più esperti, quindi approfittate di lui finché è qui.» Kay gli fece l'occhiolino. «Altrimenti sono sicura che le sue tariffe di consulenza post-pensionamento provocherebbero un infarto all'Ispettore capo investigativo Sharp.»

Una risata sommessa si diffuse nella sala operativa, poi lei sventolò il foglio che aveva in mano per raddrizzarlo e rivolse l'attenzione al primo punto. «Okay, andiamo avanti. Innanzitutto, come procede la ricerca di filmati delle telecamere di sorveglianza e dei campanelli di sicurezza delle proprietà vicine, Debbie?»

L'agente si fece avanti dal punto in cui era appoggiata a uno degli alti armadi metallici a lato della stanza. «Abbiamo le registrazioni di due videocitofoni che appartengono alle proprietà private confinanti con la fattoria, capo, e il direttore del distributore di benzina mi ha inviato via e-mail un link alla loro; ho incaricato un paio di agenti giovani di esaminarli tutti. Sto aspettando una risposta dall'agente immobiliare per eventuali telecamere al pub abbandonato. Le indagini casa per casa sono iniziate ieri sera e dovrebbero essere completate entro venerdì, una volta che avremo avuto la possibilità di ricontattare chiunque non fosse a casa al nostro primo tentativo. Abbiamo inserito parole chiave nel database, quindi se otterremo delle corrispondenze nelle informazioni, verranno segnalate per un nostro approfondimento.»

«Grazie, Debs. Kyle, a che punto sei arrivato con le ricerche sui precedenti di Justin Mallory?»

«Niente di strano, capo» disse l'ultimo arrivato nella sua squadra di detective. «È andato all'Università di Brighton dove ha conseguito una laurea in gestione aziendale, poi è tornato alla fattoria e ha lavorato con suo padre per diversi anni. Lui e Cassandra si sono conosciuti a un ballo di agricoltori a Tunbridge Wells otto anni fa; lei proviene da una famiglia di agricoltori a sud di East Grinstead. Da quando il padre di Justin è andato in pensione, due anni fa, la fattoria è andata sempre meglio. Cassandra gestisce un blog sulla vita in fattoria, che ha anche un negozio online da cui i clienti possono ordinare articoli, e condividono anche video sulla vita agricola. Due figlie, sappiamo già che al momento sono dai nonni, e anche i bilanci sul sito del Registro delle Società sembrano in regola. Al momento sto passando in rassegna i suoi dipendenti, mentre Gavin si sta occupando degli appaltatori dell'agenzia, e dovrei avere aggiornamenti per te in mattinata.»

«Ottimo lavoro, grazie Kyle. Quali sono le ultime novità su Roland Hammerton?»

«Ho parlato con Cassandra stamattina» disse lui, e le riferì la conversazione. «Sembrava perplessa riguardo a come sia riuscito a farsi male; a quanto pare ha molta esperienza con il sollevatore telescopico e in passato ha eseguito più volte la stessa manovra. Mi ha mostrato il registro degli infortuni, ma contiene poche informazioni. A meno che non lo identifichiamo formalmente come sospettato, non potrò accedere alla sua cartella clinica né ad altro per scoprire se ne ha parlato con il suo medico.»

«Okay, in tal caso... Ian, potresti collaborare con Kyle e approfondire un po' il passato di Roland per me? Amici, colleghi di lavori precedenti, i posti che frequenta per bere, quel genere di cose. Cerco qualsiasi cosa possa dimostrare che abbia un'inclinazione alla violenza, e verifichi se ci sono telecamere di sorveglianza disponibili nei pressi dello studio medico. Vorrei anche quelle, giusto per vedere dove è stato da venerdì.» Attese che i due detective aggiornassero i loro appunti. «E va da sé, nel momento in cui trovate qualcosa, me lo fate sapere.»

«Sì, capo» risposero in coro.

Kay vide Laura alzare la mano. «Che c'è?»

«Tornando ai controlli di Kyle sul passato di Justin Mallory, capo. Ieri sera tardi ho parlato con Gloria dei visitatori del tour, e ci tornerò quando arriveremo a quel punto dell'ordine del giorno» disse Laura, «ma ha accennato al fatto che Joseph non fosse molto felice che Justin avesse preso in gestione la fattoria, e ha l'impressione che Joseph volesse che fallisse.»

«Davvero?» Kay smise di scrivere sulla lavagna bianca e si voltò. «Perché?»

«Secondo Gloria, quattro anni fa Joseph cercò di vendere la fattoria per una riqualificazione edilizia. A quanto pare vale milioni, ma Justin lo convinse a tenerla per via della storia di famiglia.»

«Interessante. Mi chiedo se…»

Un telefono fisso squillò sulla scrivania accanto a lei e Debbie la chiamò da un'altra, agitando una cornetta in aria.

«C'è Harriet sulla linea due, capo. Dice che è urgente.»

CAPITOLO 15

Un silenzio calò sulla sala operativa mentre Kay alzava il volume del telefono, prima di mormorare un ringraziamento a Gavin che le stava portando una sedia.

Non si sedette, non ancora, e stappò un pennarello nuovo prima di rimettersi accanto alla lavagna bianca.

La voce della responsabile degli investigatori forensi, nitida e professionale, si diffuse attraverso l'altoparlante. «Buon pomeriggio, ispettore Hunter. Ho pensato che tu e la tua squadra avreste gradito un aggiornamento anticipato, invece di aspettare il mio rapporto iniziale di domattina.»

«Grazie, Harriet» disse Kay, incapace di nascondere il sollievo nella voce. «E ti prego, porgi i miei ringraziamenti alla tua squadra. Hanno fatto orari massacranti per questo caso.»

«Grazie. Abbiamo ancora molta strada da fare, ma apprezziamo. Sei pronta?»

Kay rivolse lo sguardo agli agenti riuniti. Avevano i volti attenti, le penne sospese sui taccuini, e Debbie si era sistemata su una sedia lì vicino con il portatile aperto, pronta ad annotare quanto più possibile della conversazione per aggiornare HOLMES2. «Siamo pronti.»

«Okay, allora state cercando tre sospettati» disse Harriet. «Almeno tre. Potrebbero essercene stati di più, ma abbiamo solo tre serie distinte di impronte che conducono alla piantagione di luppolo dalla direzione della strada principale. C'è una piazzola di sosta a circa ottocento metri dalla nostra scena del crimine dove abbiamo trovato tracce di olio motore fresco. Includerò tutti i dettagli nel mio rapporto, ma ritengo che la vostra vittima sia stata condotta fino a quella piazzola e poi trascinata fuori dal veicolo. Ci sono segni di sfregamento sulla terra e sulla banchina, compatibili con un corpo trascinato con le punte delle scarpe rivolte verso il basso. Chiunque gli abbia fatto questo ha tagliato una recinzione di filo spinato che separa la fattoria vicina dalla strada. Quel campo è pieno di mais in attesa di essere raccolto più avanti nel mese, quindi avrebbe fornito una copertura perfetta. Ci sono molti danni al raccolto lungo il bordo del campo fino all'angolo più lontano, dove lo hanno calpestato per raggiungere un sentiero che corre tra quel campo e la piantagione di luppolo dei Mallory.»

La specialista forense si interruppe per lasciare che la squadra investigativa si mettesse in pari, e Kay scrutò i nuovi punti elenco che aveva aggiunto alla lavagna, reprimendo un'angoscia crescente.

C'erano così tante domande senza risposta, così tanti incarichi da delegare e così pochi agenti disponibili.

«Dopo averlo trascinato attraverso il campo, hanno tagliato la recinzione per accedere a un sentiero che costeggia la piantagione di luppolo. Hanno tagliato un'altra recinzione per entrare nella piantagione di luppolo» continuò Harriet. «A questo punto, sembra che la vittima sia rimasta impigliata nel filo spinato mentre la trascinavano. Abbiamo trovato tracce di sangue, quindi invierò i campioni al laboratorio e chiederò loro di mettervi in copia per i risultati.»

Kay colse il respiro affannoso di Laura e annuì. «Se non corrispondesse a quello della nostra vittima, quella potrebbe essere la nostra prima vera svolta in questo caso.»

«Non preoccuparti, l'ho immaginato, quindi ho chiesto al laboratorio di trattarlo come urgente e ho intenzione di far seguire a questa telefonata una chiamata a loro. Sono anche del parere che, dato che c'erano almeno tre sospetti, non ci fosse bisogno di usare la piattaforma raccoglitrice per sollevare in posizione il corpo della vittima» disse Harriet. «L'angolazione in cui è stato trovato suggerisce che siano stati in grado di sollevarlo e che due persone siano riuscite a tenerlo fermo mentre una terza lo legava ai tralicci.»

«Questo spiegherebbe perché nessuno alla fattoria ha sentito niente quella notte» disse Kay.

«Esatto. Abbiamo anche trovato l'impronta di uno pneumatico vicino alla piazzola che potrebbe appartenere al veicolo usato per trasportarlo lì. Anche in questo caso, ti farò sapere non appena avremo i risultati. Ho parlato con Lucas dell'arma usata per sventrare la vittima. Aveva un bordo irregolare, come un vecchio coltello, e quindi siamo entrambi dell'opinione che non sia stata usata nessuna delle falci sequestrate alla fattoria. Quelle sono affilate come rasoi così da poter tagliare facilmente i tralci, e nessuna portava tracce di prove come sangue o fluidi corporei.»

«È tutta ottima roba, grazie» disse Kay, con la penna che volava sulla lavagna. «Altri punti salienti per noi?»

«Ancora uno» disse Harriet. «Dopo quella colluttazione vicino alla recinzione, qualcuno potrebbe aver perso un bottone. È fatto di lega di zinco, ed è del tipo con un gambo fissato sul retro attraverso cui passa il filo. Vi manderò una foto via e-mail. C'è un disegno piuttosto intricato in rilievo sulla parte anteriore, ma tenete presente che, essendo fatto di lega di zinco, non arrugginisce, quindi potrebbe non essere collegato a questo caso. Il resto del mio rapporto includerà una mappa del percorso seguito dagli assassini della vittima e un resoconto completo di tutti i campioni che abbiamo raccolto e stiamo analizzando.»

Kay si avvicinò al telefono. «Harriet, è fantastico, grazie infinite. Per favore, telefonami se hai altre novità, a qualunque ora. Hai il mio numero di cellulare.»

«Mi farò sentire. Buona fortuna.»

Terminando la chiamata, Kay si rivolse alla sua squadra. «Riflessioni?»

«Se hanno usato un veicolo, potrebbero essere arrivati a quella piazzola da qualsiasi parte» disse Kyle, con tono cupo. «Ci sono molti villaggi là intorno e edifici abbandonati, ed è facile arrivarci da almeno sei città di dimensioni ragguardevoli, compresa questa.»

«Un bel rischio» concordò Barnes. «Anche se non credo che quel tratto di strada sia trafficato a tarda notte. Harriet ha detto che ci sono prove di tre persone che hanno trascinato la vittima fino alla proprietà dei Mallory. Forse una quarta persona è rimasta con il veicolo a fare da palo.»

«Avrebbe senso», disse Kay. Percorse avanti e indietro la moquette davanti alla lavagna bianca, con il tessuto sbiadito nei punti in cui lei e i suoi predecessori l'avevano consumato. Si fermò e scrutò la mappa che Laura aveva appuntato sulla bacheca di sughero. «Ma da dove sono venuti? Lo hanno tenuto in ostaggio da qualche parte o l'hanno rapito per strada? Harry, ci sono novità sulle persone scomparse di recente?»

«Niente che corrisponda alla nostra vittima, capo», fu la risposta. «E ho esteso i parametri di ricerca al Sussex, oltre ad aver chiesto alla Polizia Metropolitana di tenermi aggiornato su eventuali nuove segnalazioni.»

«Okay, grazie. Nadine, Sean, potreste vedere di trovare qualche segnalazione del weekend su guide spericolate in quella zona? Per cominciare, estendete la ricerca per sedici chilometri e, se non trovate nulla, aumentate il raggio di otto chilometri alla volta. Inoltre, Tim, ho bisogno che tu guidi le ricerche di possibili luoghi nelle vicinanze che avrebbero potuto essere usati per trattenere qualcuno contro la sua volontà senza allertare i vicini. Capannoni industriali, edifici abbandonati, cose del genere. Aaron, potresti dargli una mano? E Debs, ho bisogno che tu assegni degli agenti a entrambi questi compiti prima di andartene oggi. Questa ora è una priorità.»

Un mormorio collettivo di assenso accolse le sue parole.

«Laura, prima che Harriet chiamasse, ci stavi parlando di Joseph Mallory e del fatto che forse non va d'accordo con suo figlio. Puoi andare da lui domani e scoprire di più su quella potenziale vendita di quattro anni fa? Vorrei che parlassi anche con l'agente immobiliare che se ne occupò, per vedere se riesci a scoprire chi fossero gli acquirenti interessati.»

«Certo, capo», disse Laura.

«E per quanto riguarda i visitatori del tour, c'è qualcosa di sospetto?»

«Ci stiamo ancora lavorando, capo. Ti farò sapere se troveremo qualcosa.»

«Grazie.» Kay controllò l'ora sul telefono. «Okay, è stata una giornata lunga e ho bisogno che domani siate tutti al meglio, quindi chiuderemo tra un minuto. Voglio però darvi una breve sintesi dei risultati dell'autopsia prima che andiate. Per il rapporto completo di Lucas valgono le stesse regole delle foto: se non siete autorizzati ad accedervi, non potrete leggerlo, visto parte del contenuto, specialmente se fate parte della squadra amministrativa di Debbie. Ma ho bisogno che capiate con cosa potremmo avere a che fare.»

Un silenzio profondo calò sulla squadra mentre lei raccoglieva i pensieri.

«Molti di voi hanno già lavorato con me in passato e sanno che non traggo conclusioni affrettate, e che considero ogni prospettiva quando gestisco un'indagine di questa natura. Questo non lo troverete nel rapporto ufficiale, e quello che sto per dirvi non deve uscire da questa stanza, è chiaro?»

«Sì, capo.»

«Chiarissimo, capo.»

«Okay.» Fece una pausa per fare un respiro profondo, poi sospirò a lungo. «Durante l'autopsia, Lucas ha identificato dei segni sulla pelle della vittima, ferite da coltello non profonde come le altre e che sono state usate per creare dei disegni in alcuni punti del corpo. Dice che, in alcune culture, la posizione di quei segni corrisponde ai *chakra* usati nei metodi di guarigione alternativi: sulla corona della testa, tra gli occhi, sulla gola, sul cuore, sul plesso solare, nella zona pelvica e sui piedi.»

«Sta dicendo che è stato un omicidio rituale?» disse Kyle, con la voce incredula.

«Forse, sì», rispose Kay. «Ora, questa è una novità per me, come sono certa lo sia per molti di voi, ma voglio che manteniate una mentalità aperta durante le vostre indagini. Ho bisogno di più prove a sostegno di questa ipotesi per poterci impegnare delle risorse, quindi quello che vi chiedo è di tenerlo a mente quando parlate con le persone. Non parlate dei segni e non menzionateli in nessuna e-mail o altro documento che esce da questa sala operativa: non voglio che la notizia trapeli alla stampa. Ma ditemi se trovate qualcosa che possa supportare queste scoperte. Okay?»

«Lo faremo, capo.»

«Nessun problema, capo.»

«Grazie. Per ora è tutto. Finite tutti gli incarichi in sospeso che avete sulle scrivanie prima di andare via, e ci vediamo domani alle otto. Avete il mio numero se avete bisogno di me nel frattempo.»

Mentre i suoi agenti tornavano di corsa alle loro postazioni, lei incrociò lo sguardo di Gavin e gli fece cenno di avvicinarsi.

«Che c'è, capo?»

«Fammi un favore», disse lei. «Puoi fare una ricerca

nel nostro sistema per altri omicidi di tipo rituale nella zona, diciamo in un arco di dieci anni? Scambia due parole anche con Paul Solomon di Gravesend, digli che per ora è tutto riservato, ma se si fosse imbattuto in qualcosa di simile durante il suo servizio lì, vorrei saperlo subito.»

«Pensa che Lucas abbia ragione?» disse Gavin, con il viso preoccupato.

«Spero che si sbagli», rispose lei. «Sono già preoccupata che chiunque abbia fatto questo abbia già ucciso in passato. Ciò che mi spaventa è che probabilmente ucciderà di nuovo, se non lo fermiamo.»

CAPITOLO 16

La mattina seguente, quando Laura passò in auto davanti alla coltivazione di luppolo dei Mallory, il cordone di polizia era stato rimosso dal cancello a cinque sbarre che separava il cortile dalla strada e non c'erano furgoni degli investigatori forensi parcheggiati davanti agli edifici.

Rallentò osservando Cassandra Mallory che tornava verso casa dalla direzione dell'ufficio dell'azienda, e un uomo che attraversava il cortile provenendo da uno dei fienili adibiti a magazzino e si dirigeva, con passo tranquillo, verso un fuoristrada che trainava un rimorchio per cavalli.

Oltrepassando il muro di pietra che dava sulla piantagione di luppolo, Laura rischiò un'altra occhiata e vide un secondo trattore al lavoro tra i tralci, affiancato dal cestello elevatore. Un uomo solo era nel cesto e si sporgeva per staccare il luppolo, prima che l'uomo a terra lo deponesse nel rimorchio dietro al trattore, con movimenti metodici.

Poi il muro lasciò il posto a una siepe e la vista sul Weald scomparve.

Laura si concentrò sulla strada di fronte. La svolta che cercava era solo poche centinaia di metri più avanti e, infatti, vide un cartello sbiadito che indicava la direzione per un minuscolo borgo a cinque chilometri di distanza, e prese il bivio a destra.

Qui, faggi e larici impedivano alla luce di filtrare, creando una fitta chioma di foglie che favoriva la crescita di felci e muschio ai lati della strada. Le foglie accennavano appena alle sfumature dorate che avrebbero seguito il raccolto e segnato l'inizio dei mesi più freddi, e i cigli erano stati lasciati incolti, con fitte ortiche ed erba che si contendevano lo spazio. L'asfalto era costellato di buche profonde, e lei calcolò che nel giro di tre mesi il percorso sarebbe diventato insidioso per via del ghiaccio e della neve.

La stradina curvava a destra prima di salire su un leggero pendio che costeggiava quello che Laura stimò essere il confine più lontano dell'azienda dei Mallory. Di tanto in tanto, intravedeva filari di luppolo attraverso la siepe, e poi notò sulla destra un'indicazione per i due cottage di proprietà dei Mallory.

Rallentò per imboccare una stradina stretta con erbacce che spuntavano in mezzo all'asfalto e, mentre l'auto di servizio ondeggiava e sobbalzava sulla superficie sconnessa, tirò un sospiro di sollievo per il fatto di avere usato quella e non la sua macchina, quel giorno.

Le sospensioni avrebbero potuto non reggere.

Il cottage di Joseph Mallory era il più grande dei due che la accolsero alla curva successiva, con un sentiero sterrato sul lato sinistro e un grazioso giardino sul davanti, pieno di fiori e arbusti a fioritura tardiva. Una staccionata di legno lo separava dalla strada e dalla proprietà vicina, che sembrava vuota. Non c'erano auto parcheggiate sullo spiazzo di ghiaia antistante e Laura non vide alcun movimento dietro le finestre.

Invece di rischiare di parcheggiare sulla strada, si fermò sul sentiero sterrato accanto alla casa di Joseph e scese, mettendosi la borsa in spalla.

C'era una porta laterale riparata da una veranda di legno che dava sul sentiero e, mentre chiudeva a chiave l'auto, la porta si aprì per rivelare un uomo sulla sessantina che la fissò da sotto folte sopracciglia bianche e una zazzera di capelli dello stesso colore che gli arrivava al colletto della camicia.

«Quella è una strada privata» disse, tenendo una mano salda sulla porta. «Non può parcheggiare lì».

Laura sollevò il tesserino mentre apriva un cancello di acciaio zincato e si dirigeva verso di lui. «Agente Laura Hanway, polizia del Kent. Lei è Joseph Mallory, giusto?».

«Sono io».

Lei annuì, ripose il tesserino e fece un cenno col mento verso il sentiero sterrato. «Aspetta altre visite oggi?».

«No».

«Bene. Allora non dovrei dare fastidio se la lascio lì mentre parliamo, no?».

Per un attimo la sua mascella si contrasse, poi fece una leggera scrollata di spalle e si fece da parte. «Pensavo fosse una giornalista o qualcosa del genere».

Laura varcò la soglia ed entrò in una cucina dalle pareti chiare con un pavimento in laminato effetto rovere. C'era un bollitore sul fornello, una pila di piatti in una lavastoviglie aperta che sembravano appena lavati, e un gatto soriano che la fissava torvo dal suo posto su una delle quattro sedie di pino che circondavano un tavolo quadrato coordinato.

«Ha avuto molti giornalisti a disturbarla?» disse, rimanendo in piedi in mezzo alla stanza mentre Joseph faceva uscire il gatto prima di chiudere la porta.

«Non ancora» disse lui, indicando il tavolo. «Ma sarà solo questione di tempo, no?».

Non aveva una risposta, perciò scrutò le sedie per vedere se forse una di esse fosse priva di peli di gatto. La ricerca si rivelò infruttuosa, quindi ne scelse una di fronte alla porta ed estrasse il taccuino dalla borsa. «Immagino che si concentrerebbero sulla casa colonica principale, non crede?».

«Forse. Ma ormai sono in tanti a sapere dove abito». Tirò a sé la sedia di fronte e si sedette. «Non le chiedo se vuole qualcosa da bere. Lo fanno in televisione, e la risposta è sempre "no"».

Laura trattenne un sorriso. «Va bene. Mi chiedevo se potessi farle qualche domanda sul periodo in cui gestiva l'azienda».

«Perché?».

«Perché vorrei provare a capire come mai un uomo sia stato trovato assassinato in uno dei campi...»

«È una piantagione di luppolo.»

«Mi scusi, sì, la piantagione di luppolo.» Per nulla turbata, Laura voltò pagina e avvicinò la sedia al tavolo. «Allora, potrebbe dirmi in cosa era diversa la fattoria quando la gestiva lei?»

Joseph si appoggiò allo schienale della sedia e picchiettò con le dita sul tavolo per un istante, poi sospirò. «Tanto per cominciare, non avevamo visitatori. Non fino a più tardi. Prima di allora, ci limitavamo a coltivare. I prezzi dei raccolti erano buoni, non solo per il luppolo, avevamo i sussidi dell'UE per aiutarci nei periodi di magra e all'epoca non c'erano gli stessi problemi di approvvigionamento.»

«Di chi è stata l'idea di avviare i tour guidati?»

«Di Gloria.» La menzione del nome della donna gli suscitò un debole sorriso. «È sempre stata una che dà una bella scrollata alla gente quando ne ha bisogno, e dopo che abbiamo perso tutti i sussidi, ho dovuto fare dei tagli, per esempio meno personale part-time che aiutasse con la semina e il raccolto. Ho sempre gestito tutto con grande rigore, però.»

Laura vide la sua schiena irrigidirsi e, sentendo l'orgoglio nella sua voce, scelse una direzione diversa per le sue domande. «Perché pensa che qualcuno sia stato assassinato nella piantagione di luppolo? Con tutta la sua esperienza nel gestire questo posto per anni, si è mai sentito minacciato o...»

«Mai,» disse lui con veemenza. «Non so cosa abbia fatto Justin per meritarselo, ma sotto la mia gestione non sarebbe mai successo.»

«Pensa che sia una ritorsione per qualcosa?» chiese Laura.

«Per forza.» Joseph scrollò le spalle. «Perché mai qualcuno dovrebbe farlo, proprio qui tra tutti i posti? Non ha senso. No, credo che abbia fatto incazzare di brutto qualcuno.»

«Come chi?»

«Le ha parlato di Shane Vincent?»

«No, chi è?»

«Uno dei braccianti. Shane ha lavorato con me per anni.» Il mento di Joseph si protese in fuori. «E Justin non ha nemmeno pensato di parlarne con me prima di licenziarlo.»

«Si consulta sempre con lei su ciò che accade alla fattoria?»

«No,» disse Joseph, agitandole un dito contro. «E il problema è proprio questo. Ha molto da imparare, ma non gli interessa.»

«Perché ha licenziato Shane?»

«Non ha voluto dirmelo. Ha detto che non voleva causare problemi, a livello locale.»

«Ha chiesto a Shane cos'era successo?»

«Ci ho provato. L'ho chiamato il giorno in cui l'ho scoperto, ma mi ha mandato a quel paese e ha riattaccato. Poi l'ho visto al supermercato a Staplehurst e ho cercato di parlargli. Mi ha ignorato, ha spinto di lato il carrello ed è uscito. Da allora non ci ho più provato.»

«Ha i suoi recapiti?»

«Un attimo.» Joseph si avvicinò al piano di lavoro vicino ai fornelli e tornò con il suo cellulare. Tirando fuori un paio di occhiali da lettura dal taschino della camicia, le lesse i dettagli. «Ho anche il suo indirizzo qui, se lo vuole.»

«Grazie.»

«Sarei curioso di sentire cosa le dirà. Vorrei andare a fondo di questa storia. Questa famiglia ha una reputazione da proteggere e non posso permettere che mio figlio vada in giro a licenziare gente che ha lavorato con noi per anni. Non è giusto.»

Laura finì di scrivere e lo guardò da sopra il tavolo. «Cosa avrebbe detto ai suoi dipendenti se avesse venduto la fattoria?»

«Eh?»

«Stava pensando di vendere la fattoria quattro anni fa, non è vero? Cosa avrebbe detto a tutti se avesse trovato un acquirente?»

Gli occhi di Joseph si strinsero e lei vide un lampo di rabbia prima che lui emettesse una risatina tirata. «Ma non l'ho venduta, no?»

«Perché no?»

«Perché l'idea di Gloria sui tour ha funzionato. Ha iniziato a pubblicizzarle sui social, sui siti di viaggi, dappertutto. Ai tempi dovevamo assumere due persone part-time in più per gestire l'affluenza.»

«Non ha menzionato il personale aggiuntivo. Credevo che i tour li tenessero Justin e... Trevor,» disse Laura, sfogliando i suoi appunti. «Quando assumono il personale extra?»

«Non lo fanno, non più. Io davo l'incarico a una ragazza del posto che studiava viticoltura all'università e voleva imparare di più sul commercio del luppolo, e l'altra era una donna che conosceva Gloria e che gestiva un pub.» Joseph si accigliò. «Justin li ha mandati via quando ha preso in mano le redini.»

Laura si appoggiò allo schienale della sedia. «A sentirla, mi sembra che steste risollevando le sorti della fattoria con i tour e con il contributo di Justin sulle nuove varietà di luppolo. Perché ha ceduto la fattoria a Justin due anni fa?»

Con sua sorpresa, l'uomo spinse indietro la sedia, girò intorno al tavolo fino al lato dove lei era seduta, poi si chinò e si arrotolò la gamba dei pantaloni.

Diede un colpetto alla protesi di titanio della gamba. «Perché ho avuto un incidente, e la faccenda si è messa male prima che il chirurgo avesse il buon senso di togliermela di mezzo. Mi ci è voluto molto tempo per riprendermi. A un certo punto, lo ammetto, ho pensato che sarei morto. E fu allora che Justin, quel piccolo stronzo, mi suggerì di trasferirgli subito la fattoria per una somma irrisoria, piuttosto che fargli pagare delle enormi tasse di successione». Lasciò ricadere l'orlo del pantalone e tornò con passo furente verso la sua sedia. «E io, da stupido, ho accettato».

CAPITOLO 17

Barnes allentò per un attimo la cintura di sicurezza dalla vita, si adattò sul sedile e poi rilasciò il freno a mano mentre la colonna di auto scattava in avanti.

La strada verso sud dalla centrale di polizia era congestionata anche nei momenti migliori, ma un autobus era in panne su uno dei ponti che attraversavano il fiume Medway e l'intera rete stradale si era paralizzata due ore prima. Secondo l'agente della stradale che aveva visto mentre andava a prendere l'auto di servizio, era stato chiamato un carro attrezzi, ma ci sarebbe voluta un'altra ora prima che arrivasse, e per allora le scuole sarebbero uscite.

«Un incubo» disse Kyle, seduto accanto a lui.

«Non c'è da scherzare.»

«Cos'ha che non va la cintura?»

«Niente.»

«Troppo stretta?»

«Che sfacciato...»

«Deve essere stato tutto quel cibo pesante in Italia il mese scorso, sergente. La pasta è la peggiore.»

«A chi lo dice» borbottò Barnes. «Pia sta già organizzando delle sessioni extra in palestra per noi. E vorrà dire che mangeremo insalata per mesi. D'inverno. Chi mai lo fa?»

«Tu, a quanto pare.»

Vedendo un varco nel traffico tra un'auto a noleggio e un autobus, Barnes accelerò e si infilò davanti a entrambi, raggiungendo l'ultimo semaforo. Tamburellò con le dita sul volante, poi scattò in avanti non appena il semaforo divenne verde, rilassandosi sul sedile mentre si lasciavano alle spalle la tentacolare periferia urbana.

Diede un'occhiata al collega, che stava scorrendo lo schermo del telefono. «Hai scoperto altro su Roland Hammerton?»

«Niente che possa aiutarci» disse Kyle. «Non posta nulla sui social da giovedì...»

«Probabilmente è prudente, date le circostanze.»

«È quello che pensavo. Ho fatto un paio di ricerche online su di lui, ma a parte una foto che ho trovato in un articolo sulla fattoria, in cui è solo sullo sfondo con il resto degli operai di Justin, non c'è niente di sospetto.»

«E i lavori precedenti?»

«Per lo più lavori manuali, guida di carrelli elevatori, cose del genere.» Kyle abbassò il telefono. «E non è nel nostro sistema. Nemmeno per eccesso di velocità.»

«Ok, allora sentiamo cosa ha da dire il proprietario del negozio del paese... è lì che ha comprato le sigarette venerdì, a detta sua.»

Quindici minuti dopo, Barnes parcheggiò l'auto dietro

un SUV verde scuro fuori da un minimarket che era un'attività a gestione privata, piuttosto che una delle tante catene in franchising che punteggiavano l'area circostante.

Sceso dall'auto, osservò una strada curva fiancheggiata da edifici quasi identici, un misto di attività commerciali e negozi. Ognuno di essi era intonacato con un colore pallido al piano inferiore, tra le travi scure a vista che ne attraversavano le facciate. Questo effetto lasciava il posto a muri di mattoni rossi al piano superiore, sotto tegole d'argilla più scure e, qua e là, alcuni proprietari avevano ampliato la soffitta, aggiungendo abbaini per dare luce.

Il negozio del paese sfoggiava una vetrata a bovindo su ciascun lato dell'ampia porta aperta e mostrava una collezione di libri usati in una cassa da un lato e scatole di uova impilate nell'altra. Un mix aromatico di pane fresco, verdure e lavanda accolse Barnes che entrò per primo.

Rimase sorpreso nel vedere quanto fosse ben rifornito il negozio. Tre corsie di scaffalature confinavano con due congelatori a pozzetto sulla destra, con i banchi della verdura e del pane esposti in fondo a ognuna, di fronte alla porta. Sul retro c'erano due frigoriferi con la porta a vetri pieni di latte, birra e bibite, accanto ai quali un espositore di biglietti d'auguri e articoli di cancelleria rivestiva il resto della parete di fondo. Un lungo bancone occupava il lato sinistro del negozio, e un uomo alzò lo sguardo dal telefono mentre si avvicinavano.

«Questa sembra una cosa seria» disse a mo' di saluto.

Barnes mostrò il suo tesserino. «Detective Ian Barnes e il mio collega, il detective Kyle Walker. Cosa ci ha traditi?»

Pose la domanda bonariamente, rendendosi conto che

la vista di due uomini in abiti da lavoro doveva essere un evento raro in quel negozio.

«Indovinato per caso» disse l'uomo. «Come posso aiutarvi? Non credo che il mio staff abbia denunciato furti o altro.»

«Beh, signor…?»

«Knowles. Warner Knowles.»

«Speravamo che potesse rispondere ad alcune domande su un suo cliente, Roland Hammerton.»

Warner inarcò un sopracciglio. «Roland?»

«Quest'uomo» disse Kyle, girando lo schermo del suo telefono.

«Oh. Lui.» Warner sogghignò. «Uno di quei clienti che tendono a farci sorridere molto… quando se ne vanno.»

«Crea problemi?» chiese Barnes.

«Ci prova. È sgarbato, più che altro, soprattutto con mia moglie e mia figlia. Ogni volta che entra, c'è sempre qualche problema. Piccole cose, ma comunque una seccatura.»

«È mai stato violento?»

«Arrabbiato, sì. Ma non violento, non con me.»

Al rumore di passi, Barnes guardò dietro di sé e vide un uomo sulla sessantina entrare nel negozio.

L'uomo lanciò un'occhiata ai due detective, fece un cenno a Warner e poi si diresse dritto verso uno scaffale di giornali accanto alla porta, prendendosi il tempo di esaminare la verdura lungo il tragitto.

Tornando a rivolgersi al negoziante, Barnes abbassò la voce. «Era qui venerdì, diciamo tra le tre e mezza e le quattro e mezza?»

Warner si fece pensieroso. «Sì, è venuto qui nel

pomeriggio, ma non sono sicuro dell'ora. Ha comprato delle sigarette e una confezione da sei di birra, poi se n'è andato. Ha pagato con la carta. Posso controllare i filmati della telecamera, se vuole l'orario esatto.»

Barnes guardò dove indicava il negoziante e vide la luce rossa lampeggiante di un LED sopra una telecamera fissata a una staffa sul soffitto, sopra una porta interna chiusa con un cartello "privato". «Se non le dispiacesse, sarebbe fantastico. Ha altre telecamere?»

«Una fuori, che dà sulla strada in modo da inquadrare la porta d'ingresso, e una sul retro che copre l'uscita di sicurezza. È l'unica porta lì dietro, e separa il nostro magazzino e l'ufficio dall'area di carico e scarico.»

«Oltre alle riprese di venerdì, potrebbe darci una copia di tutti i filmati da domenica fino a martedì mattina?»

«Di che si tratta?» disse Warner, poi alzò una mano. «Buongiorno, George. Il solito?»

«Sì, per favore.» Il cliente si affiancò a Kyle, lanciò ai detective un sorriso diffidente, poi rivolse l'attenzione al negoziante, che allungò la mano sotto il bancone, tirò fuori una busta marrone formato A4 e la fece scivolare verso George.

«Quella e il giornale, giusto?» disse Warner.

«Sì.» L'uomo tirò fuori dodici euro dal portafoglio e quasi gli strappò di mano il resto. «Grazie. A domani.»

Uscì di fretta dal negozio, con le guance in fiamme, e Warner ridacchiò vedendo l'espressione perplessa di Barnes. «Non si preoccupi, George è innocuo.»

«Che significava?» chiese Kyle, sbalordito.

Il negoziante sogghignò. «Alcuni clienti sono all'antica, preferiscono le riviste a internet. E certe riviste non si possono esporre. Troppi ragazzini che entrano nel negozio, tanto per cominciare. Per non parlare del vicario e di sua moglie.»

Kyle arrossì quando finalmente capì. «Oh.»

Barnes ridacchiò per l'imbarazzo del suo collega, poi tornò serio. «In quanto tempo può darci le registrazioni della telecamera?»

In risposta, Warner aggirò l'estremità del bancone e si diresse verso lo scaffale della cancelleria, prima di tornare con una sottile confezione di cartone che sollevò. «Se comprate la scheda di memoria, vi copio tutto adesso. Però dovrete tenermi d'occhio il negozio mentre lo faccio... sono da solo finché Mandy non torna da sua madre.»

«Affare fatto,» disse Barnes, poi diede una spintarella a Kyle. «Forza, vai dietro al bancone. Scommetto che hai più probabilità di me di capire come funziona quella cassa.»

CAPITOLO 18

Kay uscì dal bar sulla High Street di Maidstone e strizzò gli occhi per la luce abbagliante del sole, prima di dirigersi dove Barnes la aspettava all'ombra della tenda di un negozio di scarpe e porgergli uno dei bicchieri d'asporto.

«Grazie, capo.» Sollevò il telefono. «Kyle ha messo Sean Gastrell a esaminare i filmati delle telecamere di sorveglianza del negozio del paese, mentre lui sta rintracciando l'agente che si occupa della vendita del pub chiuso per ottenere i recapiti del vecchio proprietario. Warner Knowles ha installato una telecamera all'esterno del negozio per sorvegliare l'ingresso principale, ma è puntata anche verso la strada in direzione della fattoria. Con un po' di fortuna, da quel filmato ci faremo un'idea più chiara su Roland Hammerton rispetto a quanto abbiamo racimolato finora dai social, e potremmo anche beccarlo mentre si dirige a casa dei Mallory domenica notte. Non si sa mai.»

«Vale la pena provare. Sinceramente, qualunque svolta in questo momento sarebbe già qualcosa.»

Seguirono la strada che curvava di nuovo verso il fiume, poi usarono le strisce pedonali per raggiungere uno stretto sentiero che attraversava il cimitero secolare della chiesa di All Saints.

Mentre Kay passava lo sguardo sulle iscrizioni sbiadite, si chiese come diavolo avrebbero fatto a identificare la vittima e cosa cavolo avrebbe detto alla sua famiglia.

«Nessuna novità sull'identificazione, capo?» chiese Barnes.

Lei sorrise, nonostante le sue riflessioni cupe. Il suo sergente investigativo aveva un'abilità straordinaria nel leggerle nel pensiero, ed era ciò che li rendeva una squadra così affiatata quando le probabilità erano a loro sfavore. «Non ancora. Lucas ha telefonato mentre era fuori. Ha inviato le richieste per le cartelle dentali e per una ricerca del DNA più ampia. Una di quelle società di ricerca genealogica potrebbe trovare qualcosa che ci aiuti, o almeno che ci dia un'indicazione nella giusta direzione.»

«Speriamo.»

Alla fine del sentiero svoltarono a destra e seguirono un'antica strada acciottolata per le carrozze che scendeva fino al fiume, dove una panchina di legno era stata posta accanto al muro di pietra del Palazzo Arcivescovile. Era metà mattina e c'era quiete, nessun passante a interromperli e solo le anatre di passaggio a far loro compagnia.

Kay si sedette con un sospiro e sorseggiò il caffè. «Lucas mi ha anche inviato via e-mail una foto ripulita della nostra vittima, quindi finiamo questo e poi andiamo dai Mallory a vedere se ora lo riconoscono. Tanto per cominciare, Cassandra ovviamente non l'ha ancora visto.»

«Dio solo sa quanto ci servirebbe una svolta, capo.» Barnes si avvicinò alla ringhiera che separava il sentiero dal fiume impetuoso e si voltò verso di lei. «Sono passati, cosa, cinque giorni da quando Lucas ritiene che sia stato ucciso?»

«E, secondo Harriet, ci sono almeno tre persone a piede libero che sanno qualcosa della sua morte.»

Barnes scosse la testa. «Tre persone che sapevano quello che facevano, a quanto pare. Voglio dire, devono aver studiato quel percorso a piedi prima di portare lì la vittima, no?»

«Sarebbe stato un rischio enorme presentarsi lì e dare per scontato di poterlo portare lungo quella mulattiera fino alla piantagione di luppolo, questo è certo.»

Il suo collega si bloccò, reggendo il bicchiere di caffè a mezz'aria.

«Che c'è?» chiese lei.

«Bracconieri.» Bevve un sorso, poi si avvicinò alla panchina e si sedette, lo sguardo perso nel vuoto verso il fiume mentre parlava. «I bracconieri tagliano sempre le recinzioni dei contadini per trascinare le carcasse dei cervi. Saprebbero anche come sventrare qualcuno basandosi su quello, no?»

«Porca miseria.» Kay si raddrizzò e tirò fuori il telefono. «Hai ragione. Aspetta, chiamo Mark Weston della Squadra Speciale Rurale.»

Barnes rimase in silenzio mentre lei componeva il numero di cellulare dell'agente in uniforme, e imprecò a mezza voce quando scattò la segreteria telefonica.

«Mark? Sono l'ispettrice Kay Hunter di Maidstone. Stiamo indagando su un omicidio che potrebbe avere dei deboli legami con i bracconieri locali. Mi chiedevo se potesse richiamarmi quando riceve questo messaggio. Grazie.» Riattaccò, poi finì il suo caffè. «Bene, Ian. Andiamo a vedere cosa potrebbe dirci Justin Mallory sulla nostra vittima.»

———

Quando Barnes entrò nel cortile della fattoria venti minuti dopo, Daniel Ionescu stava camminando dalla direzione della piantagione di luppolo verso il più grande dei due fienili, con la falce in spalla.

Il rumeno squadrò i due detective con curiosità mentre scendevano dall'auto, fece per alzare una mano in segno di saluto, ma poi sembrò ripensarci e si accigliò.

«Siete di nuovo qui?» gridò.

«Temo di sì,» disse Kay. Si avvicinò a lui. «Come state, lei e Alexandru?»

Daniel abbassò la falce, poi si strinse nelle spalle. «Io sto bene. Alex... non tanto. Non credo che dorma. Viviamo nella stessa casa in paese, e di notte lo sento urlare.»

«Ha qualcuno con cui può parlare, magari un medico?»

«Non ci vuole andare.» L'uomo abbozzò un piccolo sorriso. «È un uomo molto orgoglioso.»

«Mi aveva dato quest'impressione.» Kay si guardò intorno nell'aia. «C'è Justin?»

«Lui e Trevor sono in riunione» disse Daniel, indicando l'ufficio della fattoria. «Credo sia importante... sembravano entrambi seri quando sono entrati.»

Kay si acciglió mentre il suo sguardo passava in rassegna i veicoli nel cortile. «Non vedo auto di visitatori. Sa con chi è la riunione?»

«È online. Penso con un cliente.»

«Ha idea di quanto durerà?»

«No, mi dispiace.»

«E Gloria?»

«È andata via mezz'ora fa... un appuntamento dal dentista. Tornerà più tardi.»

«Cassandra è qui in giro?»

«Da qualche parte.» Daniel si girò su se stesso, alzando una mano per ripararsi gli occhi dal sole. «Però non so dove.»

Kay sospirò, guardò Barnes e poi l'auto. «Be', non ha senso tornare a Maidstone adesso. Tanto vale fare un giro finché Justin non si libera.»

«Se lo vedo prima io, gli dirò che siete qui» disse il rumeno, poi riprese a camminare verso il fienile, fischiettando a mezza bocca.

«Vuole dare un'altra occhiata a dove è stata trovata la vittima, ora che la squadra di Harriet ha smontato tutto e se n'è andata, capo?» disse Barnes.

«Buona idea. Almeno ci darà la possibilità di vedere anche il percorso che i suoi assassini hanno fatto avanti e indietro dalla mulattiera. Anzi, cominciamo da lì.»

Lasciate le giacche in auto, Kay e Barnes seguirono il sentiero fuori dal cortile della fattoria e, attraverso il cancello, entrarono nella piantagione di luppolo, poi svoltarono a destra e percorsero un leggero pendio fino a un punto in cui una siepe di rovi nascondeva gran parte del confine. Nella siepe c'era un'interruzione dove era visibile la recinzione di filo spinato, e fu qui che Kay notò quattro estremità appuntite di filo metallico che si incurvavano verso l'alto.

Oltre la siepe c'era uno stretto sentiero sterrato che separava la piantagione di luppolo dal campo vicino, il terreno compatto e arido segnato qua e là da impronte di ferri di cavallo.

«Vuole dare un'occhiata più da vicino, capo?» chiese Barnes. Allungò una mano e scostò con cautela il filo spinato rotto. «Secondo me, dovrebbe riuscire a passare di qui.»

«Grazie.» Kay superò il filo metallico, facendo attenzione a non impigliarsi la camicia o i pantaloni, poi si fermò sul bordo della mulattiera e guardò a destra e poi a sinistra. «Quella è la direzione per la piazzola di sosta sulla strada principale, e vedo le impronte di cui ha parlato Harriet. Non proseguono oltre questo punto. Dopo questa interruzione nella recinzione ci sono solo impronte di zoccoli.»

Barnes sbirciò oltre il resto della recinzione, nella direzione in cui lei stava guardando. «Ho dato un'occhiata alla mappa prima di venire qui. Se si va a destra, invece di seguire la mulattiera fino alla strada, si arriva a una tenuta a circa tre chilometri di distanza. Sul loro sito web offrono passeggiate a cavallo.»

«C'è la possibilità di avere i loro filmati di sorveglianza?»

«Sean ha già controllato, capo. Non c'erano segni della nostra vittima o dei suoi aggressori nei pressi della tenuta durante il fine settimana, e i proprietari hanno riferito di non aver notato nulla di strano. L'ultima lezione di equitazione di gruppo che hanno fatto risale a mercoledì scorso, e hanno confermato che non si è svolta da queste parti.»

«Okay, quindi possiamo escludere che gli assassini abbiano fatto una ricognizione della fattoria da quella direzione» disse Kay. Scrutò lungo la mulattiera fino al punto in cui la recinzione era stata tagliata per accedere al campo di grano. «Controlleremo la piazzola di sosta sulla via del ritorno... per ora diamo un'altra occhiata alla piantagione di luppolo.»

Barnes le tenne il filo spinato mentre lei ripassava dall'altra parte, poi indicò la scena del crimine con il mento. «Vuole seguire il loro percorso?»

«Sì, ci aiuterà a farci un'idea di eventuali problemi che potrebbero aver dovuto superare per farlo. Guardi, qui si vede dove la squadra di Harriet ha segnato il percorso.»

«Siamo stati maledettamente fortunati che non abbia piovuto, capo» disse lui, con le mani in tasca mentre le camminava accanto, tenendo lo sguardo fisso a terra. «Avremmo potuto perdere un sacco di prove.»

«Ma non erano previste piogge? Sono sicura che Adam avesse detto che si aspettava un acquazzone domenica notte, perché voleva controllare la recinzione del frutteto.»

«Deve essere dura avere un compagno veterinario.» Barnes soffocò una risata. «Immagino che sia paranoico dopo l'ultima volta.»

«Solo un po'. Onestamente, quella pecora è ottima per tenere bassa l'erba, ma è una vera artista della fuga.»

Il rumore di un trattore al lavoro in uno dei campi in cima alla collina fu portato dalla brezza, e da qualche parte un bombo ronzava avanti e indietro tra l'erba alta che ricopriva la base legnosa delle coltivazioni.

Kay tornò seria quando raggiunse il primo filare di piante e gettò lo sguardo lungo i tralicci che scomparivano su per il pendio.

Qui i coni di luppolo erano fitti e abbondanti, il terreno più morbido per via del drenaggio naturale del suolo ricco, e lei fece un passo indietro di fronte all'aroma pungente.

«È quasi opprimente» disse, allungando il collo per guardare la cima della pianta rampicante prima di proseguire. «E sembra che ti soffochino, non trova?»

«Ci si potrebbe sentire abbastanza claustrofobici qui in mezzo» concordò Barnes. «Lo stesso vale per il campo di grano laggiù. Ha notato come attutiscono anche i suoni?»

Kay fece una pausa, poi annuì. «Ok, la direzione del vento potrebbe essere cambiata, ma ora non sento più quel trattore così bene. Lei lo sente?»

«No... e, di nuovo, immagino che questo aiuti a spiegare perché nessuno l'abbia sentito.» Barnes rabbrividì. «O quello, oppure le sue urla sono state scambiate per il verso di una volpe.»

«È meglio non pensarci, vero? Lucas non ha detto che la vittima fosse imbavagliata, perciò i suoi assassini erano abbastanza sicuri di sé da non preoccuparsene.» Kay si fermò a un incrocio tra i filari. «Che direzione prendiamo?»

«A sinistra, credo. Poi a destra al prossimo blocco.»

«Oppure dritti qui e poi a sinistra?»

«Entrambe le strade vanno bene, ma Harriet ha trovato le impronte degli stivali che andavano a sinistra.»

«Ok. Possiamo fare quel giro al ritorno. Voglio farmi

un'idea del perché quei tralci non siano stati tagliati lunedì e perché la nostra vittima non sia stata scoperta fino al giorno dopo. Ventiquattr'ore non possono fare una gran differenza, no?»

«Secondo me sì, invece,» disse Barnes, seguendola a ruota. «Ho visto uno di quei documentari sull'agricoltura e parlano in continuazione sul fatto che un raccolto sia pronto e se riusciranno a battere la pioggia sul tempo.»

«E immagino che di solito ci sia una musica drammatica per aumentare la tensione, vero?» replicò Kay, con le fossette che le spuntavano sulle guance.

«La sua supposizione è corretta.»

Il rumore di un altro trattore li raggiunse vicino ai margini del filare, e passò loro accanto. Alla guida c'era un uomo sulla cinquantina con una zazzera di capelli color sabbia. Fece un cenno di saluto con la mano, poi proseguì per la sua strada, spegnendo il motore poco più in là nella piantagione di luppolo.

«Quello è Howard, il tizio che lavorava con Alexandru martedì, non è vero?» disse Kay.

«Sì, non si preoccupi, è a posto. Kyle ha fatto un controllo su di lui e sugli altri dipendenti. Niente da segnalare.»

«Santo cielo, Ian. Sono passate quasi quarantotto ore e non abbiamo ancora un movente. Al quartier generale sono riusciti a scoprire qualcos'altro su Roland Hammerton?»

«Ancora niente, capo. La squadra di Andy dell'informatica forense sta ancora scavando, ma quel tizio non è molto attivo sui social o altro.»

I filari formavano una leggera curva vicino alla cima del pendio, e Kay proseguì faticosamente, mentre i pensieri le si affollavano nella mente. Da qualche parte, là fuori, almeno tre persone erano colpevoli di aver torturato e ucciso un uomo, e loro non avevano ancora idea di chi fosse, o del perché fosse stato ucciso... o del perché fosse stato ucciso proprio lì, tra tutti i posti possibili, quando sembrava che i Mallory non avessero nemici di cui parlare e un'attività che prosperava fino a...

«Capo? Dia un'occhiata qui.»

Si bloccò, poi guardò dietro di sé verso Barnes, che si era fermato alla base dei tralci alla fine dell'ultimo filare che avevano superato, con lo sguardo fisso sul ceppo legnoso di una pianta ingiallita e avvizzita. Tornando sui suoi passi, si accigliò. «Morta?»

«Sì, guardi, tutte le piante a questa estremità del filare sono così. E anche quelle dietro, ma sono messe meno peggio.»

«Ma tutte le altre qui intorno stanno bene, guarda. Che ne pensi? Saranno state attaccate da qualche insetto o qualcosa del genere?»

«Non ci sono segni di morsi, né macchie come quelle che si vedono sulle foglie delle rose.»

Kay rivolse l'attenzione alla cima del pendio verso cui si stavano dirigendo. «Chiediamo a quel tipo, Howard. Potrebbe non essere niente, ma...»

«Secondo me sono state avvelenate, capo,» disse Barnes. «Ma non sono un esperto di giardinaggio.»

«Comunque, non hanno un aspetto sano, vero? Andiamo.»

Salì la collina a passo svelto e trovò il trattore parcheggiato a pochi metri sulla destra.

Howard stava ispezionando un filare di tralci un po' più

in là, e lei fece un cenno per attirare la sua attenzione. Sembrava riluttante a parlare, ma si avvicinò con andatura lenta, lo sguardo diffidente. «Sì?»

Kay estrasse il suo tesserino. «Ispettrice Kay Hunter, e il mio collega, il sergente detective Ian Barnes. Dirigo le indagini sull'omicidio dell'uomo trovato qui martedì. Può confermarmi il suo nome, per favore?»

«Howard Masters.»

«Da quanto tempo lavora qui?»

«Da qualche anno.»

«E di cosa si occupa?»

«Aiuto a gestire il raccolto e supervisiono la semina.» Si raddrizzò un po', orgoglioso. «È grazie a me che stiamo andando così bene con le diverse varietà. Justin e suo padre le avranno anche scelte, ma sono io che le porto a questo stadio.»

«Eccellente, allora forse può aiutarmi. Stavamo solo dando un'occhiata per farci un'idea del posto, e abbiamo notato che un paio di filari di tralci, laggiù, sembrano essere stati avvelenati. Cos'è successo?»

L'espressione di Howard si rabbuiò e si voltò dall'altra parte.

«È meglio se lo chiede al capo o a Trevor,» disse, voltandole le spalle. «Non posso dire nulla in merito.»

CAPITOLO 19

«Aspetta.»

Kay si fermò al cancello tra la piantagione di luppolo e il cortile della fattoria e alzò una mano verso Barnes, facendogli cenno di avvicinarsi alla loro auto. «Prima di parlare con Justin, voglio chiamare Gavin senza essere sentita.»

Il suo collega corrugò la fronte ma la seguì, poi le diede le spalle per esaminare gli edifici mentre lei premeva il tasto di chiamata rapida sul cellulare. Alzando lo sguardo, non vide nessuno avvicinarsi e, con Barnes che teneva d'occhio la situazione, mise il telefono in vivavoce in modo che anche lui potesse ascoltare.

«Sì, capo?» disse Gavin, con la voce trafelata.

«Tutto bene?»

«Sì, stanno solo arrivando un sacco di informazioni al momento. Niente di cui preoccuparsi.»

A quelle parole lei sorrise, grata per la sua resistenza sotto pressione. «Ricordi la tua teoria secondo cui la nostra vittima è stata abbandonata qui per rovinare la reputazione dei Mallory? Potremmo avere una pista da seguire. Puoi verificare con Kyle chi sono i concorrenti più stretti di Justin, e se nell'ultimo anno sono state fatte minacce velate? Penso a litigi sui social, interviste su riviste di settore, cose del genere. Se ne hai bisogno, puoi anche chiedere una mano alla squadra di investigazione finanziaria del quartier generale. Amanda Miller è ancora lì, e le interesserà se pensi che ci sia di mezzo qualcosa come corruzione o coercizione dal punto di vista della criminalità organizzata, se ce n'è una.»

«Ci sto già lavorando, capo. Ho pensato la stessa cosa ieri, dopo aver parlato con l'agenzia che assume Alexandru e gli altri. Solo non volevo disturbarti nel caso fosse stato un buco nell'acqua. Kyle ha iniziato le ricerche, ma non avevo pensato di chiedere ad Amanda di aiutarci. Grazie.»

«Nessun problema. Fammi un fischio non appena trovi qualcosa.»

Kay terminò la chiamata e condusse Barnes verso l'estremità dell'edificio delle stalle ristrutturate dove si trovava l'ufficio della fattoria. Sentiva delle voci provenire da dietro la porta chiusa e bussò due volte prima di entrare.

Justin Mallory e un altro uomo erano uno di fronte all'altro alla scrivania. Non riusciva a vedere il volto dell'altro uomo, ma quello di Justin era l'immagine della desolazione, e la guardò con occhi torvi mentre Barnes la seguiva all'interno.

«Sì?» disse lui. «Siamo piuttosto impegnati al momento, come può vedere. Cosa vuole?»

Kay inarcò un sopracciglio in risposta, poi indicò lo schermo del computer su cui era aperto un foglio di calcolo. «Immagino che la sua videoconferenza sia finita?»

«Ne stiamo ancora discutendo» disse Justin. «Non può aspettare?»

Kay lo ignorò per un momento e si rivolse all'uomo sull'altra sedia. «Non credo che ci siamo mai incontrati. Sono l'Ispettrice Kay Hunter e dirigo le indagini sull'omicidio dell'uomo trovato nel campo qui. E lei è...?»

L'uomo rispose con uno sguardo torvo. «Trevor Leavitt. Sono il direttore dell'azienda agricola.»

«Eccellente.» Kay sorrise raggiante a entrambi. «Allora ho entrambi gli esperti di cui ho bisogno. Cosa sta succedendo al luppolo sui graticci, qualche filare dietro a dove è stata trovata la vittima? È tutto ingiallito e avvizzito.»

Vide un'occhiata fugace tra i due uomini, poi Justin fece un gesto vago con la mano verso di lei.

«Ci stiamo lavorando. È solo un incidente isolato, speriamo niente di cui preoccuparsi.»

«Davvero? Sembra che siano state piante perfettamente sane per un po', dopotutto sono alte quanto quelle accanto.»

«Quest'anno non hanno attecchito bene. A volte capita» disse Trevor.

«Sembra che siano state avvelenate» disse Kay, e osservò la mascella di Justin contrarsi.

«Come ho appena detto, ci stiamo lavorando.» Si sporse in avanti mentre lo schermo del computer diventava nero e mosse il mouse finché il foglio di calcolo non riapparve. «E, come può vedere, siamo ancora in riunione al momento, quindi se è tutto...»

«Veramente» disse Barnes, frugando in tasca e dispiegando un foglio prima di porgerglielo, «ora che abbiamo un'immagine più nitida della vittima ci chiedevamo se potesse darle un'altra occhiata e vedere se lo riconosce.»

Justin scosse la testa. «Non l'ho mai visto in vita mia.»

«Ne è sicuro?» chiese Barnes. «Dia un'altra occhiata.»

«Sono sicuro.»

«E lei?» Barnes porse la fotografia a Trevor.

L'uomo scosse la testa. «Mi dispiace, no.»

«Quando le abbiamo parlato martedì, signor Mallory, le ho chiesto se avesse qualche problema qui» disse Kay, osservando Barnes che ripiegava la fotografia e se la rimetteva in tasca, prima di guardare l'agricoltore per valutarne l'espressione. «Desidera modificare la sua deposizione?»

«No. Non c'è niente che non vada nel modo in cui gestisco questo posto.»

«Non ho detto questo» replicò Kay. «Ma ha mezzo filare di tralci marci tra la nuova varietà che sta promuovendo, che sembrano essere stati avvelenati, e poi un uomo è stato torturato e ucciso a pochi metri di distanza. Perché lunedì ha detto ai suoi uomini di non raccogliere in quei filari? Si aspettava di trovarlo?»

Justin sbiancò in volto. «No, non è vero. Il raccolto non era ancora pronto, ecco perché ho detto loro di iniziare invece dagli altri filari. Gliel'ho già detto, non ho mai visto quell'uomo in vita mia.»

«Ma lei sa qualcosa» disse Kay. «Non è vero? E anche lei.»

Spostò l'attenzione su Trevor, che tentava di assumere una posa disinvolta sulla sedia accanto a lei, rovinata dal fatto che le sue unghie si stavano conficcando nei braccioli. «Qualcuno di voi due è stato minacciato?»

«No» scattò Trevor. «Siamo solo molto occupati, come le ha già spiegato il signor Mallory.»

Justin alzò una mano in un gesto conciliante. «Senta, Ispettrice Hunter. Non mi dispiace rispondere alle sue domande, ma ho una fattoria da mandare avanti. Non può semplicemente piombare qui...»

«Sì, che posso.» Kay lo fulminò con lo sguardo. «E lo farò, se lo riterrò necessario per la mia indagine. Specialmente se penso che altre vite possano essere a rischio.»

Il contadino inarcò le sopracciglia. «Altre vite? Cosa intende dire?»

«Al momento ci sono almeno tre persone a piede libero che sanno qualcosa sulla morte di quell'uomo» disse Kay freddamente. «Tre persone che sapevano come raggiungere la sua piantagione di luppolo dalla strada principale usando un sentiero e il campo di grano del suo vicino per non essere viste. Le stesse tre persone sono riuscite a crocifiggere la loro vittima in mezzo al suo raccolto e poi a sventrarla senza essere disturbate. E se la fanno franca, cosa impedirà loro di farlo di nuovo?»

Il viso di Justin passò dal bianco al rosso paonazzo. «Crede che torneranno?»

«Non lo so. E lei?»

Un colpo secco alla porta lo salvò dal dover rispondere, prima che Cassandra facesse irruzione, senza fiato.

«Non crederete mai a cosa ha fatto quel bugiardo di merda...» riuscì a dire, poi si portò una mano alla bocca vedendo Kay e Barnes. «Oh, mi dispiace tanto, non avevo visto la vostra auto fuori.»

«Nessun problema» disse Kay con disinvoltura. «A quale bugiardo di merda si riferiva?»

Lo sguardo di Cassandra guizzò da lei a Justin, e poi di nuovo a lei, mentre apriva e chiudeva la bocca. «Ehm...»

«Diglielo, qualunque cosa sia» disse Justin con voce stanca. «Tanto vale che lo sentiamo tutti, qualunque cosa sia. Onestamente, questa settimana...»

In risposta, sua moglie sollevò una lettera e una busta bianca strappata. «Questo. Arriva da uno studio legale di Maidstone. È appena arrivata con una consegna speciale e dice di aspettarsi una loro e-mail anche stamattina.»

«Cosa sta succedendo?» chiese Kay.

Cassandra si voltò verso di lei. «Quel maledetto di Roland Hammerton, ecco cosa sta succedendo. Ha appena presentato una richiesta di risarcimento per lesioni personali per quello stupido incidente che ha avuto venerdì. Vuole farci causa per migliaia di euro di risarcimento.»

CAPITOLO 20

Gavin passò il pollice sul rivolo di condensa che scendeva lungo la lattina fredda di energy drink e contemplò la lavagna bianca in fondo alla stanza, facendo dondolare la sedia girevole da una parte all'altra.

A ogni giravolta verso sinistra cigolava, ma lui non la sentiva.

L'aria condizionata gli sparava un getto d'aria fredda sul collo, facendogli venire la pelle d'oca sugli avambracci, ma lui non la sentiva.

Invece, fece scorrere lo sguardo sugli appunti che si intersecavano sulla lavagna, su cui il sole al tramonto gettava un tenue bagliore rosato, e squadrò la fotografia di Roland Hammerton appuntata nell'angolo in alto a destra, di fronte a quella della vittima, serrando la mascella.

«Tre giorni» mormorò. «Ci ha fatto perdere tre maledetti giorni.»

Una pallina antistress di gomma lo colpì alla nuca, strappandolo ai suoi pensieri. Si voltò e vide Laura che lo fulminava con lo sguardo. «Cosa c'è?»

«O trovi un po' d'olio per quella dannata sedia o la smetti di agitarti, per l'amor del cielo» disse lei. «Mi stai facendo impazzire.»

Lui sospirò, le rilanciò la pallina, avvicinò la sedia alla scrivania e bevve un altro sorso di energy drink prima di allontanare la lattina per afferrare il mouse del computer. Cliccando sugli ultimi aggiornamenti nel database, represse un senso di delusione quasi opprimente e ricominciò a esaminare le deposizioni dei testimoni.

«Anch'io pensavo davvero che fosse stato Roland» disse Laura. «Leggendo gli appunti di Ian dopo che lui e Kay lo avevano interrogato, ho avuto l'impressione che nascondesse qualcosa.»

«Infatti la nascondeva» disse Gavin. «Solo che non era la cosa che pensavamo noi.»

«Almeno abbiamo scoperto dov'era lunedì.» Barnes si avvicinò e mise il cellulare e le chiavi dell'auto sulla propria scrivania, poi vi si appoggiò e si passò una mano tra i capelli cortissimi. «In riunione con gli avvocati.»

«Quello studio ha la fama di seguire cause sospette, ho sentito» disse Laura. «Sono specializzati in quelle cause "senza vincita, senza parcella" che impiegano un'eternità ad andare in tribunale, costano una fortuna all'imputato e alla fine alle vittime arrivano solo mille o duemila euro, dopo che loro si sono presi la parcella.»

Kyle terminò la telefonata che stava facendo e chiese da un lato all'altro della stanza: «Cosa faranno i Mallory?»

«Domattina si incontreranno con il loro avvocato. Sulla base delle nostre conversazioni con Roland, possiamo fornirgli le prove che lui ha guidato e sembra muoversi bene» disse Barnes. Fece spallucce. «Potrebbe aiutarli a dimostrare che la sua è una richiesta di risarcimento pretestuosa, ma vedremo.»

Gavin guardò dietro di sé quando la porta della sala operativa si aprì con una tale forza da sbattere contro il muro intonacato.

Kay si diresse a grandi passi verso la lavagna, togliendosi la giacca mentre camminava, e la gettò insieme alla borsa su una scrivania vicina prima di voltarsi verso la stanza, con le mani sui fianchi.

«Bene, a tutti. Riunione. Adesso.»

«La situazione si è decisamente messa male» mormorò Gavin a Laura mentre si affrettavano a raggiungerli.

«Non dirlo a me» rispose lei, poi tacque a un'occhiata di avvertimento dell'Ispettrice.

Kay iniziò il briefing non appena l'ultimo agente in uniforme ebbe trovato una sedia. «Per chi non l'avesse ancora saputo, Roland Hammerton non è più un ricercato in questa indagine. Nell'ultima ora è emerso che sta intentando una causa per lesioni personali contro i Mallory per un incidente avvenuto venerdì alla fattoria che non ha alcuna attinenza con il nostro caso. In breve, siamo al terzo giorno di un'indagine per omicidio e siamo di nuovo al punto di partenza. Non abbiamo un movente e non abbiamo sospetti. E, a meno che qualcuno di voi non abbia fatto un miracolo mentre stamattina ero alla fattoria, non sappiamo ancora chi sia la nostra vittima.»

Gli agenti e i detective riuniti rimasero in silenzio, tanto che Gavin riusciva a sentire solo un fruscio proveniente dalle bocchette dell'aria condizionata e un leggero gorgoglio dalla macchina del caffè.

«Okay, allora resettiamo tutto e vediamo come

procedere» continuò Kay. Staccò la fotografia di Roland Hammerton dalla lavagna, scattò una foto agli appunti correlati con il suo telefono, poi li cancellò e tolse il tappo ad un pennarello. «Quello che abbiamo scoperto mentre eravamo alla fattoria è che qualcuno ha avvelenato una sezione delle piante di luppolo, alcune file più indietro rispetto a dove è stata trovata la vittima, e Justin e il suo direttore agricolo non sanno spiegarsi chi o perché. Gavin, Kyle, novità sulla concorrenza?»

Gavin si schiarì la gola e si alzò in piedi, trovando un punto in cui tutti potessero vederlo. «Ci sono altre due aziende agricole di luppolo in un raggio di sei miglia dall'attività dei Mallory, ma sono lì da molto tempo e non hanno mai avuto lamentele associate. Mi sono preso la libertà di parlare con i proprietari di ciascuna di esse e, sebbene ci sia un po' di sana concorrenza tra loro, hanno parlato molto bene di ciò che Justin ha fatto da quando ha preso il posto del padre e uno di loro ha aggiunto che si sono spesso prestati attrezzature a vicenda con i Mallory quando uno di loro si è trovato in difficoltà.»

Si rivolse a Kay. «Non abbiamo trovato nulla che suggerisca che una delle altre aziende di luppolo abbia qualcosa a che fare con la nostra indagine, capo, mi dispiace. Ho persino esteso la ricerca per includere i loro fornitori abituali, e anche lì non c'è nulla di anomalo.»

«Maledizione.» Kay sospirò e rimise il tappo al pennarello.

Con la coda dell'occhio, Gavin notò un movimento e si voltò, vedendo la mano di Laura alzata.

«Capo,» disse lei, «quando ho parlato con Joseph Mallory stamattina, mi ha detto che da quando ha preso in gestione la fattoria, Justin ha licenziato tre dipendenti storici. Uno di loro sembra averla presa particolarmente male, quindi mi chiedevo se potesse esserci una sorta di rancore.»

«Cosa sai di questi dipendenti finora?» chiese Kay.

Laura indicò dietro di sé con il pollice. «Ho appena iniziato a controllare i loro social dell'epoca e a creare un profilo per ciascuno di loro. C'erano anche due donne che aiutavano con i tour guidati alla piantagione di luppolo. Posso farle sapere non appena scopro qualcosa.»

«Fallo, grazie» disse Kay. «Se c'è un problema, c'è da chiedersi perché abbiano aspettato tanto per vendicarsi. Voglio dire, Joseph ha venduto la fattoria a Justin... cosa, due anni fa?»

«La vendetta e l'odio possono covare nel tempo, capo» disse Barnes. «L'abbiamo già visto.»

«Vero.» L'Ispettrice si rivolse di nuovo a Laura. «D'accordo, sentiti con Gavin per proseguire con queste indagini. Gav, vedi di scoprire dove lavorano adesso quelle persone e se c'è qualcosa nel loro passato che possa indicare una storia di violenza. Laura, penso che domattina io e te dovremmo scambiare due parole con Cassandra Mallory per scoprire cosa pensa di suo suocero.»

«Certamente, capo. Passerò a prenderla poco prima delle otto.»

Gavin vide Kay guardare fuori dalla finestra per un momento, le sue spalle si afflosciarono prima che scuotesse leggermente la testa e si riconcentrasse sulla sua squadra.

«Qualcun altro ha qualcosa da aggiungere finché siamo qui?»

Kyle alzò la mano. «Capo, io e Sean abbiamo esaminato i filmati delle telecamere di sorveglianza del negozio del villaggio dove Roland ha comprato le sigarette. So che non è più un sospettato, ma ci siamo resi conto che la telecamera esterna è rivolta verso la strada e in direzione della fattoria dei Mallory. Abbiamo analizzato il filmato di domenica sera dalle sette in poi e penso che potremmo aver trovato il veicolo usato per trasportare la vittima in quella piazzola di sosta. È un'ipotesi azzardata, ma siamo abbastanza sicuri che sia l'unico veicolo in quella registrazione che potesse contenere la vittima e i suoi tre assassini.»

«Davvero?» Le sopracciglia di Kay si inarcarono mentre gli altri agenti cominciavano a parlare tra loro bisbigliando eccitati. «Quanto ne siete sicuri?»

«Mettiamola così, capo,» disse Sean Gastrell, «abbiamo controllato le targhe nel sistema poco prima di questa riunione e abbiamo avuto la conferma che il proprietario del furgone che appare nel filmato ne ha denunciato il furto domenica mattina da un'impresa idraulica vicino a Wrotham-Heath. L'ha scoperto solo quando è tornato al lavoro lunedì.»

«Pensavo di andare lì domattina per interrogarlo» aggiunse Kyle. «Al momento è fuori per un lavoro a Sittingbourne e oggi non può parlare con noi.»

La penna di Kay stava già graffiando sulla lavagna bianca. «Ottimo lavoro, voi due. E Kyle, sono d'accordo: parla con il proprietario domattina e dirama subito le ricerche per il furgone. Riesci a ottenere il numero di telaio dalla motorizzazione? Immagino che le targhe siano già state rimosse.»

«Sean ne ha già fatto richiesta, quindi stiamo solo aspettando una risposta» disse Kyle. «E ho allertato anche la stradale.»

«Bene. Ok, gente, si sta facendo tardi e vi voglio tutti qui freschi e pimpanti domani mattina per concentrarvi sul seguito delle deposizioni di vicini e fornitori della fattoria dei Mallory» disse Kay. «E Gavin, può accelerare l'analisi della lista dei visitatori della fattoria di quest'estate? Mi faccia sapere immediatamente se trova qualcuno con precedenti, a prescindere dall'accusa.»

«Sarà fatto, capo» disse lui.

«Bene, domani è un altro giorno» disse l'ispettrice. «Mi rendo conto che abbiamo avuto una battuta d'arresto con Roland Hammerton come sospettato, ma abbiamo ancora molte piste da seguire e dobbiamo alla nostra vittima di scoprire chi gli ha fatto questo. Non lo deluderemo.»

CAPITOLO 21

Kay era seduta sotto un melo di almeno quarant'anni e contemplava il fondo di Sauvignon Blanc rimasto nel suo bicchiere.

Il ruscello che separava il frutteto dal giardino sul retro le scorreva accanto gorgogliando a pochi metri di distanza, la sua corrente era indebolita dalla mancanza di pioggia delle ultime settimane, ma abbastanza forte da impedire all'acqua di diventare stagnante.

Una pecora passeggiava tra i meli che la circondavano, con l'andatura un po' rigida per l'età, ma la sua postura emanava un'aria di belligeranza mentre alzava lo sguardo dall'erba che stava mangiando ed emetteva un belato lamentoso.

«Hai appena cenato, Hovis. Se hai ancora fame, continua a mangiare quell'erba.»

La pecora si girò con un'espressione disgustata e si diresse verso una bassa tettoia con la struttura in legno che le offriva sia ombra che riparo, prima di annusare il terreno e trovare qualcos'altro da esaminare.

Un merlo cantava da una siepe dietro Kay, il suo cinguettio sonoro era un intermezzo musicale al fruscio delle foglie sopra di lei, mentre una leggera brezza attraversava il piccolo frutteto e increspava l'erba ai suoi piedi. Il sole stava tramontando, il suo calore le bagnava le dita dei piedi che muoveva sopra i sandali che si era tolta non appena si era seduta sulla comoda sedia da giardino, eppure le sue spalle erano tese e la sua mente turbinava senza sosta.

Sobbalzò al suono del suo cellulare che vibrava sul tavolo in ferro battuto decorato accanto a lei, e lo afferrò vedendo il nome sullo schermo. «Capo?»

«Ho sentito che hai un caso difficile» tuonò la voce familiare dell'Ispettore capo investigativo Devon Sharp.

Kay posò il bicchiere di vino vuoto e si stropicciò gli occhi stanchi. «Il quartier generale vuole togliermi il caso?»

«E perché mai dovrebbero farlo?» disse Sharp. «Da quello che ho visto dei dettagli nel sistema, stai facendo tutto il possibile con le informazioni che hai. Immagino che la scomparsa della vittima non sia ancora stata denunciata.»

«Ho parlato con Harry Davis prima di lasciare la sala operativa e non gli è ancora arrivato nulla. Se la vittima era single e non aveva parenti stretti in zona, potrebbe volerci un po' più di tempo prima che i suoi amici si rendano conto che qualcosa non va. Harry terrà la situazione sotto controllo.» Si alzò, camminando avanti e indietro accanto al tavolo e alla sedia mentre osservava Hovis che vagava da una parte all'altra. «E Kyle e Sean hanno avuto l'idea di seguire la pista di un furgone rubato che è stato avvistato dalle telecamere di sorveglianza domenica sera vicino alla piantagione di luppolo.»

«È già qualcosa, allora» disse Sharp con tono rassicurante. «Quando vuoi lanciare un appello pubblico per avere informazioni?»

Kay rabbrividì. «Non ancora. Non ho abbastanza personale per gestire i mitomani oltre a tutte le piste che stiamo seguendo. Ha visto quanti campioni ha dovuto mandare Harriet in laboratorio? Il mio budget per questo caso sarà spaventoso, la avverto fin da ora.»

«I tuoi budget sono sempre spaventosi, ma ottieni risultati, quindi lascia che di questo me ne preoccupi io» disse l'Ispettore Capo investigativo.

«Grazie, capo. Come vanno le cose da lei? Lei e Rebecca andrete presto in vacanza, non è vero?»

«Mancano tre settimane» fu la risposta. «E qui è più incasinato che mai. Ho due indagini inter-dipartimentali che mi stanno portando via la maggior parte del tempo, e le statistiche sui reclutamenti di quest'anno non sono buone come vorrebbe il capo, quindi sto anche facendo politica.»

Kay sorrise al disgusto nella voce del suo mentore. «Beh, capo, se mai volesse tornare a Maidstone, sarebbe il benvenuto. Il suo ufficio è ancora lì.»

«Non ti ci sei ancora trasferita?» disse Sharp. «Quanto tempo è passato?»

«Non così tanto.» Kay rise, poi tornò seria. «Dico davvero, però. Sarebbe bello rivederla.»

«Facciamo così, appena torno dalle vacanze organizziamo qualcosa, anche solo una breve visita. È da un po' che non vedo la vecchia banda. Come sta Ian?»

«Sta bene, ma è di Gavin che mi preoccupo di più, capo. È perfetto come sergente detective, ma continuo a ricevere resistenze dal quartier generale sull'avere due sergenti nella mia squadra. Secondo loro, non c'è giustificazione.»

«Chi l'ha detto?» chiese Sharp. «È un'assurdità.»

«Lo so. È stata una risposta formale dalla squadra del personale. Non firmata, ovviamente, e l'impiegata amministrativa che l'ha inviata non ha saputo dare alcuna spiegazione, era solo quella a cui era stato chiesto di dirmelo.»

«Mmh. Farò qualche domanda, vedrò cosa posso fare. Sono d'accordo con te: sarebbe un'enorme perdita per Maidstone se Gavin cambiasse aria, e casi come questo dimostrano che potresti usare l'esperienza che sia lui che Ian forniscono.»

«Qualsiasi aiuto sarebbe apprezzato, grazie. Laura e Kyle stanno facendo un ottimo lavoro, ma Gavin è bravo come Barnes e mi mancherebbe se non fosse qui.»

«Capisco.» Ci fu un rumore in sottofondo, poi Sharp tornò in linea. «Devo andare. Ancora una riunione e poi stacco.»

«Grazie per la chiamata, capo. Buone vacanze, se non dovessimo risentirci prima.»

«Abbi cura di te, Kay.»

Riattaccò e lei rimase per un istante a fissare lo schermo, mentre una fitta di malinconia le trafiggeva il cuore. Amava il suo lavoro, amava le responsabilità che ne derivavano, ma in momenti come quelli sentiva la mancanza del suo vecchio mentore e amico, e delle sue acute osservazioni durante un'indagine di tale portata.

«Un centesimo per i tuoi pensieri?»

Si voltò di scatto al suono della voce di Adam e lo vide attraversare il ponticello sul ruscello e dirigersi verso di lei, con un bicchiere e la bottiglia di vino in una mano. «Sei a casa.»

Lui la avvolse in un abbraccio con un braccio solo e la baciò, prima di sollevare la bottiglia. «Ne vuoi ancora un po'? Sono ufficialmente fuori servizio fino a sabato mattina.»

«Evvai. Mi ero quasi dimenticata che faccia avessi.»

Adam sorrise. «Senti chi parla, tu che sei già al lavoro quando io rincaso la mattina. Immagino che tu abbia per le mani un caso difficile.»

«Sì, ne stavo giusto parlando con Sharp.» Kay sollevò il bicchiere mentre lui versava. «Solo un goccio, grazie. Ne ho già bevuto un po' e domani voglio uscire presto.»

«Puoi parlarne?» le chiese, sedendosi di fronte a lei e sfilandosi le vecchie scarpe da tennis che usava per fare giardinaggio.

«A dire il vero, non c'è molto da dire per ora. Pensavamo di avere un sospettato, ma si è scoperto che sta solo cercando di fare causa ai suoi datori di lavoro per un infortunio e non ha niente a che vedere con la nostra vittima. Kyle ha una pista che seguirà domattina, ma io e Laura dobbiamo tornare alla fattoria. Dopodiché...»

Adam allungò una mano e le strinse la sua, senza dire nulla.

Lei sospirò. «Comunque, basta parlare di me. Com'è andata la tua settimana?»

«Meglio, ora che sono qui» disse lui con un sorriso. «Stamattina è tornato Scott. Lui e la moglie si sono divertiti un mondo a Tallinn e mi ha dato i recapiti della pensione dove hanno alloggiato, quindi se ti andasse una breve vacanza in Estonia più avanti nel corso dell'anno...»

«Sì» disse Kay, poi sorrise. «Una vacanza, ovunque sia, mi sembra un'ottima idea al momento. C'è stato da fare senza di lui?»

«Moltissimo, quindi meno male che Claire ha potuto sostituirlo. Le ho anche parlato della possibilità di assumerla a tempo pieno.»

«Davvero?»

«La clinica sta andando bene ed è arrivato il punto in cui sia io che Scott abbiamo appuntamenti fissati con giorni di anticipo, a volte settimane per gli interventi di routine» spiegò. «Credo di essere pronto per questo investimento.»

Kay fece tintinnare il suo bicchiere contro quello di lui. «È fantastico. Congratulazioni.»

«Grazie.» Adam bevve un sorso di vino prima di continuare. «Naturalmente, significherà anche che avremo più tempo da passare insieme tra un tuo turno e l'altro, e forse potrò accettare uno o due impegni in più come relatore l'anno prossimo.»

Sprofondando nella sedia, Kay osservò il frutteto mentre i raggi del sole si tingevano di un arancione bruciato sopra i tetti vicini, poi guardò lo schermo del telefono dove erano apparse altre tre notifiche di e-mail.

Sospirò. «Se abbiamo intenzione di passare più tempo insieme, allora ho assolutamente bisogno di due sergenti detective. Devo solo sperare che al quartier generale siano d'accordo.»

CAPITOLO 22

La mattina seguente, Kay era in fondo al suo vialetto e alzò la mano per salutare l'auto di servizio di Laura, che era apparsa in cima alla stradina e si dirigeva verso di lei.

C'era una freschezza mattutina, con un notevole calo della temperatura rispetto all'ultima settimana e mezza e un freddo autunnale che, per la prima volta da giorni, richiedeva una giacca. Era anche decisamente più buio quando era suonata la sveglia e, mentre si muoveva in punta di piedi in camera da letto dopo la doccia, cercando di non disturbare Adam che dormiva, aveva guardato i pantaloncini che indossava la sera prima, chiedendosi se fosse l'ultima volta che li avrebbe visti fino all'anno successivo.

Laura abbassò il finestrino mentre accostava l'auto fino a fermarsi. «Buongiorno, capo. Il traffico non è male per ora».

«Per una volta». Kay lanciò la borsa nello spazio per i piedi del passeggero dopo aver recuperato il cellulare e salì. «Cassandra sa che stiamo andando?»

«No» disse Laura, lanciandole un'occhiata trasversale prima di tornare a concentrarsi sulla strada. «Va bene? Ho pensato che così non avrebbe avuto il tempo di discutere di nulla con Justin prima del nostro arrivo, o di chiedersi cosa le avremmo domandato».

«Buona idea». Kay si sistemò la cintura di sicurezza e osservò la distesa urbana di Maidstone cedere il passo a una vegetazione lussureggiante; le siepi e gli alberi ora erano orlati da ricche sfumature dorate, con l'estate ormai alle spalle. «Vorrei che te ne occupassi tu. Hai già parlato con Joseph, quindi sarai più in grado di valutare che tipo di rapporto ha con la nuora».

«Sono d'accordo. Voglio saperne di più sul bracciante che ha detto essere stato licenziato da Justin, quel tizio che ora non vuole parlare con nessuno dei due, e menzionerò anche le due donne che tenevano i tour con lui, nel caso ci fosse qualcosa di sospetto».

«È un buon inizio. Hai i nomi di queste persone?»

«Sì, me li ha detti Joseph. Sono riuscita a rintracciarli tutti e tre e stamattina Gavin li chiamerà per fissare degli interrogatori con loro il prima possibile. Speriamo già oggi».

«Ottimo, grazie». Kay vide davanti a loro la svolta per il villaggio che portava alla fattoria e controllò le e-mail mentre Laura percorreva la stretta stradina tortuosa.

Non c'erano ancora i risultati delle analisi di laboratorio delle ricerche forensi di Harriet, e detestava dover chiedere all'indaffarata tecnica quando sarebbero arrivati, ma la sua conversazione con Sharp della sera prima e il pensiero della famiglia della vittima che non aveva idea di cosa gli fosse successo la spinsero ad agire, e scrisse un breve e frettoloso messaggio di scuse a Harriet per chiederle un aggiornamento.

Finì di scrivere mentre Laura svoltava nel cortile della fattoria e vide che mancavano sia il fuoristrada di Justin che entrambi i trattori. «Sembra che qui gli affari vadano come al solito».

«Quella è l'auto di Cassandra, quindi almeno lei c'è stamattina» disse Laura. Indicò una seconda auto. «E Gloria è arrivata presto».

«Immagino stia facendo del suo meglio per salvare il salvabile dai tour» rifletté Kay. «Bene, allora andiamo a sentire cos'ha da dire Cassandra, che ne dici?»

Laura si diresse verso la casa colonica, suonò il campanello e si fissò i piedi mentre aspettava che la porta si aprisse. Kay non disse nulla, lasciando alla detective più giovane un momento di quiete per riflettere su eventuali domande dell'ultimo minuto e guardò invece la finestra al piano di sopra, notando una tenda muoversi.

Pochi istanti dopo, sentì dei passi sul pavimento piastrellato del corridoio e la porta si spalancò.

«Scusate, pensavo foste un altro giornalista» disse Cassandra, con un'espressione angosciata mentre il suo sguardo saettava oltre loro, verso la stradina. «Entrate, prima che qualcuno vi veda».

Kay si guardò alle spalle prima di entrare, ma non vide nessun veicolo sospetto. «Non vedo nessuno».

«Trevor ha fatto una bella ramanzina all'ultimo prima di mandarlo via». Cassandra chiuse la porta. «Sa essere piuttosto... persuasivo, quando serve. Gloria continua a dirci di tenere il cancello chiuso, ma se lo facciamo è una gran seccatura per le consegne e per i trattoristi, che sono tutti sotto pressione per finire il raccolto».

Laura ascoltò Cassandra senza dire nulla mentre la seguivano in salotto.

La donna indicò le poltrone accanto al focolare vuoto, poi si affannò a riordinare le riviste sul tavolino prima di sedersi sul divano di fronte alle due investigatrici.

«Capisco che per lei debba essere molto difficile» cominciò Laura. «Avrei però altre domande da farle. Non è un problema?»

Cassandra sospirò, sprofondando nei cuscini. «Suppongo di sì. Voglio dire, certo... un pover'uomo è stato ucciso e voi state cercando di scoprire chi è stato. Cosa le serve sapere?»

«Vorrei saperne di più su Shane Vincent, il bracciante che lavorava qui. Perché se n'è andato?»

«Shane Vincent? Ma è stato due anni fa, subito dopo che Joseph è andato in pensione. Cosa c'entra questo con...»

«Potrebbe semplicemente rispondere alla domanda, per favore?»

«Lui e Justin hanno avuto una discussione. A dire il vero, era inevitabile che succedesse, dal momento in cui Joseph è andato in pensione». Sorrise tristemente. «E non aiuta il fatto che lui viva ancora qui, anche se sta nel cottage».

«Potrebbe essere più specifica? Su cosa era la discussione?»

«Justin sospettava che Shane sottraesse il carburante per sé e lo ha affrontato. All'inizio lui ha negato, ma poi Trevor lo ha visto bere nel pub del posto con una persona nota per essere coinvolta in furti di macchinari agricoli, e Justin non ha avuto altra scelta. Il giorno dopo gli ha rescisso il contratto, ed è per questo che da allora, di notte, teniamo tutti i nostri macchinari sotto chiave nei capannoni. Shane è il tipo di persona che cerca vendetta.»

«E Joseph cosa ha detto al riguardo?»

«È andato su tutte le furie» disse Cassandra. «Lui e Shane si conoscono da anni, secondo lui stavamo esagerando. Justin non è riuscito a fargli capire che, se ci veniva sottratto il carburante, era probabile che stessimo avendo perdite anche in altri settori.»

«Ha denunciato Shane alla nostra squadra anticrimine rurale?»

«Come ho detto, era solo un forte sospetto. Troppo difficile da provare, ma noi lo sapevamo.»

«Vi ha creato problemi da quando lo avete licenziato?»

«No. Justin gli ha messo bene in chiaro che se l'avesse fatto, avremmo coinvolto la polizia.» Cassandra fece una smorfia. «Per un po' però la situazione è stata maledettamente difficile, anche perché lui abita qui in zona. La nostra reputazione in paese è stata infangata per un periodo, finché la gente non ha capito che fosse e le acque si sono calmate. È solo da quest'ultimo raccolto che mi sento abbastanza tranquilla da lasciare quel cancello aperto durante il giorno, e solo perché all'inizio dell'anno abbiamo installato le telecamere di sorveglianza.»

«C'era una ragione particolare per farlo?»

Cassandra si strinse nelle spalle. «Una triste realtà dell'agricoltura è che i furti sono fin troppo comuni. Aveva senso investirci, e fa contenti gli assicuratori, anche se i premi continuano ad aumentare comunque.»

«E le due donne che guidavano i tour della piantagione di luppolo insieme a Justin e Trevor? Perché avete rescisso i loro contratti?»

«Perché per un certo periodo abbiamo avuto meno prenotazioni del solito. Non potevamo permetterci di tenerle. Justin si stava concentrando sul ripristino delle aree del terreno che Joseph aveva trascurato per troppo tempo, così lui e Trevor hanno deciso di gestire tutti i tour da soli. Credo che dall'anno prossimo, però, avremo bisogno di un aiuto extra, anche solo per uno o due giorni alla settimana.» Cassandra fece una pausa. «Questo se l'anno prossimo avremo ancora un'attività redditizia, dopo quello che è successo.»

«Justin va d'accordo con suo padre?» chiese Laura.

Kay vide l'altra donna irrigidirsi prima di rispondere.

«Ci va d'accordo. Se non fossero parenti, però, non credo che avrebbe molto a che fare con lui.»

«Perché?»

«Fin dall'inizio Justin ha detto di voler riportare la fattoria alle sue radici, ridurre la nostra dipendenza dalle colture seminative e aumentare la produzione di luppolo. Era così che suo nonno coltivava la terra. Joseph era diverso: lavorava contro il terreno di queste parti, non in armonia con esso. Ha riversato così tanto fertilizzante nei due campi all'estremità sud della proprietà che c'è voluto fino a ora per riportarli a uno stato in cui il luppolo possa crescere bene come quello che vedete appena oltre il cancello. E tutto perché voleva produrre cereali che semplicemente non sono adatti a essere coltivati qui.»

Laura si accigliò. «Verrebbe da pensare che Joseph

avrebbe voluto fare ciò che faceva suo padre prima di lui, se la fattoria aveva così tanto successo tanti anni fa.»

«Si direbbe di sì, non è vero?» Cassandra scosse leggermente la testa. «Ma Joseph deve avere sempre ragione, e spesso è anche un bastian contrario, il che non aiuta. Lui negherebbe, ovviamente. Ma poi, quando ha scoperto quanto poteva valere il terreno, ha perso completamente interesse per l'agricoltura. Stava mandando in rovina la tenuta solo per dimostrare la sua tesi che era ora di cambiare. Grazie a Dio Justin lo ha convinto a fare altrimenti.»

«Joseph è mai stato violento con qualcuno qui, in passato o adesso?»

«Non che io abbia visto, no, e nessuno ha mai denunciato nulla del genere. Può essere crudele con le parole, ma non credo sia mai stato fisicamente violento.»

Laura lanciò un'occhiata a Kay, che scosse leggermente la testa e frugò nella borsa.

«Grazie per il suo tempo, Cassandra,» disse. «Un'ultima cosa: questa è una fotografia dell'uomo trovato nel suo campo. È stata scattata dopo che è stato ripulito, prima dell'autopsia all'inizio di questa settimana. Posso mostrargliela, nel caso lo riconosca?»

«Sì, va bene.» La donna prese la fotografia da Kay con mano tremante, scrutò l'immagine, poi la restituì. «Non l'ho mai visto prima ma, come può vedere, passo la maggior parte delle mie giornate nell'ufficio qui in casa, dove gestiamo l'aspetto finanziario della fattoria. Se si aggirava di nascosto nell'aia o da qualche altra parte, non l'avrei visto. Justin sapeva chi era?»

«Purtroppo no,» disse Kay, riponendo la fotografia e alzandosi in piedi. «Al momento rimane un mistero.»

«Grazie per il suo tempo, signora Mallory,» disse Laura. «Troviamo da sole l'uscita.»

In piedi nell'aia, qualche istante dopo, Kay osservò Howard manovrare un rimorchio carico attraverso il cancello e dirigere il trattore verso l'impianto di essiccazione. Fece un cenno di saluto col capo mentre passava, e poi lo sguardo di Kay colse un movimento alla finestra dell'ufficio della reception della fattoria, nel blocco delle stalle ristrutturate di fronte.

«Scambiamo due parole con Gloria già che siamo qui, nel caso abbia sentito qualcosa di nuovo,» disse, già in cammino. «Ho l'impressione che sia gli occhi e le orecchie di questo posto.»

Laura sorrise, facendo ricadere le chiavi dell'auto nella borsa e affiancandola. «Non si sbaglia, capo.»

CAPITOLO 23

Dopo aver lasciato la sala operativa ed essersi fatto strada nel solito traffico pesante in uscita da Maidstone fino all'autostrada M20, Kyle si preparò al breve viaggio verso Wrotham Heath, accodandosi a un camion articolato con targa belga, e alzò il volume della radio.

Tamburellando le dita al ritmo di una hit rock di dieci anni prima che all'epoca aveva scalato le classifiche, canticchiò il ritornello a mezza voce, poi smise quando il cellulare squillò dal supporto sul cruscotto. Riconobbe il numero e premette il pulsante di risposta sul volante.

«Dimmi che l'hai trovato» disse.

«Buongiorno anche a te» rispose una voce femminile. «E sì, l'abbiamo trovato».

Kyle diede un pugno al volante. «Ottimo lavoro, Nadine».

«Non ringraziare me» disse la giovane agente. «Ho appena ricevuto una telefonata dalla Stradale: hanno ricevuto la segnalazione di un veicolo bruciato che corrisponde alla nostra descrizione, in una stradina fuori

Kemsing, nota per lo scarico abusivo di rifiuti. Quando sono arrivati i vigili del fuoco, le fiamme avevano già attecchito e si sono preoccupati più che altro della vegetazione circostante, visto che ultimamente è stato molto secco».

«Oh no» gemette Kyle. Rallentò, e il suo entusiasmo iniziale svanì. «Quanto è rimasto del furgone?»

«Non molto» disse Nadine, con voce cupa. «Ho comunque chiamato Harriet e sta mandando Patrick con altri due agenti investigatori forensi a dare un'occhiata per noi. Ah, e le targhe sono state rimosse prima che gli dessero fuoco, quindi è stato identificato solo dal numero di telaio. Almeno puoi avvisare il proprietario, così può informare la sua assicurazione».

«Sì, almeno quello».

«Mi dispiace darti una brutta notizia».

«Nessun problema, sapevamo che le probabilità erano scarse. Ci vediamo quando torno».

«D'accordo».

Kyle terminò la chiamata, poi svoltò a sinistra e imboccò la rampa di uscita con l'indicazione per Wrotham. Trovò la ditta di forniture idrauliche di Rex Trimble lungo una strada stretta che un tempo era stata asfaltata, ma che ora presentava una superficie crepata come la crosta di una crème brûlée.

Fece una smorfia quando le sospensioni dell'auto incontrarono un'altra buca profonda, e il veicolo ondeggiò da un lato all'altro prima di sobbalzare di nuovo in avanti.

La strada era senza uscita e si allargava per ospitare tre capannoni industriali fatiscenti e un quarto che era stato rinforzato con saracinesche d'acciaio sull'unica finestra e sull'entrata simile a quella di un magazzino. I portoni del magazzino erano aperti e fuori erano parcheggiati due furgoni di colore blu pallido, ciascuno decorato con il logo del nome dell'azienda. Accanto a questi c'era un furgone più piccolo con l'insegna di uno specialista locale di telecamere di sorveglianza.

Lo specialista stesso era su una scala, intento a fissare una nuova telecamera sopra la finestra con la saracinesca. Abbassò lo sguardo quando Kyle uscì dalla sua auto.

«Lei è della polizia?»

«Sto cercando Rex, è qui?»

«Nell'ufficio, in fondo al magazzino».

«Grazie».

Kyle ignorò lo sguardo curioso dell'uomo che lo seguì con gli occhi mentre entrava dalla porta aperta, e sbatté le palpebre per abituare la vista all'interno cupo.

C'erano delle strisce luminose sul soffitto, ma la loro inadeguata luminosità proiettava ombre negli angoli e faceva turbinare i granelli di polvere nell'aria. Lo spazio era pieno di scaffalature ad incastro in acciaio inossidabile che si estendevano in lunghe file tra la porta e il retro del capannone, simili a uno dei grandi magazzini di bricolage alla periferia di Maidstone, e altrettanto organizzate.

Passando accanto a tubi in PVC, sifoni per WC, rubinetti lucenti, cassette e lavandini in ceramica, si chiese perché Rex Trimble avesse pensato solo ora a installare telecamere di sorveglianza dopo che gli era stato rubato il furgone.

Seguì il suono di voci concitate e trovò il proprietario della ditta di forniture idrauliche in una stanza simile a un ripostiglio sul retro del magazzino, mentre parlava con un secondo uomo che indossava una polo con il nome dell'azienda ricamato sulla tasca sinistra del petto.

Trimble era di spalle a Kyle, ma l'altro uomo alzò una mano per zittirlo alla vista del detective, e Trimble si voltò a guardare.

«Posso aiutarla?»

«Agente Kyle Walker, polizia del Kent. Mi chiedevo se potessi scambiare due parole con lei, signor Trimble».

«Certo. Wayne, lascio fare a te, ma come ti ho detto, assicurati che stavolta non ci tocchi pagare per quelli rotti, d'accordo?»

«Nessun problema, Rex. Lascia fare a me».

L'uomo con la polo fece un cenno sbrigativo a Kyle mentre passava, poi scomparve nel magazzino.

«Qualche problema?» chiese Kyle.

«Uno dei nostri fornitori ha cambiato corriere la settimana scorsa, e sono un disastro» disse Rex, passandosi una mano tra i capelli radi e castano chiaro, brizzolati ai lati. Fece cenno a Kyle di avvicinarsi a una scrivania che stava rapidamente scomparendo sotto una pila di bolle di consegna e fatture, prese una sedia di metallo e plastica dall'angolo, gliela indicò e poi si lasciò cadere su una sedia gemella di fronte allo schermo di un computer. «E Wayne non ha controllato la consegna della settimana scorsa finché il corriere non se n'è andato, quindi ora sarà difficile dimostrare che la merce è arrivata danneggiata e non da quando si trova qui in magazzino.»

«Allora cercherò di non rubarle troppo tempo.»

«No, no.» Trimble fece un gesto con la mano per tranquillizzarlo. «Si sieda. Apprezzo che sia venuto fin qui. Immagino sia per il mio furgone. Avete preso quei bastardi che me l'hanno rubato?»

«Mi dispiace portarle cattive notizie, ma stavo venendo qui quando ho ricevuto una chiamata: il furgone è stato trovato abbandonato e dato alle fiamme.»

«Merda.» Rex sospirò e scosse la testa, poi si accigliò. «Ha detto che stava venendo qui quando l'ha saputo. Allora perché è qui?»

Kyle prese il suo taccuino. «Ho alcune domande riguardo a un'altra indagine in corso in cui crediamo possa essere stato coinvolto il suo furgone.»

«Ah sì? Del tipo?»

«Prima di tutto, quando si è accorto che il furgone era sparito?»

«Lunedì mattina, quando sono arrivato qui. Ho otto veicoli nel parco macchine. Ne ha visti due là fuori, gli altri cinque sono in giro a fare consegne. Gli autisti li portano a casa e di solito lo faccio anch'io, ma al momento stiamo rifacendo il vialetto e c'è spazio solo per la macchina di mia moglie in strada, quindi ho lasciato qui il mio furgone e lei è venuta a prendermi quando ho finito, sabato pomeriggio.»

«Ho visto che stavano installando una telecamera all'esterno. Immagino non ne abbia altre?»

«Solo qui dentro,» rispose Trimble, agitando un dito per indicare il magazzino. «È qui che ci sono i soldi, dopotutto. Di solito, almeno. Ovviamente, dopo questa storia, prenderò più precauzioni. Gli assicuratori stanno facendo i furbi con la franchigia, e ora che qualcuno sa che questo posto esiste, sono un bersaglio, no?»

Kyle non corresse l'uomo. Sapeva fin troppo bene, dai

suoi giorni in uniforme, che i furti ripetuti nelle proprietà erano comuni, specialmente in quelle isolate o in luoghi remoti.

«Hanno preso altro?»

«Solo il furgone, ma questo ha messo sotto pressione il nostro programma di consegne questa settimana, e non ho idea di quando gli assicuratori mi diranno di prenderne uno nuovo.» Il labbro inferiore di Trimble si arricciò. «Almeno è stato ritrovato, suppongo. Forse ora sbrigheranno la pratica più in fretta.»

«A che ora ha lasciato questo posto sabato?»

«Poco prima delle quattro. Offriamo consegne fino a mezzogiorno, ma poi di solito passo un'oretta a sistemare le scartoffie, eventuali ordini dell'ultimo minuto per il lunedì mattina, cose del genere. Alle tre ho telefonato a Julie per dirle che ero pronto e se poteva venirmi a prendere. Era in palestra, quella di Sevenoaks, quindi suppongo fossero circa le quattro meno dieci quando è arrivata.»

«Ha visto qualcuno comportarsi in modo sospetto, gironzolare da queste parti o vicino all'ingresso della strada principale?»

Trimble scosse la testa. «Qui non c'è nessun altro, quei capannoni là fuori sono vuoti da quasi un anno ormai. Immagino che il problema sia in parte questo. Se ci fosse più movimento, forse avrebbe scoraggiato i bastardi che mi hanno rubato il furgone. E non ho notato nessuno in fondo alla stradina. A essere sincero, ero troppo impegnato a controllare i messaggini sul telefono mentre Julie guidava, e avevamo un po' di fretta perché aveva comprato i biglietti per vedere una band al Castello di Leeds quella sera.»

Kyle annuì, aggiornando i suoi appunti. «Ho visto i manifesti del concerto. Le è piaciuto?»

«Sì, fantastico.» Il volto di Trimble si rabbuiò. «Peccato solo che la serata sia stata rovinata quando, tornando qui lunedì, ho scoperto che mi avevano fregato il furgone.»

Mettendosi una mano in tasca, Kyle tirò fuori un fermo immagine delle riprese delle telecamere di sorveglianza del negozio del paese, che Sean aveva fermato per catturare il passaggio del furgone. «Può confermare che questo è il suo furgone, signor Trimble?»

L'uomo si sporse e prese la fotografia, aggrottando la fronte. «Sì, è lui. Dove l'avete filmata?»

«Da un minimarket a poche miglia dalla coltivazione di luppolo di Mallory. La conosce?»

«Io bevo birra, non mi preoccupo di da dove venga,» disse Trimble, e restituì la fotografia. «Cosa ci faceva lì?»

«È questo l'oggetto delle nostre indagini al momento,» rispose Kyle. «Ma è sicuro che sia il suo furgone?»

«Sì, è proprio il mio.»

Kyle si guardò intorno, osservando gli schedari e gli scaffali impolverati che si piegavano sotto il peso dei manuali delle attrezzature, poi tornò a guardare Trimble. «Ha avuto altri problemi qui in passato?»

«No, mai. Ecco perché, a essere sincero, è stato un bello shock.» L'uomo si appoggiò allo schienale della sedia, il viso stanco. «Siamo stati fortunati finora, suppongo. E forse sono stato ingenuo a pensare che questo posto fosse abbastanza isolato da essere al sicuro. Voglio dire, le saracinesche c'erano già nell'edificio quando l'ho preso in affitto dieci anni fa, ma dover installare le telecamere adesso... Sarò paranoico ancora per un po', questo è sicuro.»

«Si ricorda di aver visto qualcuno, nell'ultimo mese circa, che stesse perlustrando la zona o che si aggirasse intorno alle altre unità qui?»

«No, niente del genere.» Trimble si accigliò. «E di solito non mandano un detective per un veicolo rubato, vero? Che sta succedendo?»

«Magari lo sapessi,» disse Kyle, poi spinse indietro la sedia. «Grazie per il suo tempo, signor Trimble. La contatteremo se avremo altre domande.»

«Nessun problema. Mi faccia un favore, dica ai suoi di sbrigarsi a mandare le scartoffie alla mia assicurazione.» Trimble fece un gesto verso i documenti sparsi sulla scrivania. «Devo prendere un furgone nuovo e sistemare questi ordini prima che i miei clienti si rivolgano a qualcun altro.»

CAPITOLO 24

La porta dell'ufficio della fattoria si aprì di scatto prima che Kay e Laura potessero bussare, e sulla soglia comparve Gloria Barkham, con un'espressione incuriosita.

«Ci sono novità?»

«Non ancora, signora Barkham», disse Kay. Tirò fuori il suo tesserino. «Sono l'ispettrice Kay Hunter. Ha già parlato con il mio collega, l'agente Hanway. Mi chiedevo se potessi farle qualche altra domanda?»

«Certo.» Gloria le fece accomodare.

Kay osservò l'esposizione che mostrava la fattoria dei Mallory nel corso degli anni, la cura dei dettagli nella riproduzione di un pub inglese in fondo alla stanza e gli spillatori di birra scintillanti lungo il bancone, e represse un sospiro al pensiero delle ripercussioni per tutti i soggetti coinvolti se non fosse riuscita a scoprire chi avesse assassinato la loro vittima.

I Mallory se l'erano cavata bene, lavorando per lunghe ore in balia sia del tempo che della burocrazia, e ora rischiavano la rovina finanziaria, a meno che lei e la sua squadra non fossero riusciti a ottenere presto una svolta.

E poi c'era la famiglia della vittima, che al momento non sapeva che il proprio figlio, marito, o forse padre, si trovava ora al Darent Valley Hospital.

Kay scosse leggermente la testa a un colpo di tosse educato di Gloria, la quale rivolse un breve sorriso a Laura, poi si sedette dietro la scrivania e appoggiò una mano su una serie di brochure disposte a ventaglio su di essa. «Stavo giusto rileggendo le bozze della nostra nuova campagna di marketing per il raccolto del prossimo anno. Justin vuole che siano pronte per il festival del luppolo, per mostrare quello che facciamo qui ad alcuni dei piccoli birrifici di tendenza.»

Kay passò lo sguardo sui volantini lucidi, con fotografie che mostravano il lussureggiante paesaggio bucolico intorno alla fattoria dei Mallory. «So che ha già parlato con l'agente Hanway, ma ora abbiamo una fotografia dell'uomo trovato morto qui, e mi chiedevo se potesse darle un'occhiata, nel caso lo riconoscesse.»

Gloria impallidì. «Non so... mi provocherà incubi? Già non dormo bene di questi tempi.»

«È stata scattata prima dell'autopsia, ma non c'è sangue né niente», disse Kay. «Potrebbe sembrare che stia dormendo.»

Gloria sembrava ancora insicura, così Laura si sporse in avanti.

«Gloria, dobbiamo cercare di scoprire chi è. Ha una famiglia da qualche parte, amici che si staranno chiedendo dove sia.»

La donna chiuse gli occhi, poi annuì prima di guardare Kay. «Va bene, me la mostri.»

«Grazie.» Le porse la fotografia, e poi osservò la fronte di Gloria aggrottarsi. «Che c'è?»

«È stato qui. In estate.»

Il cuore di Kay perse un battito. «Ne è sicura?»

«Credo di sì. Mi sembra familiare. Un attimo.» Gloria lasciò cadere la fotografia sopra le brochure, poi si affrettò verso uno schedario di metallo verde scuro nell'angolo e iniziò a frugare tra le cartelle sospese.

Chiuse il primo cassetto con un colpo secco, poi passò a quello successivo, borbottando a mezza voce prima di afferrare una cartella quasi in fondo e portarla con sé. «Queste sono le dichiarazioni sulla salute e la sicurezza che facciamo compilare a ogni visitatore per le nostre assicurazioni, in caso di infortunio. In pratica, dichiarano di essere consapevoli che questa è una fattoria in attività e che devono rispettare le nostre istruzioni in ogni momento, senza fare storie, eccetera.» Indicò l'area bar dietro di loro. «È anche per questo che stiamo molto attenti alla quantità di alcol che serviamo qui, anche se la maggior parte dei turisti arriva in minibus con un autista incaricato.»

Kay si avvicinò con la sedia e osservò Gloria mentre frugava tra i documenti. «E cosa sono quei documenti, tra le dichiarazioni?»

«L'elenco dei visitatori per ogni tour», disse lei, mostrando un gruppo di pagine pinzate. «Dopo che ogni gruppo di ospiti firma la propria dichiarazione sulla salute e la sicurezza, le raccolgo e aggiungo in cima l'elenco finale del nostro sistema di prenotazione, così ho tutto in un unico posto. È più efficiente se devo tornare indietro per verificare qualcosa, come oggetti smarriti, autorizzazioni per usare foto degli ospiti per immagini di marketing, cose del genere.»

«Non credo di poterla convincere a venire a lavorare da noi, vero?» disse Kay con un leggero sorriso. «La mia responsabile dei reperti la adorerebbe.»

«Oh, beh. Faccio solo del mio meglio.» Le guance di Gloria si colorarono, poi le sue sopracciglia si inarcarono e tirò fuori una serie di pagine dalla cartella. «Eccolo. Me lo ricordo perché era con alcuni suoi amici, e Trevor ha dovuto chiedere loro per due volte di moderare il linguaggio. Credo che avessero bevuto qualcosa prima di arrivare, ed erano un po' chiassosi. Disse che stavano mettendo a disagio gli altri visitatori.»

«Ha un nome?» Kay resistette all'impulso di allungare la mano e strappare i fogli alla donna.

«Un attimo.» Gloria sfogliò le pagine finché non trovò quella che cercava. «Eccolo. Me lo ricordo, perché era più gentile degli altri. Venne a scusarsi con me e Trevor poco prima che se ne andassero. Credo fosse imbarazzato dal comportamento degli altri. Si chiama Dean. Dean Spencer.»

Kay le prese i fogli dalle mani e guardò la firma che campeggiava in fondo alla dichiarazione sulla salute e la sicurezza. Sorrise, riconoscendo l'inclinazione goffa di un mancino, proprio come quella di Adam quando firmava un documento ufficiale. «Immagino che non abbia il suo indirizzo, vero?»

«Il suo no, perché lui ha dovuto solo firmare la dichiarazione sulla salute e la sicurezza» disse Gloria. «Ma ho i recapiti di un'altra persona. Vede, è stato il suo amico a prenotare il tour.»

Si sporse, indicò la prima pagina e attese che Kay la guardasse. «È lui.»

Per la prima volta da martedì, Kay sentì un'ondata di adrenalina al pensiero di avere finalmente ottenuto la svolta che lei e la squadra avevano cercato così disperatamente. «Posso farne una copia?»

«Certo. Mi dia un minuto.»

Kay osservò Gloria avvicinarsi a una piccola stampante e fotocopiatrice. Il motore prese a ronzare, mentre Laura aggiornava i suoi appunti.

«Che fortuna» disse la giovane detective. «Il suo nome non era sulla lista che mi ha dato mercoledì.»

«Molta» rispose Kay. «Ora dobbiamo solo sperare che la fortuna ci assista ancora un po', mentre scopriamo chi diavolo l'ha ucciso.»

CAPITOLO 25

Gavin scese dall'auto di servizio e scrutò la fila di case a schiera lungo una strada malandata alla periferia di Staplehurst.

Le case avevano uno stile simile, con tetti in ardesia, due finestre al piano superiore, e al piano terra la porta d'ingresso e la finestra del soggiorno. Davanti a ogni abitazione c'era un piccolo giardino, che la maggior parte dei residenti aveva trasformato in una distesa di ghiaia o cemento. Quello di Shane Vincent era ordinato, come la proprietà vicina, con piante in vaso in fioriere di terracotta sparse qua e là sulla ghiaia.

Gavin distolse lo sguardo dalla casa per concentrarsi sul cellulare e rilesse il messaggio di Kay, arrivato pochi istanti prima. La sua conversazione con Cassandra gli aveva fatto cambiare strategia per l'interrogatorio, ma aveva ancora delle domande per l'uomo che Justin Mallory aveva licenziato due anni prima.

Chiuse a chiave l'auto e, con rinnovata determinazione, attraversò la strada diretto al numero quattordici.

Delle piccole lastre quadrate di cemento formavano un sentiero tra il marciapiede e la soglia di casa, e Gavin aggirò un piccolo escremento di gatto prima di suonare il campanello.

Dopo qualche istante rispose una donna che lo scrutò dal basso in alto. Aveva i capelli biondo cenere raccolti in uno chignon disordinato e le guance arrossate. Usò il polsino della camicia di jeans per togliersi la frangia dagli occhi e sospirò. «Qualsiasi cosa venda, non siamo interessati. Non sa leggere?»

Gavin diede un'occhiata all'adesivo sopra la buca delle lettere che augurava ogni male a qualsiasi ospite indesiderato, poi le mostrò il tesserino. «Agente Gavin Piper, polizia della valle del Tamigi. C'è Shane?»

La donna aggrottò la fronte. «Di che si tratta?»

«È in casa?»

Lei si strinse nelle spalle, poi si fece da parte per lasciarlo passare. «È fuori in giardino. Deve passare dalla cucina per arrivarci. Le risparmia di camminare fino in fondo alla strada e poi per il vicolo.»

«Grazie.» Si pulì le scarpe sullo zerbino in cocco, attese che lei chiudesse la porta con un tonfo sonoro, e poi la seguì lungo un breve corridoio fino a una minuscola cucina che era stata ampliata sul retro con una veranda. «E lei è...?»

La donna si fermò e si guardò alle spalle. «Sono Louise, sua moglie. La porta che dà sul giardino è aperta. Lo troverà o nel capanno, o da qualche parte in fondo.»

Dopodiché, uscì dalla cucina e lui sentì sbattere un'altra porta in fondo al corridoio. Riportando l'attenzione sul giardino, notò un movimento accanto a un pergolato di legno.

Un uomo sulla quarantina, di spalle alla veranda, era impegnato a potare una vite esile che copriva il graticcio; aveva i capelli castani legati in una coda di cavallo mentre lavorava. Indossava una maglietta azzurra macchiata di terra ed erba sopra a un paio di jeans sbiaditi, mentre ai piedi portava degli scarponcini da trekking robusti ma malconci.

Gavin si schiarì la gola mentre si avvicinava. «Signor Vincent?»

L'uomo sobbalzò sorpreso e si voltò, con una mano che stringeva viticci di piccoli rami mentre nell'altra impugnava un paio di cesoie dall'aspetto minaccioso. «Chi diavolo è lei? Chi l'ha fatta entrare?»

«Sua moglie mi ha aperto la porta,» disse Gavin, poi mostrò il tesserino e si presentò di nuovo.

Gli occhi dell'uomo si strinsero. «Cosa vuole?»

«Vorrei farle alcune domande sulla coltivazione di luppolo dei Mallory, in particolare sul suo rapporto con Joseph e Justin Mallory.»

«Non *c'è* nessun rapporto.»

«C'è un posto dove possiamo parlare?»

«Non ho niente da dire su di loro.»

«Sono nel bel mezzo di un'indagine per omicidio, signor Vincent, e non ho tempo per queste stronzate.» Gavin lo fulminò con lo sguardo. «Possiamo parlare qui, o alla centrale, il che significa che dovrò chiamare una volante e poi aspettare che la scortino in macchina davanti ai suoi vicini. A lei la scelta.»

«Va bene, va bene. Non c'è bisogno di scaldarsi tanto.»

Vincent si diresse verso un cumulo crescente di rami, foglie e altri residui, poi si avvicinò a un tavolo da picnic in legno vicino al pergolato e posò le cesoie. Incrociò le braccia e si appoggiò al tavolo. «Cosa vuole sapere?»

«Perché Justin Mallory ha rescisso il suo contratto alla fattoria?»

«Non andavamo d'accordo, e ha pensato che fosse meglio che me ne andassi.»

«D'accordo su cosa?»

«Mi ha accusato di rubare carburante.» Vincent sbuffò.

«L'ha fatto?»

«No, assolutamente no.» L'uomo sporse il mento. «Gli ho detto dove poteva metterselo, il suo lavoro.»

«È stato prima o dopo che le ha dato il benservito?»

«Cosa importa?»

«Risponda alla domanda, Shane. La mia offerta di una stanza leggermente scomoda alla centrale è ancora valida.»

Vincent sogghignò. «Non mi ha creduto, non importava cosa dicessi. Voleva solo togliermi di mezzo perché stava cercando di risparmiare soldi.»

«Perché avrebbe dovuto? L'azienda andava bene dopo che aveva preso il posto di suo padre, no?»

Vincent incrociò le braccia. «Lo era, ed è per questo che gli ho chiesto un aumento. Non ne ricevevo uno da più di un anno e immaginavo che, una volta decollata la sua idea di coltivare varietà meno conosciute, avrebbe fatto la grana. Ma lui disse che non poteva permetterselo e che, se glielo avessi chiesto di nuovo dopo qualche mese, forse avrebbe potuto prenderlo in considerazione. Poi, circa una settimana dopo, sono stato accusato di aver rubato carburante. Ho fatto una ricerca online. Si chiama licenziamento pretestuoso, quindi non ho avuto scampo. Justin mi ha dato la paga di una settimana e mi ha detto di levarmi dalle palle.»

«Ho saputo che ha ignorato Joseph qualche settimana dopo aver lasciato la fattoria, quando l'ha vista al supermercato. Perché farlo, se eravate così uniti quando lavorava per lui?»

«Ero imbarazzato. Grazie a quel maledetto di Justin Mallory, qui intorno pensavano tutti che avessi rubato. Non sono riuscito a trovare lavoro per qualche mese. Non volevo più avere niente a che fare con nessuno di loro.»

Gavin si accigliò. «Mi sembra esagerato che Justin l'abbia licenziata solo perché ha chiesto un aumento. È sicuro che si trattasse solo di quello?»

«Sì.»

«Dov'era domenica?»

«Cosa?»

«Domenica. Dov'era tra le quattro del pomeriggio e le sette del mattino seguente?»

Vincent strinse gli occhi. «Di che si tratta?»

«Dov'era?»

«Domenica sono andato a trovare mio padre alla casa di riposo a Sittingbourne fino alle cinque circa, poi sulla via del ritorno sono passato da mia sorella e suo marito per un barbecue. Lunedì avevo il giorno libero, quindi mi sono fermato a dormire da loro e mi sono fatto qualche birra.»

«Mi serviranno i loro dati.» Ignorò il sospiro che precedette la risposta di Vincent, annotò l'indirizzo della sorella e poi sollevò lo sguardo dal taccuino. «Dove lavora adesso?»

«Lavoro a contratto per un potatore di alberi vicino ad

Aylesbury. A volte è un bel viaggetto, ma la paga è buona.» Vincent si voltò di scatto verso un rumore proveniente dalla veranda e Gavin si girò a sua volta e vide Louise sulla soglia. «Cosa c'è?»

«Esco. Non tornerò per qualche ora.»

«Fa' come ti pare.» Si rivolse di nuovo a Gavin. «E prima che me lo chieda, stiamo divorziando.»

«Non sono affari miei, signor Vincent,» replicò Gavin, e mise via il taccuino. «Trovo da solo l'uscita.»

CAPITOLO 26

A Laura bastò un'occhiata al pittoresco cottage dalle pareti bianche, incastonato tra un grande salice e un vecchio melo, per trattenere un sospiro.

Quindici minuti prima, Lucas Anderson aveva confermato che il corpo nel suo obitorio era quello di Dean Spencer; la fotografia del giovane corrispondeva a quelle sui suoi profili social. Sarebbe stata necessaria un'identificazione formale, ma per il momento Laura e Kay potevano avvisare la famiglia di Dean prima che venissero a sapere del suo brutale omicidio dai media.

Una siepe di ligustro ben curata separava la casa dalla stradina e, di fronte, un grande giardino vantava un prato con quel tipo di strisce dritte e perfette che di solito avrebbe associato a un campo da tennis, delimitato da vari arbusti e alberelli. Il dolce aroma dell'erba appena tagliata riempiva l'aria, e riusciva a sentire il ronzio del tosaerba da qualche parte sul retro della proprietà.

Il cottage aveva un vecchio tetto di paglia da cui spuntava, a un'estremità, un comignolo di mattoni.

Un'antenna parabolica fissata a un lato era l'unica concessione alla modernità, per il resto le sembrò di aver fatto un salto indietro nel tempo. C'era persino un lampione in ghisa in stile vittoriano accanto a un laghetto, a sinistra del sentiero di ghiaia. Si avvicinò alla porta d'ingresso, che aveva due pannelli verticali di vetro smerigliato incastonati nel massiccio legno di rovere.

I passi di Kay scricchiolarono dietro di lei, rallentando man mano che si avvicinavano.

«Odio essere quella che deve dare la notizia» mormorò Laura dietro di sé. «Mi si spezza il cuore ogni volta.»

«Anche per me, ma devono saperlo. Immagina quale sarebbe l'alternativa... ci sono tante altre persone che hanno i loro cari sulla nostra lista delle persone scomparse e non hanno idea di cosa sia successo loro.» L'Ispettrice suonò il campanello, poi si sistemò la giacca e raddrizzò le spalle. «Ci siamo.»

La porta si aprì e una donna sulla sessantina sbirciò fuori, con un'espressione confusa. «Sì?»

«La signora Margaret Spencer? Sono l'Ispettrice Kay Hunter, e questa è l'agente Laura Hanway. Suo marito è in casa?»

«Di cosa si tratta?»

«Possiamo entrare? Poi le spiegherò.»

Laura sentì il rumore del tosaerba spegnersi e, pochi istanti dopo, una voce maschile rimbombò per la casa. «Mags? C'è qualcuno alla porta?»

«È la polizia» disse la donna a voce alta. «Vogliono parlarti.»

Li fece entrare e Laura si ritrovò in un salotto dipinto di

un giallo pallido che accentuava le travi a vista che si incrociavano sulle pareti. Una serie di acquerelli era appesa a dei ganci sulla parete di fondo e un paio di poltrone dall'aspetto comodo erano state sistemate accanto alla finestra. Margaret le superò in fretta e li condusse in una cucina sul retro della proprietà, dove un uomo con capelli argentati e corti stava in equilibrio contro lo stipite della porta sul retro, sfilandosi un paio di vecchie scarpe da ginnastica.

Alzò lo sguardo mentre entravano e Laura vide la confusione nei suoi occhi.

«Cosa sta succedendo?» chiese.

Kay si guardò intorno e indicò un tavolo rotondo in legno di noce con quattro sedie, accanto a una libreria carica di libri di cucina e a una stufa Aga. «Vogliamo sederci?»

Laura vide la coppia scambiarsi un'occhiata preoccupata, ma fecero come suggerito dall'Ispettrice e si sedettero entrambi accanto alla libreria.

«Margaret, Rowan, mi dispiace molto, ma per iniziare dovrò farvi alcune domande» disse Kay. Tirò fuori una sedia e si sedette di fronte a loro, mentre Laura rimase in piedi, cercando di non lasciare che il dolore imminente le stringesse il cuore.

«Va bene» disse la donna. «Ma mi chiami Maggie. Tutti mi chiamano così.»

«Grazie. Per favore, potreste dirmi quando avete parlato per l'ultima volta con Dean, vostro figlio?»

«Perché? Cos'è successo?» Gli occhi di Rowan si spalancarono mentre la mano di Maggie si allungò di scatto per afferrare la sua. «Cosa sta succedendo?»

«Potrebbe dirmi quando gli avete parlato l'ultima volta?» disse Kay. «È molto importante.»

«Venerdì sera, poco prima che entrasse a una riunione» disse Maggie, con il viso pallido. «Verrà qui a pranzo domenica prossima.»

Laura vide un lampo di dolore negli occhi di Kay, poi l'Ispettrice fece un respiro profondo e giunse le mani sul tavolo.

«Mi dispiace molto dovervi dire questo, Maggie e Rowan, ma abbiamo motivo di credere che Dean sia la vittima di un'indagine per omicidio che sto conducendo...»

«No...» gemette Maggie, e si voltò verso Rowan, il viso sconvolto. Un lamento le scosse il corpo, mentre le lacrime rigavano le guance del marito.

Laura si morse il labbro e si guardò i piedi mentre il dolore della coppia riempiva la cucina. Sbatté le palpebre e guardò fuori dalla finestra la luce del sole che bagnava l'erba rigogliosa, mentre una farfalla arancione e nera volteggiava tra arbusti dai fiori viola, poi si voltò al suono di un forte singhiozzo.

«Avremo bisogno di un'identificazione formale da parte vostra» disse Kay a bassa voce, «ma siamo stati in grado di confermare dalle fotografie sui social che la nostra vittima è Dean, e stiamo facendo tutto il possibile per trovare la persona o le persone responsabili.»

«Come... come è successo?» chiese Rowan.

«Questo è il fulcro della mia indagine» disse Kay. «E le do la mia parola che scoprirò chi è stato.»

L'uomo annuì in risposta e strinse a sé la moglie. «Dove è stato trovato?»

«In una fattoria, in un campo» disse Kay. «Potrò darvi

maggiori dettagli a tempo debito, ma posso farvi altre domande? Vorrei conoscere meglio Dean e sapere cosa potrebbe aver fatto nelle ultime settimane.»

Maggie si raddrizzò e si passò le dita sugli occhi prima di guardare Kay. «Mi chieda tutto quello che le serve. Qualsiasi cosa.»

«Grazie. Dove lavora Dean?»

«A casa» disse Rowan. «Lavora da remoto come designer grafico freelance da quando ha finito l'università. Ha clienti in tutto il mondo.»

«È per questo che era piuttosto tardi quando ci siamo parlati venerdì» aggiunse Maggie. «Aveva una riunione con un cliente di Vancouver, e lì sono indietro di circa otto ore rispetto a noi.»

«Posso chiederle di cosa avete parlato?»

«Oh…» Nuove lacrime rigarono il viso di Maggie. «Voleva chiederci se fossimo liberi domenica prossima, per poter venire a pranzo da noi. Era da un'eternità che non lo vedevamo e non è mai stato bravo a tenersi in contatto… è così preso dal lavoro e, immagino, nel tempo libero ha i suoi amici da vedere.»

«Però non può… non poteva resistere a uno degli arrosti domenicali di Maggie» disse Rowan, avvolgendo la mano attorno a quella della moglie e stringendola. «Mai potuto.»

«Come le è sembrato?» chiese Kay.

«Indaffarato» disse Maggie. «Credo che con la testa fosse già alla riunione con il cliente canadese. Ha detto che sperava di uscire a bere qualcosa con degli amici sabato… mi pare ci fosse una partita di calcio in TV che volevano vedere in città, in uno dei pub che frequentano.»

«Immagino non le abbia detto in quale pub, vero?»

«No, mi dispiace.» A quel punto crollò, appoggiandosi a Rowan mentre il suo corpo era scosso dai singhiozzi e lei si lasciava andare a un lamento.

Laura deglutì, cercando di separare le proprie emozioni dalla necessità professionale di avere risposte, e si chiese come facesse Kay a sembrare così stoica mentre concedeva un attimo alla coppia. Quando parlò, la sua voce era rassicurante.

«Maggie, Rowan, posso disturbarvi per chiedervi una foto recente di Dean?» disse. «E potreste darmi anche il suo indirizzo? Vorrei vedere dove viveva.»

Rowan annuì. «Aspettate qui. Torno subito.»

«Grazie. Maggie, posso portarle qualcosa?» Kay frugò nella borsa e porse un pacchetto di fazzoletti all'altra donna. «Vuole che le prepari una tazza di tè zuccherato?»

«No, grazie.» Maggie prese un fazzoletto dal pacchetto e si soffiò il naso. «Oh, mio Dio. Perché noi? Perché Dean?»

«Lo scoprirò, glielo prometto» disse Kay.

Laura si voltò leggermente quando Rowan tornò, con in mano il cellulare e un mazzo di chiavi.

«Vuole che le invii delle foto?» chiese a Kay mentre si sedeva di nuovo accanto alla moglie.

«Sarebbe perfetto, grazie.» Kay lesse ad alta voce il suo numero di cellulare, poi confermò di aver ricevuto le immagini. «A cosa servono le chiavi?»

Rowan gliele porse e ripeté un indirizzo. «Sono dell'appartamento di Dean a Maidstone.»

«Ve le riporterò non appena avremo finito di dare un'occhiata» disse Kay, «e vi ringrazio per la fiducia. C'è qualcosa nell'appartamento che vorreste che vi portassi qui?»

«Il suo orsacchiotto» disse Maggie, con la voce tremante. «È in salotto, su una mensola, accanto a delle foto di un viaggio con lo zaino in spalla che ha fatto qualche anno fa. Ce l'ha da quando era un bambino.»

«Me ne occuperò personalmente» disse Kay, poi fece scivolare un biglietto da visita sul tavolo. «Farò in modo che uno dei nostri agenti di coordinamento con la famiglia passi da voi più tardi, oggi. Vi terrà aggiornati sui progressi dell'indagine e sarà il vostro contatto principale, ma se volete parlare con me di qualsiasi cosa, sul biglietto ci sono i miei numeri diretti. Potete chiamarmi in qualsiasi momento.»

«Grazie» disse Rowan.

«C'è qualcuno che possiamo chiamare che possa venire a stare con voi?»

«Mia sorella» disse lui. «Abita qui vicino e lei e Dean sono… erano… molto legati.»

Kay si annotò il numero, poi scostò la sedia. «Ancora una volta, sono davvero desolata per la vostra perdita. Grazie per avermi dato le chiavi di Dean. Ve le riporterò il prima possibile.»

«Prendetevi tutto il tempo necessario» disse Maggie e guardò Laura, poi Kay. «Assicuratevi solo di prendere il mostro che ha ucciso il mio bambino.»

CAPITOLO 27

Quando Kay si sedette alla sua scrivania e iniziò a scorrere le e-mail, il sole era una sfera bassa all'orizzonte e proiettava sfumature d'oro e ocra su strisce di nuvole che lasciavano presagire la pioggia.

L'odore di caffè bruciato riempiva la sala operativa, mescolandosi al profumo di deodorante appena applicato di qualcuno e alla lattina di energy drink che Gavin aveva sulla scrivania di fronte a lei.

Dopo aver dato una notizia così devastante ai genitori di Dean Spencer, lei e Laura erano tornate in una sala operativa pervasa da un rinnovato senso di determinazione. Ognuno dei suoi agenti era ora concentrato sullo scoprire perché il giovane fosse stato preso di mira per una tortura così brutale e in che modo lui e i suoi assassini si fossero incrociati.

Kay si appoggiò il mento sulla mano e scorse i vari rapporti del database HOLMES2, passando in rassegna i risultati delle indagini porta a porta e le richieste delle riprese delle telecamere di sorveglianza ma, fino a quel momento, nessuno aveva visto un uomo corrispondente alla descrizione di Dean nei pressi della coltivazione di luppolo durante il fine settimana. Alzò lo sguardo quando il telefono della sua scrivania squillò e allungò la mano per rispondere prima che scattasse la segreteria telefonica.

«Hunter.»

«Kay, sono Harriet. Sto per approvare il rapporto di Patrick sul furgone carbonizzato ritrovato fuori Kemsing, ma volevo avvisarla: non ci sono elementi conclusivi per poterlo collocare in quella piazzola di sosta vicino a casa dei Mallory.»

«Merda.» Kay si strofinò gli occhi stanchi. «Immagino non ci sia nulla che possa indicarci chi l'abbia rubato?»

«Chiunque sia stato ha usato un accelerante come la benzina per cospargere gli interni prima di dargli fuoco, e il problema è proprio questo: l'incendio che ne è seguito ha distrutto completamente gli pneumatici. Tutto ciò che è rimasto sono le cinture d'acciaio che sostengono il battistrada esterno e i cerchioni. La gomma si è bruciata tutta o è rimasta attaccata all'asfalto nel punto in cui è stato ritrovato. Di certo non possiamo dire se sia stato usato per trasportare Dean o i suoi assassini. Tuttavia, abbiamo trovato un coltello con una lama seghettata sotto il sedile del passeggero. È stato gravemente danneggiato nell'incendio, però, quindi non sono in grado di trovarci campioni di tracce per il test del DNA.»

«Quindi tutto quello che ho adesso sono i filmati delle telecamere di sorveglianza che mostrano il furgone mentre viaggia in direzione della coltivazione di luppolo» disse Kay. «E questo non reggerà in tribunale.»

«Temo di no» disse Harriet. «Senta, devo andare, ma le

invierò tutto via e-mail prima di staccare, così potrà condividerlo con la sua squadra. Mi faccia sapere se ha altre domande.»

«Grazie, Harriet.»

Dopo aver terminato la chiamata, Kay aggiornò la schermata finché non apparve il rapporto, poi lo segnalò a Debbie perché lo aggiungesse al database.

«Accidenti» mormorò, poi si scostò dalla sedia e fece un cenno ai quattro detective che la guardarono con interesse. «Parliamo un attimo degli incarichi per domani.»

Si diresse verso la lavagna bianca, chiamando Debbie mentre le passava accanto, e attese che i cinque membri della squadra si affrettassero a raggiungerla.

«Non voglio distrarre gli altri dal loro lavoro» spiegò, «e dato che questi incarichi riguardano solo voi, dovremmo fare in fretta. Prima di tutto, è arrivato il rapporto sul furgone e purtroppo, dopo l'incendio, è in condizioni così disastrose che Harriet e Patrick non sono in grado di collegarlo alle impronte degli pneumatici trovate vicino alla coltivazione. Anche il coltello che hanno trovato è gravemente danneggiato, quindi siamo da capo. Laura, per favore, lei e Kyle potete continuare a indagare sugli amici di Dean sui social e stilare una lista di persone che possiamo iniziare a interrogare domani mattina? Visto che è fine settimana, con un po' di fortuna dovremmo riuscire a parlare con la maggior parte di loro prima di lunedì e dare finalmente una svolta a questa indagine.»

«Nessun problema.» Laura si rivolse a Kyle. «Se io mi occupo degli account sui social, vuoi dare un'occhiata alla sua attività di designer grafico e vedere se c'è qualcosa da quella prospettiva?»

«Mi sembra un'ottima idea» disse il nuovo membro della squadra investigativa. «Chiederò ad Aaron di parlare con i genitori di Dean per scoprire se si avvalesse anche di un commercialista o di un avvocato di fiducia per la sua attività. Immagino che Aaron sarà l'agente di coordinamento per questo caso?»

«Esatto» confermò Kay. «Sta andando da loro proprio ora, quindi gli dia un paio d'ore con Maggie e Rowan prima di chiamarlo.»

«Sarà fatto.»

«Mentre loro fanno questo, io presenterò una richiesta al suo operatore di telefonia mobile per ottenere i suoi tabulati telefonici» disse Barnes, controllando l'orologio. «Se lo faccio entro la prossima mezz'ora, dovrei riuscire a beccare qualcuno prima che vada via per il fine settimana.»

«Meglio che lo faccia subito» disse Kay. «Le farò sapere se ci sarà altro.»

«Vado.»

Lo guardò mentre tornava di corsa alla sua scrivania, poi lanciò un'occhiata a Debbie. «C'è qualcosa che ho trascurato e che ha bisogno che facciamo dal punto di vista amministrativo? Potrei non tornare qui dopo essere andata all'appartamento, e domani mattina uscirò presto, non appena Laura e Kyle ci diranno chi dobbiamo interrogare.»

«Solo alcune approvazioni per gli straordinari che ho lasciato nel suo vassoio» disse l'agente in uniforme. Abbassò la voce. «E ho organizzato un biglietto e una colletta per il pensionamento di Harry. La sua festa è sabato prossimo, ricordatelo, quindi segnatelo in agenda. Vi darò la caccia personalmente se ve ne dimenticherete.»

Kay sorrise e alzò le mani in segno di resa. «Non sia mai detto, e grazie, Debs.»

«Ha bisogno che faccia qualcosa, capo?» chiese Gavin.

«Sì, vorrei che venisse con me all'appartamento di Dean. Ci vado tra una ventina di minuti. Non mi aspetto problemi, ma non si sa mai...»

«Nessun problema, capo» disse Gavin. «Meglio prevenire che curare, soprattutto data la natura di questo caso.»

«Esatto. Okay, grazie a tutti. Avete il mio numero se doveste aver bisogno di me stasera, ma altrimenti ci vediamo qui domani alle otto e ci spartiremo gli interrogatori agli amici di Dean.»

Raggiunse Barnes mentre tornava alla sua scrivania. «Ian, posso parlarle un attimo?»

«Certo.» Lui si fermò accanto alla fotocopiatrice e sollevò un sopracciglio. «Mi dica.»

«Potrebbe chiamare Lucas e chiedergli di contattare Aaron per organizzare un riconoscimento ufficiale? Prima si fa, meglio è. Voglio dire, abbiamo confermato l'identità di Dean con i post pubblici sui suoi social, ma dev'essere comunque fatto. Se lui non potesse accompagnare gli Spencer, potrebbe andare lei?»

«Nessun problema, capo.» I suoi occhi si fecero preoccupati. «Com'è andata questo pomeriggio?»

Lei sospirò. «Piuttosto male, come sempre in questi casi.»

«Ha fatto la sua solita promessa di prendere l'assassino di Dean?»

«Sì.»

«Capo, un giorno avremo un caso che non risolveremo,

lo sa, vero?» disse lui, con la fronte aggrottata. «È la legge dei grandi numeri.»

«Lo so, Ian.» Kay gli diede una pacca sul braccio e si voltò verso la sua scrivania, dicendo dietro di sé: «Ma quando lo dico, ci credo. Li troveremo, quei bastardi.»

CAPITOLO 28

Kay vide la due volumi sportiva di Gavin svoltare nel parcheggio pubblico e afferrò la borsetta dal sedile del passeggero prima di scendere dall'auto di servizio, aspettando mentre lui manovrava in un posto libero accanto al suo.

La palazzina in mattoni a vista in cui aveva vissuto Dean Spencer si trovava lungo un breve vicolo dal parcheggio. Le finestre posteriori di sei degli appartamenti si affacciavano proprio lì. Mezza dozzina di quelle finestre aveva i vetri satinati e la maggior parte aveva anche le tende arrotolate in alto, così Kay dedusse che si trattasse di bagni. Le altre finestre avevano le tende abbassate e su alcuni davanzali si vedevano piante in vaso o cristalli appesi alle maniglie che catturavano gli ultimi raggi di sole del pomeriggio.

C'era un piccolo parco dall'altra parte delle auto, con un sentiero che si snodava lungo il fiume e riversava pedoni e ciclisti vicino al centro di Maidstone.

Kay estrasse un mazzo di chiavi dalla borsa mentre Gavin scendeva dall'auto. «A che ora ti vedi con Leanne?»

«Non prima delle sette, e solo se non riesce a tornare a casa prima» disse lui. «E non ho prenotato il ristorante prima delle otto, quindi abbiamo tutto il tempo che ci serve.»

«Grazie.» Si mise al suo fianco e si diresse verso il vicolo. «Almeno tu sei dalla parte giusta della città per tornare a casa.»

«Vero.» Le lanciò un'occhiata di sbieco. «Ti aspetti dei problemi?»

«Spero di no. Ma volevo chiederti cosa ne pensassi dei Mallory senza influenzare il giudizio di tutti gli altri. Hai detto che Shane Vincent ritiene di essere stato vittima di un licenziamento pretestuoso, giusto?»

«Sì. Ha smentito categoricamente la storia del furto di carburante e ritiene che se la siano inventata per potersi sbarazzare di lui senza che potesse intentare una causa per licenziamento senza giusta causa.»

«E ora abbiamo Roland Hammerton che inscena una farsa di infortunio per fare qualcosa di simile.» Kay si fermò davanti al portone del condominio.

C'erano i campanelli numerati per ciascuno dei dodici appartamenti, ma nessuno che indicasse un amministratore. Scartabellando tra le chiavi che le aveva dato Rowan Spencer, ne trovò una che apriva il portone e lo tenne aperto per Gavin.

«Appartamento numero quattro» disse, e lo seguì su per le scale. «Allora, la mia domanda è: pensi che i Mallory meritino ulteriori indagini? Hai avuto modo di parlare con le due donne che lavoravano lì?»

«Sulla lista di cose da fare per domani, capo» disse lui voltandosi. «Pensavo di portare Laura con me, una volta che avrà finito di interrogare gli amici di Dean con Kyle.»

«Ottima idea, grazie.»

«Pensi che i Mallory stiano combinando qualcosa e che chiunque si avvicini troppo a scoprirlo si ritrovi senza lavoro, o...?»

«Non lo so. Forse. Voglio dire, Hammerton non rientra in questo schema, ma qualcosa non quadra, no?» Lo raggiunse e abbassò la voce. «E al momento non abbiamo idea del perché Dean Spencer sia stato ucciso sulla loro proprietà.»

Gavin si fermò sul secondo pianerottolo e le tenne aperta la porta tagliafuoco che conduceva ai due appartamenti successivi. «Lo terrò a mente domani, capo, ma sì, sono d'accordo che c'è qualcosa che non va. Per ora terrò la cosa per me e ti chiamerò in ufficio o al telefono per tenerti aggiornata, se vuoi.»

«Grazie.» Gli fece l'occhiolino. «Sapevo di poter contare su di te. Bene, hai bisogno di guanti prima di cominciare?»

«Ne ho qui un paio, capo.» Frugò nella tasca della giacca ed estrasse un paio di guanti in nitrile.

«Bene.» Kay tirò fuori un paio dalla propria borsa, poi trovò la chiave del numero quattro e aprì la porta.

Si apriva su un breve corridoio con una mountain bike malandata appoggiata al muro e un mucchio disordinato di varie scarpe da ginnastica e da lavoro dietro la porta. Il corridoio aveva tre porte: una per un bagno, una per la camera da letto principale e l'altra per una cameretta più piccola, simile a un ripostiglio, che Dean aveva trasformato in uno studio. Oltrepassandole, Kay si ritrovò in un open space con soggiorno e cucina, la cui finestra si affacciava sul parcheggio e sul fiume, come aveva sospettato.

«D'accordo, vuoi occuparti della camera da letto e del bagno mentre io comincio da qui?» disse. «Possiamo lasciare lo studio per ultimo.»

«Mi sembra un buon piano. Grida se trovi qualcosa, capo.»

Gavin si allontanò mentre lei posava la borsa sul bancone della cucina e si dirigeva verso una libreria accanto a un grande televisore nell'angolo.

Trovò l'orsacchiotto che Maggie Spencer teneva tanto ad avere e lo mise accanto alla sua borsa prima di tornare alle fotografie che riempivano gli spazi tra i vari libri di arte, architettura e gestione aziendale.

Riconoscendo uno o due volti dai social di Dean, passò in rassegna il resto e poi rivolse la sua attenzione ai due cassetti incassati alla base della libreria.

Il primo rivelò alcuni vecchi giochi da tavolo, con le copertine di cartone logore per l'età e l'uso. Frugo tra quelli finché non trovò un portadocumenti ignifugo e lo tirò fuori.

Aprendolo con la cerniera, scoprì che conteneva un testamento, il certificato di nascita e il diploma di laurea di Dean, insieme a un elenco di password per vari siti di banche e di trading azionario. Scorrendo il documento legale, inarcò un sopracciglio per i dettagli, annotò i nomi e gli indirizzi dei beneficiari sul suo taccuino, poi si raddrizzò e mise il portadocumenti accanto all'orsacchiotto.

«Niente ancora, capo?» chiamò Gavin.

«Un testamento, ma niente di strano qui dentro. Tu?»

«Ho finito in camera da letto. Comincio con il bagno.»

«Okay, grazie.»

Kay si spostò al centro della stanza e squadrò il divano. Tre cuscini erano sparsi sopra, tutti con vari motivi a tema viaggio, ma non sembrava che qualcuno ci si fosse seduto di recente. Avvicinandosi alla zona cucina, aprì il frigorifero e indietreggiò per la puzza di latte acido. Su un ripiano c'era una ciotola con delle patate arrosto fredde e rinsecchite e una mezza dozzina di lattine di birra chiara nel cassetto della verdura. Il freezer conteneva un tegame di lasagne, una vaschetta per il ghiaccio e nient'altro.

Chiuse lo sportello sbattendolo e controllò il forno e il microonde, poi passò ai pensili.

Niente.

«Ho finito lì dentro» disse passando davanti al bagno. «Comincio con l'ufficio.»

«Arrivo tra un attimo.» Gavin si voltò dall'armadietto con l'anta a specchio sopra il lavandino. «Non c'è granché qui dentro, solo roba per il mal di testa e l'indigestione, e dei preservativi.»

«Okay. Niente nella cassetta dello scarico?»

«Pulita da cima a fondo, capo.»

«Grazie.»

L'ufficio di Dean era ordinato, organizzato e progettato in modo da poter lavorare nel modo più efficiente possibile. Kay fischiettò a bassa voce alla vista delle opere d'arte appese alle pareti, notando la sua firma in ogni angolo, poi vide la stampante 3D in un angolo e alcuni dei più recenti progetti dell'artista esposti su una mensola lì accanto.

«Aveva talento, questo è sicuro» disse quando apparve Gavin. «Ed era indaffarato, a giudicare da quel fascicolo pieno di fatture.»

Il suo collega si avvicinò alla scrivania e setacciò i documenti in un vassoio a due ripiani. «Ci sono contratti da tutto il mondo, qui. Anche alcuni grossi nomi di aziende.»

«Ho trovato il suo testamento nell'altra stanza. Lascia un sacco di soldi ad amici e in beneficenza.»

«Quanti anni aveva?»

«Ventisei.»

«Accidenti, io ho qualche anno più di lui e non ho nemmeno un testamento.» Gavin lasciò ricadere i documenti nel vassoio e si voltò verso di lei. «Pensi che temesse per la sua vita?»

Kay scosse la testa. «Non credo. Be', non quando ha fatto testamento: è datato due anni fa e ci sono anche delle password per gli investimenti. Penso che forse Dean lavorasse sodo, investisse saggiamente e se la cavasse bene.»

«Allora forse a qualcuno la cosa non piaceva.»

«Forse.» Diede un'altra occhiata alla stanza, poi si avvicinò alla finestra e guardò la strada sottostante. Più in là, un anziano stava portando a spasso un terrier spelacchiato, ma a parte quello c'era silenzio, essendo finita l'ora di punta del rientro da scuola e dei pendolari. «Che diavolo ci stiamo perdendo, Gav? Perché mai Dean è stato ucciso? Non vedo nulla qui che suggerisca che fosse coinvolto in qualcosa di losco, e tu?»

«No, capo» disse Gavin. «Ma, d'altra parte, non vedo niente che suggerisca che passasse molto tempo qui, non trovi?»

«Sono d'accordo.» Si voltò per guardarlo. «E allora dov'è che andava quando non era qui?»

CAPITOLO 29

Kyle finì di scorrere il profilo social di Dean mentre Laura
rallentava fino a fermare l'auto davanti a una fila di villette
a schiera con due camere da letto nel centro di Maidstone.
Sbirciò dal finestrino il muro di acciaio ondulato di un
grande magazzino industriale che sovrastava le otto
proprietà della strada senza uscita.

«Caspita,» disse. «Le hanno proprio stipate qui dentro,
non trovi?»

«E se le sono fatte pagare un occhio della testa,» disse
Laura. «Mi ricordo quando sono uscite sul mercato.
All'epoca mi sarebbe servito lo stipendio di un Ispettore
capo anche solo per mettere un piede qui dentro. Chissà
quanto valgono adesso.»

«Non c'è neanche un posto per parcheggiare. Tra
l'altro, siamo in un'area riservata solo alle consegne.»

«Lo so.» Laura si sporse, aprì a scatto il vano
portaoggetti centrale e tirò fuori un pezzo di carta logoro
con una sola parola scarabocchiata sopra. Lo sollevò e
sorrise prima di posarlo sul cruscotto. «Immagino che ci

lasceranno in pace quando sapranno che siamo della polizia.»

«Oppure ci taglieranno le gomme,» disse Kyle, aprendo la portiera. «Dai, andiamo.»

Fece strada verso il numero sette, incastrato nell'angolo più lontano dall'ingresso della strada senza uscita e all'ombra del magazzino. Muschio verde scuro riempiva le crepe del sentiero di cemento che conduceva alla porta d'ingresso e si aggrappava alla parte inferiore delle grondaie e dei tubi di scarico in PVC bianco. Riuscì a vedere una luce accesa nel soggiorno, oltre alle tende opache per la privacy.

«Immagino che qui non arrivi neanche un raggio di sole,» disse sottovoce.

«Già, il sito industriale è stato costruito l'anno dopo la vendita di queste case,» rispose Laura. «Quindi sono contenta di non averne comprata una, alla fine.»

Tacque e attese mentre lui cercava un campanello invano, poi bussò con le nocche sul pannello di vetro incastonato nella porta.

Aprì un uomo sulla trentina, con i capelli castani a ciuffi disordinati. Sbatté le palpebre, poi i suoi occhi si spalancarono alla vista del tesserino di Kyle. «Polizia?»

«Lei è Dominic Bridger?»

«Ehm, sì.»

«Possiamo entrare?»

«Ehm, perché?»

«Abbiamo alcune domande sul suo amico, Dean Spencer,» disse Kyle. «Quando è stata l'ultima volta che l'ha visto?»

«Ehm, la settimana scorsa. Credo. Sì. Sabato di due settimane fa.»

«Gli ha parlato da allora?»

«Gli ho mandato un messaggio venerdì scorso, perché dovevamo andare a berci una birra e a guardare la partita.»

«E questa settimana?»

Dominic guardò Laura, poi di nuovo Kyle, aggrottando la fronte. «Che sta succedendo?»

«Se potessimo entrare, per favore, le spiegheremo tutto.»

L'uomo sospirò, poi si voltò. «Allora entrate. Ma non giudicatemi, non ho ancora avuto tempo di pulire. Di solito lo faccio la domenica.»

Kyle lanciò a Laura uno sguardo d'intesa, poi varcò la soglia prima di lei, con gli occhi che schizzavano a destra e a sinistra, osservando uno stretto corridoio che portava a una cucina sul retro dell'edificio e una porta che dava su un soggiorno a destra. Si guardò alle spalle. «Tutto a posto.»

Lei gli fece un leggero cenno affermativo, poi chiuse la porta dietro di sé e lo seguì.

Quando Kyle entrò nel soggiorno, la sua prima impressione fu che un tornado avesse colpito la stanza. Cartoni della pizza e secchielli di pollo fritto vuoti si trovavano a un'estremità di un divano a due posti e coprivano metà del tavolino, su cui erano accartocciate otto lattine di birra vuote.

Un grande schermo televisivo occupava la maggior parte della parete di fronte alla finestra e un gioco sparatutto in prima persona era fermo nel tempo, con uno scenario da incubo post-apocalittico, mentre un punteggio nell'angolo in alto a sinistra suggeriva che l'uomo fosse un giocatore esperto.

Vide il logo in fondo allo schermo e si acciglió. «È il nuovo…»

«Sì.» Dominic sorrise mentre si sporgeva sul divano e apriva la finestra, lasciando entrare un refolo di brezza. «L'ho preso ieri. Scusate la puzza qui dentro. Sono stato sveglio tutta la notte a giocarci.»

Kyle vide Laura voltarsi e coprirsi il naso per un istante, finché l'aria fresca non cominciò a circolare, per poi concentrarsi sull'amico di Dean.

«Ha detto di aver visto Dean venerdì scorso, Dominic,» disse. «Le sembrava che stesse bene quando vi siete visti?»

L'uomo si lasciò cadere su una sedia da gaming ergonomica, facendola girare pigramente da un lato all'altro. «Sì, direi di sì. Ci siamo visti al pub qui all'angolo e ci siamo fatti un paio di pinte mentre c'era la partita.»

«Di cosa avete parlato?»

«Non so. Le solite cazzate.» Dominic si acciglió e fermò la sedia, piantando i piedi sul pavimento in finto legno laminato e fissando i due detective. «Sentite, che sta succedendo? Dean sta bene?»

«Ci dispiace doverglielo dire,» disse Laura, «ma Dean è stato trovato morto martedì mattina.»

«Morto?» sbottò Dominic, con gli occhi sgranati. «Come? Ha bevuto solo tre o quattro pinte venerdì… stava benissimo quando abbiamo lasciato il pub. Cos'è successo?»

«È quello che stiamo cercando di scoprire» disse Kyle. Si avvicinò al divano, spostò alcuni cartoni del cibo d'asporto e offrì il posto a Laura, prima di appollaiarsi sul bracciolo accanto a lei. «E speriamo che lei possa aiutarci».

Dominic aprì e chiuse la bocca, poi deglutì. «Com'è morto?»

«Non possiamo condividere questi dettagli, al momento» disse Laura. «Era a conoscenza di qualche problema che potesse avere Dean?»

«Tipo cosa?»

«C'era qualcosa che lo preoccupava?»

«No, a me non ha detto nulla». Dominic deglutì, poi appoggiò i gomiti sulle ginocchia e chiuse gli occhi. «Mi sento male».

«Vuole che le prenda un bicchier d'acqua?»

«Sì, grazie... c'è un filtro nello sportello del frigo».

Kyle aspettò che Laura andasse in cucina, poi si rivolse di nuovo all'amico di Dean. «C'era qualcosa che lo turbava quando vi siete visti venerdì?»

«No». Dominic sbatté le palpebre, poi si appoggiò allo schienale della sedia e guardò fuori dalla finestra, con lo sguardo perso per un momento. «Non posso credere che stia succedendo».

Laura tornò con l'acqua e la porse all'uomo, che ne bevve un sorso esitante prima di appoggiare il bicchiere accanto a una sfilza di lattine di birra e bibite usate vicino alla tastiera del computer. «Da quanto tempo conosceva Dean?»

«Qualche anno. Ci siamo conosciuti all'università. Già allora lavorava come designer freelance e, dopo la laurea, per lui è stato un successo».

«Il corpo di Dean è stato scoperto in un campo di

luppolo che lei aveva visitato con lui e Liam Peyton quest'estate. Ha idea del perché?»

Dominic si accigliò, poi scosse la testa. «No, per niente. Dean organizzò quella gita all'ultimo minuto. Dovevamo andare a Orpington per un festival di musica, ma lo annullarono qualche settimana prima e ci trovammo tutti senza programmi. È stato divertente, a dire il vero. Quando me lo propose, pensai che fosse un po' una stupidaggine».

«Abbiamo sentito che la situazione è degenerata» disse Laura.

«Sì, è vero. E in realtà è stata colpa mia. Per lo meno Dean ha avuto il buon senso di scusarsi, però. Perché, pensa che qualcuno di quel posto l'abbia ucciso?»

«È un'indagine ancora in corso e non possiamo esprimerci in merito al momento».

«Dov'era domenica notte tra le dieci e le quattro del mattino?» disse Kyle.

«Qui. A giocare ai videogiochi».

«Qualcuno può confermarlo?»

«No, ero qui da solo. A volte mi collego e sfido altri giocatori, ma la domenica mi piace rilassarmi. Spesso il lunedì mattina presto ricevo chiamate dai clienti, soprattutto se sono all'estero, in Australia o in Asia».

«Di cosa si occupa?» chiese Laura.

A mo' di risposta, Dominic indicò il computer col pollice. «Gestisco alcuni siti di spedizioni a domicilio, servizi di agenzia per prenotazioni di ristoranti, quel genere di cose».

«Gli affari vanno bene?» disse Kyle.

«Sì, in realtà non vanno affatto male». L'uomo accennò

un sorriso. «Almeno mi lascia il tempo di fare ciò che amo».

«I videogiochi?»

«Quello, e viaggiare quando voglio». Rabbrividì. «Non so se riuscirei a lavorare in un ufficio, non con tutta quella gente, la politica e tutto il resto. Ho fatto qualche lavoro a contratto mentre avviavo la mia attività, ed è stato terribile».

Kyle gli porse uno dei suoi biglietti da visita. «Di nuovo, ci dispiace per la sua perdita. Mi chiamerebbe se le venisse in mente qualcosa che possa aiutarci? Anche il più piccolo dettaglio può essere utile».

«Certo». Prese il biglietto, poi li accompagnò alla porta d'ingresso. Gridò mentre si stavano dirigendo verso la macchina. «Detective Walker?»

Kyle si fermò e si voltò. «Sì?»

«Non scherzavo... prenda quel gioco» disse Dominic, con il viso serio. «Aspetti di vedere cosa hanno fatto con il terzo livello».

CAPITOLO 30

«Allora, cosa sappiamo finora di Liam Peyton?» chiese Kay, prendendo la giacca dal sedile posteriore dell'auto di servizio e affiancandosi a Barnes.

La casa verso cui si stavano dirigendo era una villetta bifamiliare in mattoni con un ampio giardino sul davanti e un vialetto pavimentato sul lato destro. Una delle trenta case che costeggiavano un viale tortuoso nella periferia est di Maidstone, arretrata rispetto alla strada e protetta da diverse siepi che garantivano agli abitanti un po' di privacy dai vicini e dai veicoli di passaggio.

Barnes aveva parcheggiato qualche casa più in là, dietro al furgone di un'impresa edile, e si mise in tasca le chiavi dell'auto prima di parlare.

«Vive a casa con i suoi e, secondo i suoi social, è una sistemazione temporanea in attesa che si concluda l'acquisto della sua nuova casa,» disse, mettendo il cellulare in modalità silenziosa. «Dalle nostre ricerche non siamo riusciti a capire dove si trovi questa casa, ma ho l'impressione che stia per trasferirsi fuori zona. Alcuni dei suoi post lo mostrano mentre fa escursioni nel Lake District, quindi forse si sta dirigendo da quelle parti.»

«Altri interessi?»

«Videogiochi, bere, musica dal vivo, le solite cose,» rispose Barnes. «Come la maggior parte dei ventenni.»

«Come sta la tua?»

«Emma sta bene,» disse lui, con un calore che si irradiò dentro di lui al pensiero della sua unica figlia. «Verrà a trovarci alla fine del mese per un weekend, il che significa che non riuscirò a dire una parola: lei e Pia vanno molto d'accordo.»

«È un'ottima cosa.»

Barnes si chinò per aprire il cancello che bloccava il vialetto dei Peyton e osservò le tre auto parcheggiate una dietro l'altra, notando l'utilitaria argentata di Liam dietro un SUV più vecchio. «Almeno è in casa. Speriamo solo che sia già in piedi.»

La sua collega ridacchiò, poi suonò il campanello, mentre la sua espressione passò dall'ilarità alla neutralità non appena la porta si aprì.

Una donna sulla cinquantina sbirciò fuori. «Charlotte sta bene?»

«Sua figlia sta bene,» la rassicurò Kay, senza battere ciglio. «Mi scusi per il disturbo. Sono l'Ispettrice Kay Hunter e questo è il mio collega, il detective Ian Barnes. Speravamo di poter parlare con Liam.»

La donna si portò una mano al petto. «Oh, grazie al cielo. Ho pensato al peggio. Di cosa si tratta?»

«Solo alcune domande di routine riguardo a una questione su cui stiamo indagando.»

«C'è qualcosa che non va?»

«Come ho detto, si tratta solo di alcune domande di routine riguardo a una questione su cui stiamo indagando.»

«Oh. Va bene allora, entrate, vado a chiamarvelo.»

Barnes seguì la madre di Peyton e Kay in un ampio soggiorno con due grandi divani a tre posti disposti a L di fronte a un televisore. Alle pareti erano appese delle foto di famiglia stampate su tela che ritraevano Liam e sua sorella in varie fasi della loro vita, le più carine erano quelle di quando erano piccoli.

Si avvicinò a una foto della coppia alla laurea e inarcò un sopracciglio. «Gemelli.»

«È più grande di me di due minuti,» disse una voce dietro di lei.

Si girò e vide Liam sulla soglia, con il volto pensieroso. «E scommetto che non perde occasione per fartelo notare.»

«Non ha tutti i torti.» Liam si passò una mano tra i capelli lunghi fino alle spalle, schiariti dal sole, poi si sfilò un elastico dal polso e se li legò in una coda bassa. Indossava una maglietta blu sgualcita con un noto logo sportivo sopra dei jeans neri e sembrava essersi appena svegliato. «Mamma ha detto che dovevate parlarmi. Riguardo a cosa?»

«Dean Spencer,» disse Barnes. «Vuole sedersi?»

«Questa storia non mi piace,» disse Liam, lasciandosi cadere sul divano più vicino e alzando lo sguardo con gli occhi sgranati. «Cosa sta succedendo?»

«Mi dispiace,» Kay si avvicinò, la voce addolorata. «Ma dobbiamo dirle che Dean è stato aggredito e ucciso sei giorni fa. Abbiamo avvisato i suoi genitori e stiamo cercando di scoprire chi gli ha fatto questo.»

«Porca puttana.» Liam si appoggiò allo schienale e si coprì il viso con le mani per un momento. «Merda.»

«Vuole che vada a chiamare sua madre?» chiese Barnes.

«No, va bene così.» Il giovane lasciò cadere le mani in grembo, con il viso afflitto. «Charlotte è in viaggio in Vietnam in questo momento, e mamma è già in pensiero per lei, anche se ci manda messaggi a giorni alterni per dirci cosa sta facendo. Una notizia del genere non farebbe che peggiorare le cose.»

«Ci dica se cambia idea.»

«Cosa è successo?»

«Stiamo cercando di ricostruirlo in questo momento,» disse Barnes. «Quando è stata l'ultima volta che ha visto Dean?»

«Mercoledì, la settimana scorsa. Giochiamo a calcetto in quel club a Tovil. Io non sopporto andare in palestra, e Dean è... era... piuttosto bravo, quindi era una nostra abitudine.» Si interruppe, con lo sguardo perso sulle fotografie appese al muro. «Mi chiedevo dove fosse finito questa settimana.»

«Non lo ha chiamato?»

«Ci ho provato... è partita subito la segreteria telefonica, così ho pensato che fosse troppo impegnato con il lavoro e che l'avrei visto l'indomani al pub. C'è una partita in TV che avevamo intenzione di guardare insieme. Merda.»

«Quest'estate ha visitato un'azienda agricola produttrice di luppolo con lui e Dominic Bridger» disse Barnes. «Ci sono stati problemi?»

Liam si accigliò. «L'azienda agricola? Perché è importante?»

«È dove è stato trovato. Stiamo cercando di capire il perché. Ci risulta che durante la visita guidata le cose siano un po' sfuggite di mano.»

«È colpa di quel maledetto di Dominic, ecco cos'è successo.» Liam scosse la testa, mentre un sorriso triste gli attraversava il volto. «Dean gli aveva detto di non bere shottini al pub dove il minivan è venuto a prenderci prima del tour, ma non ha voluto ascoltare. Dom è solo uno sfacciato, tutto qui, ma ovviamente la cosa non è stata presa bene. Dean, però, si è scusato con il tizio che guidava il tour e anche con la donna che si era occupata delle pratiche all'inizio. Crede che qualcuno di quel posto l'abbia ucciso?»

«Al momento stiamo seguendo diverse piste.»

«Liam, questa è una domanda di rito che dobbiamo farle» disse Kay. «Dov'era domenica pomeriggio fino alle quattro del mattino seguente?»

«Ero qui, mi stavo solo rilassando e guardando alcuni film che avevo scaricato» rispose lui. «Sono uscito verso le sette per andare ai negozi a prendere della birra perché l'avevamo finita, ma a parte quello, nient'altro.»

«Qualcuno può confermare la sua presenza in quel lasso di tempo?» disse Barnes.

Liam si accigliò. «Perché dovrei... oh. Sì, mamma era qui. A un certo punto è stata in videochiamata con Charlotte, e poi la sera sono passate alcune sue amiche per cena e per bere qualcosa. È la loro abitudine da quando sono andate tutte in pensione anticipata, una specie di rivolta contro i vecchi tempi in cui dovevano fare i turni di notte.»

«Cosa faceva sua madre?»

«Era un'infermiera specializzata in riabilitazione cardiovascolare» disse Liam, con una punta d'orgoglio nella voce. «Amava il suo lavoro.»

«E suo padre?»

«È un consulente finanziario. Lavora ancora. Probabilmente lo farà per sempre, anche se solo per poche ore a settimana.»

Barnes guardò Kay, sollevò un sopracciglio e la vide scuotere leggermente la testa in risposta. Si rivolse di nuovo a Liam e gli porse un biglietto da visita.

«Di nuovo, ci dispiace essere i latori di una notizia così terribile. Se le viene in mente qualcosa, qualsiasi cosa, mi chiami a quel numero. C'è anche il mio cellulare.»

«Okay.» Liam prese il biglietto e se lo rigirò tra le dita. «Sapete come è morto Dean?»

«Sì» disse Barnes, poi sospirò. «Ma non condivideremo i dettagli. Non sarebbe giusto nei suoi confronti.»

Lo sguardo di Liam cadde sul biglietto. «Spero che lo troviate, quello che l'ha ucciso.»

«Oh, lo troveremo» disse Kay, dirigendosi verso la porta. «Stia certo che lo troveremo.»

CAPITOLO 31

Gavin controllò l'orologio, poi rivolse la sua attenzione al pub tardo-vittoriano incastonato tra un fiorente negozio di beneficenza e un negozio di casalinghi in disuso.

Questa parte della città era evitata dai turisti, dimenticata dalla gente del posto e frequentata da molti che preferivano tenersi a distanza dal centro più ricco, a meno di non doverci andare per necessità.

Al pub mancavano sia il carattere che il fascino. Un telone blu brillante copriva un'estremità del tetto in ardesia, dove un'impalcatura si aggrappava al lato dell'edificio e un'insegna sbiadita annunciava che era in fase di ristrutturazione. La vernice si scrostava dai davanzali, un tempo bianchi e ora di un grigio sporco, e i vetri delle finestre erano impiastricciati, con una crepa nell'angolo inferiore di uno di essi che sembrava essere stata causata dal lancio di una pietra.

Restando in piedi all'ombra della tenda di una macelleria sul lato opposto della strada, il tanfo della carne cruda e un sentore di fondo di detersivo e candeggina assalirono i sensi di Gavin mentre aspettava pazientemente.

Erano quasi le dodici e aveva intenzione di parlare con Kathryn Garnet prima che l'ora di pranzo entrasse nel vivo. Le porte del pub rimasero ostinatamente chiuse fino a due minuti prima dello scoccare dell'ora, poi notò un movimento e la porta esterna si aprì verso l'interno.

Pochi istanti dopo, una donna sulla quarantina trascinò fuori una lavagna a cavalletto e la incatenò a un lampione. Gavin strizzò gli occhi contro la luce del sole di mezzogiorno e vide che pubblicizzava una serie di sandwich e baguette per pranzo; il pennarello a gesso liquido era sbavato in alcuni punti dove la lavagna era stata spostata avanti e indietro ogni volta.

Aspettò che passasse un autobus a due piani, poi attraversò la strada di corsa e aprì la porta interna del pub.

All'interno era buio, e si fermò sulla soglia per osservare l'arredamento dall'aspetto trasandato. Il pavimento in parquet sembrava abbastanza pulito, ma quando si diresse verso il bancone, sentì le scarpe appiccicarsi alla superficie e fece una smorfia, ricordando alcune delle discoteche che frequentava nella tarda adolescenza e nei primi vent'anni.

Il locale puzzava di birra chiara e scura stantia e il debole spruzzo di prodotti per la pulizia al limone non faceva nulla per mascherare l'odore, mentre la polvere si aggrappava alle spine della birra. Da qualche parte nell'edificio, sentì il fracasso e lo sbattere di pentole e padelle e suppose che la cucina fosse dietro la parete di fondo del bar. A sinistra c'era una porta a battente con un oblò, e le luci erano accese, così attese e osservò per vedere chi sarebbe apparso.

La donna che aveva trascinato fuori la lavagna a cavalletto uscì dalla porta un minuto dopo, con le mani cariche di posate avvolte in tovaglioli rossi e canticchiando a mezza bocca. Sobbalzò visibilmente quando si girò verso il bancone.

«Oh mio Dio, mi ha fatto prendere uno spavento» disse, poi fece una risatina prima di posare le posate in un vassoio di plastica sopra il bancone. «Non ho sentito aprirsi la porta d'ingresso.»

«Mi scusi» disse Gavin, e le mostrò il suo tesserino. «Lei è Kathryn Garnet?»

«Sono io, ma non mi risulta che qualcuno abbia segnalato un problema alla polizia.» Si accigliò. «Reg me l'avrebbe detto se fosse successo un casino, si preoccupa sempre per la nostra sicurezza, che tesoro.»

«Non riguarda questo posto» disse Gavin. «Mi chiedevo se potessi parlarle un attimo di Justin e Cassandra Mallory.»

Lo sguardo di Kathryn saettò verso la porta d'ingresso, poi di nuovo su di lui. «Uhm, non so… potrebbero arrivare clienti da un momento all'altro.»

Gavin si guardò intorno nel locale, osservando la luce fioca e le pareti spoglie, le sedie usurate accanto a tavoli che avevano graffi e scalfitture come cicatrici di guerra, poi si rivolse di nuovo a Kathryn. «Non sembra che si riempirà a breve. E non ci vorrà molto.»

Le sue spalle si afflosciarono. «Va bene. Cosa vuole sapere?»

«Perché se n'è andata? Ho sentito che lavorava lì come guida il tour fino a due anni fa.»

«Non volevo andarmene. Joseph sarà anche stato un vecchio brontolone a volte, ma ce la cavavamo e mi piaceva mostrare il posto ai visitatori. Adoro tutto ciò che ha a che fare con la storia locale, quindi quando Gloria mi ha detto che stavano cercando qualcuno, ho fatto subito domanda.»

«Conosce Gloria da molto tempo?»

«Eravamo a scuola insieme, ma ci siamo perse di vista per qualche anno finché non mi ha vista tra gli amici in comune sui social e mi ha mandato una richiesta. Di questi tempi cerchiamo di vederci almeno una volta al mese per un caffè. Comunque, di cosa si tratta?»

«Gloria non gliel'ha detto?»

Kathryn fece un sorriso rammaricato. «Sarà anche una buona amica, ma è anche leale, quindi no, non me l'ha detto.»

Controllando dietro di sé e vedendo che il pub rimaneva vuoto, Gavin abbassò comunque la voce in modo che non raggiungesse chiunque stesse lavorando in cucina. «Il corpo di un giovane uomo è stato trovato nella coltivazione di luppolo dei Mallory. Stiamo cercando di capire perché.»

«Gesù.» Kathryn si coprì la bocca. «È orribile. Sapete chi è?»

«La sua famiglia è stata informata, sì. Devo chiederle dov'era domenica tra le sei di sera e le quattro del mattino seguente?»

«Qui» disse Kathryn senza esitazione. «Ho fatto

l'ultimo turno, ho chiuso le porte alle dieci e probabilmente mi ci è voluta un'ora per sistemare. Poi sono andata a letto. Sam gestisce la cucina, e io e lui abbiamo l'appartamento di sopra. Un vantaggio del mestiere.»

Gavin sentì la punta di sarcasmo nella sua voce e si chiese in che stato fosse l'appartamento se l'area del bar al piano di sotto era indicativa. «Perché Justin Mallory l'ha licenziata?»

Lei fece spallucce. «Ho avuto l'impressione che volesse cambiare metodo e che, per riuscirci, volesse togliersi di mezzo chiunque fosse legato al modo di fare di suo padre.»

«Ma Gloria è rimasta.»

«Gloria è indispensabile. Non potrebbero mandare avanti quel posto senza di lei. Inoltre, i tour sono stati una sua idea e si occupa lei di tutta l'organizzazione e delle assicurazioni. Non credo che Justin o Cass abbiano il tempo.»

«Come si è sentita a essere mandata in esubero in quel modo?»

«Distrutta» disse Kathryn. «Come le ho detto, adoravo quel lavoro. Chiaramente, c'era più da fare nei mesi estivi, ma d'inverno eravamo comunque impegnate ad aiutare Gloria con le varie attività di marketing e organizzavamo ancora eventi privati, soprattutto a Natale.»

«Un'ultima domanda per ora» disse Gavin. «Ha più parlato con i Mallory da quando se n'è andata?»

«Non ce n'è stato bisogno. Mi hanno liquidata con solo una settimana di preavviso e non mi hanno nemmeno concesso del tempo libero per cercare un nuovo lavoro. Per quanto mi riguardava, è stato un sollievo liberarmene.»

CAPITOLO 32

Laura vide l'auto di Gavin passare sotto la sbarra di sicurezza ed entrare nel parcheggio della centrale di polizia, e uscì dall'ombra dell'edificio mentre lui aggirava gli altri veicoli e si fermava al suo fianco.

«Tempismo perfetto» disse lei, salendo e allacciandosi la cintura. «Io e Kyle siamo tornati qui solo cinque minuti fa».

«Com'è andata?» Il suo collega si immise nel traffico di Palace Avenue e tamburellò con le dita sul volante mentre un autobus a un piano davanti a loro scaricava un fiume di passeggeri sul marciapiede in fondo a Gabriels Hill. «Kyle se l'è cavata bene?»

«Sta bene, nessun problema». Laura orientò le bocchette dell'aria sul cruscotto verso di sé e sventolò il colletto della camicetta finché l'aria fresca non le raggiunse il collo. «Ma Dominic Bridger non ha saputo far luce su chi possa voler uccidere Dean. Spero che Kay e Ian siano stati più fortunati con Liam. E tu?»

Lo ascoltò mentre Gavin le raccontava della sua

conversazione con Kathryn Garnet, poi sospirò. «Deve avere a che fare con i Mallory, no? Cioè, il corpo di Dean è rimasto lì per, cosa, un giorno e mezzo prima che qualcuno lo notasse, e poi ci sono i tralci avvelenati che ha trovato Kay».

«Solo che non riusciamo a trovare un movente. Persino Kathryn sembrava piuttosto stoica riguardo al fatto che Justin l'abbia licenziata quando ha preso in gestione la fattoria».

«E Joseph?» tentò lei. «Lui sembrava amareggiato».

«Sì, ma non ha sollevato da solo il corpo di Dean su quei viticci, no? E perché avvelenare le piante?» Gavin scosse la testa. «Magari non gestisce più la fattoria, ma se l'attività fallisce si ritroverà per strada anche lui, perché i cottage verranno venduti insieme a essa, no?»

Laura sospirò. «Vero. Merda. Non stiamo andando da nessuna parte, vero?»

«Oggi sembra proprio così». Gavin cambiò marcia e accelerò, lasciandosi alle spalle le strade della città.

Aggrappata alla maniglia sopra la portiera del passeggero, Laura cercò di non puntare i piedi sul tappetino a ogni curva e, invece, di fidarsi dell'istinto naturale del suo collega alla guida. Fallì e si lasciò sfuggire un sussulto quando lui schiacciò l'acceleratore in una stretta curva a destra. «Gav, non è una pista, sai».

«Lo so, ma queste sono alcune delle strade migliori della contea». Le lanciò un sorriso prima di alleggerire la pressione sull'acceleratore e assestarsi su un'andatura più tranquilla. «Meglio?»

«Grazie».

«Manco stessi portando a spasso Daisy».

«Molto divertente». Liberò la mano dalla maniglia e frugò nella borsa in cerca del suo taccuino. «Okay, allora, era Mia Gates a studiare viticoltura mentre lavorava part-time per Joseph Mallory. L'ho rintracciata in un vigneto locale e il sito web dice che adesso si occupa di marketing. Hanno vinto parecchi premi, ed è un'azienda a conduzione familiare da oltre vent'anni. Ho controllato online i dati della società e sembra tutto a posto. Oggi Mia non lavora, motivo per cui le parleremo a casa».

«Visto che hai fatto tu le verifiche preliminari, perché non conduci tu l'interrogatorio con Mia? Potrebbe rispondere meglio a te, comunque».

«Vero, va bene». Laura alzò lo sguardo dagli appunti mentre l'auto rallentava e vide il cartello per Bethersden. «La svolta per la sua strada è la seconda qui sulla destra».

Gavin si fermò davanti a una moderna casa bifamiliare con un tetto in ardesia e il piano superiore rivestito di tegole rosse, come le altre proprietà del complesso residenziale ai margini del villaggio.

La parte inferiore della casa era stata intonacata di un color crema pallido e c'erano quattro grosse mezze botti disposte sotto la finestra del soggiorno, contenenti arbusti sempreverdi dai colori vivaci.

Un'ordinata area di ghiaia era adiacente a un vialetto con parcheggio per due auto e, mentre si fermavano, Laura notò una donna sulla trentina sulla porta, in attesa.

«Grazie per la puntualità» disse Mia Gates mentre si avvicinavano. «Devo portare il cane dal veterinario alle tre».

«Spero che stia bene» disse Laura dopo le presentazioni.

«Hugo sta bene, grazie». Mia si fece da parte e li fece accomodare in cucina, dove un terrier bianco West Highland era raggomitolato nella sua cuccia con un collare elisabettiano di plastica e una benda intorno a una delle zampe posteriori. «Si è ferito con del filo spinato durante una passeggiata l'altra settimana e ha avuto bisogno di punti. Meno male che oggi glieli tolgono, perché con quel cono mi sta facendo impazzire».

Gavin si chinò e tese la mano al cane, che la annusò con curiosità e poi scodinzolò. «Sembra che stia benone»

«Sì, meno male, visto che mi è appena costato settecento euro» disse Mia. «Per fortuna che gli voglio bene. Bene, ehm... volete sedervi qui? Scusate il disordine».

Attraversò la stanza verso un tavolo di rovere malconcio con quattro sedie che occupava l'angolo della cucina e spostò di lato alcune riviste sul vino e un'agenda formato A4.

Seduta accanto a Gavin, Laura attese che Mia si sistemasse, poi indicò le riviste. «Ho visto il vigneto dove lavora in un articolo su una di quelle online... è stato tutto merito suo?»

«Sì.» Mia si scostò la frangia dagli occhi con un soffio. «È un lavoro senza sosta, però, cercare di ottenere pubblicità del genere. Ci sono così tanti vigneti nel Regno Unito adesso, specialmente qui nel sud-est. C'è molta concorrenza.»

«E la concorrenza con altri coltivatori, come i produttori di luppolo?»

«È un settore completamente diverso,» disse Mia,

aggrottando la fronte. «E ovviamente siete qui per parlare dei Mallory, quindi cosa volete sapere?»

«Vorremmo saperne di più sulla sua relazione con loro, in particolare con Justin,» disse Laura. «E vorrei capire perché l'ha licenziata quando ha preso in gestione l'azienda agricola da Joseph.»

«Perché poteva farlo.» Mia fece spallucce. «Comunque ero lì solo mentre completavo gli studi, ma il lavoro mi piaceva.»

«La notizia è stata una sorpresa?»

«Suppongo di sì.» L'altra donna parve pensierosa per un momento, con lo sguardo che vagava sulle riviste. «Voglio dire, avevamo tour prenotati per il resto dell'anno e pensavo che io e Kathryn avessimo fatto un buon lavoro nel rappresentare l'azienda. Adoravo il contrasto con il parlare continuamente di vino per il mio master, e andavo d'accordo con tutti gli altri lì.»

«E Joseph?»

Mia abbozzò un piccolo sorriso. «Non era male. Aveva i suoi momenti, ma suppongo fosse sotto forte stress per la gestione del posto, specialmente perché era in perdita finché Gloria non suggerì i tour.»

«Sapeva che aveva intenzione di vendere il terreno a un imprenditore edile?»

Le sopracciglia dell'altra donna schizzarono verso l'alto. «No, davvero?»

Laura rimase in silenzio, osservando le sue parole fare effetto.

Alla fine, Mia sospirò. «Beh, immagino che dopo l'incidente abbia sentito di non potercela fare.»

«Ma perché venderlo, invece di trasferire la proprietà a Justin?»

«Non credo che lui e Justin andassero d'accordo su come dovesse essere gestita l'azienda,» ammise Mia. «E ogni tanto aveva un lato dispettoso.»

«Quando è stata l'ultima volta che ha visto i Mallory?»

«Non vedo Justin o Cassandra dal giorno in cui me ne sono andata due anni fa, ma ho incontrato Joseph qualche mese fa. Stavo facendo il pieno alla mia auto in quel distributore sulla A20 tra Ashford e Charing, e lui era alla cassa a pagare quando sono entrata. Mi ha chiesto cosa stessi facendo, e questo è tutto.»

«Gli ha più parlato da allora?»

«No, perché avrei dovuto?»

«Un'ultima domanda,» disse Laura. «Dov'era domenica notte?»

Mia si accigliò e si appoggiò allo schienale della sedia, scrutando i due detective. «Di cosa si tratta?»

«Potrebbe rispondere alla domanda, per favore?»

«Stavo giocando a squash al club locale. Mi sono fatta male al polso quest'estate, quindi ho appena ricominciato a giocare. Eravamo in quattro, stavamo solo facendo due tiri.»

«Ci servono i loro dati, per favore.»

«Okay, un attimo.» Mia si avvicinò al bancone e tornò con il suo cellulare. Dopo aver letto i recapiti dei suoi tre compagni di squash, lo mise da parte. «I Mallory stanno bene?»

«Perché lo chiede?»

«È solo che con tutte queste domande, mi chiedo se sia successo qualcosa di brutto.»

Laura accennò un sorriso tirato, poi si alzò in piedi e fece cenno a Gavin che l'interrogatorio era finito. «Temo di non poter fare commenti. Facciamo da soli per uscire?»

Una volta fuori, Gavin aspettò che si stessero avvicinando all'auto prima di parlare. «Ho l'impressione che Mia non sia la nostra sospettata.»

«Neanche io,» disse Laura, e sospirò. «Ed era dai Mallory solo per fare un'esperienza diversa... che ovviamente le è servita, visto il successo che sta avendo al vigneto.»

«Aspetta.» Gavin stava fissando il suo cellulare. «Ho tre chiamate perse da Kay.»

Laura tirò fuori il telefono dalla borsa mentre lui chiamava la sala operativa, scoprendo che anche lei aveva ricevuto una serie di chiamate perse e messaggi in segreteria mentre stavano parlando con Mia. Poi sentì la voce di Gavin diventare preoccupata e attese, con il cuore che le martellava nel petto. Quando terminò la chiamata, aveva la mascella contratta. «Che succede?»

«Jonathan Aspley del *Kentish Times* ha scoperto in qualche modo delle ferite della nostra vittima,» sputò fuori. «La notizia è diventata di dominio pubblico e Kay sta cercando di limitare i danni per proteggere i genitori di Dean. Dobbiamo tornare alla centrale, adesso.»

CAPITOLO 33

Kay camminava avanti e indietro sulla moquette accanto alla lavagna bianca, la mascella serrata, mentre digitava un altro messaggio all'Ispettore capo investigativo Devon Sharp e si chiedeva chi, nella squadra investigativa, l'avesse tradita.

Nella sala operativa l'atmosfera era sommessa; era rimasto solo il personale ridotto dopo che gli agenti di turno se n'erano andati, e quelli che c'erano si tenevano a debita distanza mentre lei dava ordini e si teneva in contatto con il quartier generale. Debbie le si avvicinò con una tazza di caffè fumante che lei accettò con gratitudine e le rivolse uno sguardo rassicurante.

«Ne abbiamo passate di peggio, capo» disse, abbassando la voce perché gli altri non la sentissero. «E la fuga di notizie potrebbe non provenire dall'interno della squadra. Per questo caso abbiamo dovuto affidare molti test di laboratorio a esterni, e uno di loro potrebbe aver detto qualcosa che non doveva.»

«Mmh. Vedremo.» Kay posò la tazza su una scrivania

accanto alla lavagna bianca e osservò gli appunti che ne coprivano la superficie. «Per ora, voglio contenere la cosa prima che diventi di dominio nazionale. È stato un weekend povero di notizie e vorrei assicurarmi di non essere noi a rompere il silenzio. Debbie, potresti aggiornare i turni di domani nel caso ci servisse qualche persona in più a rispondere al telefono? Se non riesco a rallentare questa cosa, verremo bombardati di chiamate dai giornalisti, e non voglio che intasino le linee nel caso qualcuno stia cercando di farci avere informazioni urgenti.»

«Certo, capo.»

«E grazie per il caffè.»

«Nessun problema.»

Kay si rivolse al suo sergente detective. «Ian, potresti dare un'occhiata alla lista degli incarichi compiti per domani e vedere chi è disponibile nel caso dovessimo mandare una pattuglia alla fattoria dei Mallory per tenere lontani i giornalisti? La strada lì è stretta e non voglio che causino incidenti.»

«D'accordo. E per i genitori di Dean?»

«Chiamo Aaron adesso. Ho un'idea.» Compose il numero di cellulare dell'agente in uniforme, che rispose al secondo squillo. «Hai saputo?»

«Harry mi ha avvisato un quarto d'ora fa, capo. Cosa devo fare?»

Un po' di tensione abbandonò le spalle di Kay mentre ascoltava la voce calma di Aaron, e si rese conto che Debbie aveva ragione: nessuno della sua squadra l'avrebbe mai tradita contattando la stampa. Tenevano troppo al coinvolgimento della famiglia.

«Si è già presentato qualche giornalista lì?»

«Aspley è stato qui un'ora fa.»

«Cos'è successo?»

«Sembrava sorpreso quando ho aperto la porta io invece di Maggie o Rowan, poi ha chiesto se potesse parlare con loro. Gli ho detto che non poteva e che tutte le richieste dei media erano gestite dal quartier generale. Ha detto che sapeva che Dean era stato torturato prima di essere ucciso e che non abbiamo sospetti.»

«Gli ha chiesto chi era la sua fonte?»

«Si è rifiutato di rispondere a questa domanda, capo.»

«Gli Spencer hanno sentito qualcosa?»

«No, gli ho parlato sulla soglia. Non ci sono stati altri tentativi di parlare con loro, non si è presentato nessun altro e, su loro richiesta, ho risposto io a tutte le chiamate che arrivavano ai loro telefoni, per sicurezza.»

«Grazie, Aaron, ottimo lavoro. Non credo che rimarrà così a lungo, però. Puoi chiedere loro se hanno amici o un parente da cui possono stare finché non risolviamo questa situazione?»

«Un attimo.»

Sentì delle voci sommesse in sottofondo e, qualche minuto dopo, Aaron tornò al telefono.

«Capo, Maggie dice che possono andare a stare da suo fratello. Vive fuori Ashford, quindi abbastanza vicino perché io possa rimanere come agente di collegamento, e abbastanza lontano da qui da mettere un po' di distanza tra loro e Aspley.»

«D'accordo.» Kay osservò i colori del tramonto che gettavano un bagliore sulla città oltre le finestre. «Non voglio correre il rischio che vengano seguiti dai giornalisti,

Aaron. Ho bisogno che si spostino stanotte. Puoi organizzarlo?»

«Nessun problema, capo. Oh, un momento... Maggie vorrebbe parlarle.»

«Ispettrice Hunter?» La madre di Dean sembrava ansiosa.

«Sono qui. Mi dispiace molto per l'intrusione. Quel giornalista non avrebbe mai dovuto provare a contattarvi in quel modo.»

«Non è colpa sua. Aaron ci ha appena spiegato che vuole che andiamo a casa di mio fratello stanotte.»

«Probabilmente è la cosa migliore.»

«Capisco, è solo che... l'altro giorno ho dimenticato di chiederglielo. Ci sono delle foto nell'appartamento di Dean che non vorrei assolutamente perdere. Mi chiedevo se potesse recuperarle per me.»

Kay controllò l'orologio. «Lasci fare a me, Maggie. Non riuscirò ad andarci stanotte, ma le recupererò domani. Potrebbe chiedere ad Aaron di mandarmi un messaggio con i dettagli di quelle che vuole?»

«Lo farò, grazie. Ecco a lei.»

«Ok, capo. Allora vado» disse Aaron. «Faccio due parole con un paio di colleghi della stradale per vedere se passano di qua stanotte e chiedo loro di aiutarci a portare Maggie e Rowan ad Ashford nel caso ci sia qualcuno che sorveglia la casa. Credo che usare la loro auto o un taxi sia troppo rischioso.»

«Sono d'accordo, e grazie. Mandami la lista delle foto e ci aggiorniamo domattina». Mentre Kay terminava la chiamata, vide un altro nome familiare apparire sullo schermo del telefono che prese a vibrare. «Capo?»

«È stato quel maledetto laboratorio,» sbottò Sharp a mo' di saluto. «Una delle loro collaboratrici freelance».

«Perfetto, semplicemente perfetto. C'era di mezzo una mazzetta?»

«No, solo chiacchiere di troppo dopo qualche bicchiere di vino, ieri sera, fuori con le amiche. Non lavorerà più da queste parti, stia certa. Harriet è su tutte le furie».

«Lo immagino».

«Nel frattempo, Kay, devo avvertirla: il questore comincia a chiedere perché non abbiamo ancora nessuno in custodia. Si aspetti una richiesta di revisione la settimana prossima se la sua squadra non ottiene presto una svolta».

«Merda». Kay si voltò al rumore della porta della sala operativa che si apriva e vide entrare Gavin e Laura. Poi scorse Kyle in piedi accanto alla sua scrivania, un telefono in ogni mano, mentre coordinava il laboratorio: e il consulente legale della squadra per redigere un comunicato stampa congiunto. «Stiamo facendo del nostro meglio, capo».

«Lo so,» disse Sharp, con tono tutt'altro che scortese. «Ma questa volta potrebbe non bastare».

CAPITOLO 34

La stradina era buia, illuminata solo da un lampione occasionale su una curva della stretta via che si snodava tra le strade più antiche di Bearsted, allontanandosi dal pub sul prato comune del villaggio.

Kay affondò il mento nel colletto del suo pile mentre seguiva Adam e la sua ultima paziente, una labrador marrone di nome Poppy che si stava riprendendo da un'operazione all'anca. Il loro passo era lento, ma costante e lei si godeva la quiete, interrotta solo di tanto in tanto da un'auto di passaggio. Lanciò uno sguardo alle case che superavano, alcune con spiragli di luce che filtravano dalle tende tirate, da cui poteva intravedere sprazzi di colore dei televisori che illuminavano le stanze.

Non faceva ancora abbastanza freddo da vedere il proprio respiro, ma l'aria era fresca e preannunciava l'arrivo di un clima più rigido e da uno o due dei comignoli delle case più grandi sbuffava fumo di legna nel cielo notturno, il cui dolce aroma ricordò a Kay i weekend trascorsi da bambina a casa dei nonni.

«Sei silenziosa là dietro» disse Adam voltandosi. «Tutto bene?»

«Non proprio» ammise lei. «Credo di essere ancora sotto shock per la fuga di notizie. È raro che succeda, ma quando capita... vorrei tanto che questa gente si fermasse a pensare alle famiglie che colpisce, invece di cercare solo un modo per attaccarci. È dannatamente egoista, e le ore che abbiamo perso a gestire questa crisi invece di cercare i suoi assassini...»

La stradina si allargò mentre curvava verso la strada principale e lei gli si affiancò, poi sospirò. «Basta parlare di me, come sta Poppy?»

«Molto bene, a dire il vero.» Adam abbassò lo sguardo sulla cagnolina, che si era fermata ad annusare una siepe di ligustro. «Non male per una vecchietta.»

«Come stanno i suoi padroni?»

«Più tranquilli da quando Poppy è uscita dalla sala di rianimazione ed è in via di guarigione. Un membro del personale della loro residenza per anziani li ha aiutati a configurare un collegamento video con il suo box, così hanno potuto vederla dopo l'operazione, e dopo la nostra passeggiata manderò loro un piccolo video che ho appena girato per mostrargli come cammina bene adesso.» Sorrise quando Poppy decise di lasciar perdere la siepe e si avviò più avanti, con il guinzaglio che si tendeva e il suo naso si sollevava in aria. «Data la sua età, sono davvero contento, e posso già dire che le ha dato una nuova prospettiva di vita.»

«Meno male che l'assicurazione ha accettato di pagare» disse Kay. «Per quanto tempo resterà da noi?»

«Ancora una settimana, più o meno, credo. I suoi

padroni hanno già abbastanza problemi di salute di cui occuparsi al momento, quindi la sua convalescenza è una cosa in meno di cui devono preoccuparsi. Comunque, domani andrò a trovarli con lei» disse Adam. «Niente come le coccole e gli abbracci per mantenere in salute tutti e tre.»

Kay allungò una mano e gli strinse la sua. «Ed è per questo che ti amo così tanto.»

Lui la guardò e sorrise. «E io che pensavo fosse per la mia abilità nel preparare le lasagne.»

«Anche per quello.» Lei gemette quando il suo cellulare squillò e Poppy si voltò a guardarla con un'occhiataccia di rimprovero. Vedendo il nome sullo schermo, lasciò che Adam proseguisse prima di rispondere. «Harriet.»

«Prima di tutto, lascia che ti dica che non so come scusarmi, Kay. Lavoro con quel laboratorio da anni e non ho mai avuto una fuga di notizie del genere. Anche Jonathan Aspley dovrebbe avere più buonsenso. Pensavo avesse più integrità.»

«Anch'io, e non è colpa tua, Harriet. Grazie, comunque. Purtroppo, per come le cose vengono appaltate a terzi di questi tempi, non possiamo controllare cosa la gente fa con le informazioni che le diamo, anche se abbiamo procedure in atto per la catena di custodia delle prove.»

«Anche così...» Harriet si interruppe e sospirò. «Temo di avere altre cattive notizie per te. Ho pensato che avresti preferito saperlo da me adesso piuttosto che leggerlo in un'e-mail domani al lavoro.»

Kay si bloccò sul posto e osservò Adam e Poppy

passeggiare verso l'incrocio e attenderla all'angolo. «Di che si tratta?»

«Il campione di sangue che abbiamo prelevato sulla recinzione di filo spinato tra il campo di grano e le piantagioni di luppolo dei Mallory non corrisponde a quello di Dean.»

«Quindi forse è di uno dei suoi assassini.»

«Forse, ma l'abbiamo controllato nel sistema e non risulta nulla.»

«Quindi chiunque l'abbia ucciso non è mai stato arrestato prima d'ora.»

«Esatto. Come ho detto, mi spiace portarti altre cattive notizie, ma almeno è una cosa in più che puoi depennare dalla tua lista.»

«Grazie per aver trovato il tempo di telefonare. Stai tornando a casa adesso?»

«Non appena ti avrò spedito questa documentazione. Ci sentiamo lunedì se avrò altri aggiornamenti da darti.»

«Grazie. 'Notte.»

Terminata la chiamata, Kay si affrettò a raggiungere Adam e la cagnolina, mettendosi al loro fianco mentre tornavano verso Bearsted.

«Cattive notizie?» chiese Adam, prendendole di nuovo la mano.

«Notizie frustranti» disse Kay, con lo sguardo rivolto verso terra mentre camminava. «E ora sono davvero alle corde con questa indagine.»

CAPITOLO 35

Gavin fissava il soffitto di stucco mentre una luce pallida iniziava a farsi strada attraverso una fessura nelle tende della camera da letto, all'avvicinarsi del mattino.

Una leggera brezza entrava dalla finestra aperta e sentì il cinguettio di un merlo, seguito subito dopo da un richiamo di risposta più in là lungo la strada. Oltre la fine della via, poteva sentire il rombo sommesso e occasionale del motore di un furgone per le consegne mattutine diretto verso il centro della città, ma nient'altro.

Sospirò, poi allungò una mano verso il comodino e toccò lo schermo del telefono per leggere l'ora. «Merda».

Mancavano ancora quattro ore prima che dovesse presentarsi in sala operativa e sapeva che avrebbe avuto bisogno di dormire, ma le preoccupazioni gli tormentavano i pensieri e disturbavano i suoi sogni.

Nessuna indagine gestita da Kay era mai stata sottoposta a una revisione, e lui sapeva che era perché lei e la sua affiatata squadra di detective lavoravano instancabilmente per assicurarsi di non tralasciare nulla.

Tranne questa volta.

Gavin si voltò verso lo spazio vuoto accanto a sé nel letto e sorrise. Leanne sarebbe tornata presto a casa dal suo turno con la Squadra di Ricerca e Soccorso dei Vigili del Fuoco del Kent e, visto il suo carico di lavoro, sapeva che probabilmente non aveva mangiato per gran parte della notte. I loro turni erano il motivo per cui a volte non si vedevano per giorni, quindi scostò le lenzuola e si diresse verso la doccia, desideroso di passare un po' di tempo con lei prima che crollasse dal sonno.

Sentì la sua chiave nella porta d'ingresso mentre si stava asciugando i capelli con un asciugamano e si avvicinò in cima alle scale. «Buongiorno, amore. Tutto bene?»

«Ugh. È stata una notte tranquilla, per fortuna, ma mio Dio, questo rende il turno così lungo», gridò Leanne, poi apparve in fondo alle scale e gli sorrise. «Beh, ciao.»

«Stavo pensando di preparare una colazione completa per entrambi prima di andare. Fame?»

«Da morire.»

«Dammi cinque minuti.»

«Metto su il caffè.»

L'aroma di chicchi appena tostati accolse Gavin quando entrò in cucina pochi minuti dopo e Leanne stava tirando fuori dal frigorifero una scatola di uova, pancetta e salsicce.

«Ecco, siediti», disse lui, prendendogliele dalle mani. «Sei stata in piedi tutta la notte.»

Lei lo baciò, poi si lasciò cadere su una delle sedie a un tavolino apparecchiato per due. «E tu sei già in piedi.»

«Non riuscivo a dormire», disse lui, mentre iniziava a

friggere le salsicce. «Qualcuno ha passato alla stampa informazioni sulla nostra indagine, non abbiamo sospetti e il quartier generale minaccia di mandarci un altro ispettore a supervisionarci.»

«Merda, mi dispiace.»

Gavin si diede da fare a preparare il cibo mentre la sua ragazza si aggiornava sui social, poi portò due piatti colmi sul tavolo e sorrise. «Forza, mangia.»

Leanne bevve un sorso di caffè, poi si fiondò sulle salsicce. «Questa è stata un'ottima idea, grazie. Allora, qual è la tua prossima mossa?»

«Cosa intendi?»

«Non hai dormito, e hai quello sguardo determinato che ho già visto. A cosa stai pensando?»

Lui ridacchiò mentre intingeva la pancetta in un tuorlo d'uovo rotto. «Pensavo che probabilmente abbiamo due, forse tre giorni prima che il Commissario capo possa assegnare un ispettore per revisionare l'indagine. Oggi non farà nulla, quindi parto in vantaggio.»

«E non hai niente da perdere.»

«Esatto». Agitò una forchettata di salsiccia verso di lei mentre parlava. «Quindi tornerò al punto di partenza. Iniziando dalla fattoria dove è stata trovata la nostra vittima, per poi procedere da lì.»

«Quante dichiarazioni dovrai rileggere da capo?» disse Leanne, con gli occhi sgranati.

Gavin sorrise. «Non leggerò le dichiarazioni. Parlerò con le persone.»

***

Trevor Leavitt viveva nell'ultima villetta di una schiera di case in mattoni grigi a cinque chilometri dalla fattoria e aggrottò la fronte quando aprì la porta di casa e vide Gavin sulla soglia.

«Cosa vuole?» ringhiò il direttore della fattoria. «Sono le maledette cinque e mezza di domenica mattina. Ci dovranno pur essere delle regole in merito.»

«Ci sono, ma stiamo indagando su un omicidio». Gavin mostrò il suo tesserino. «Non credo che ci siamo già presentati.»

«Devo essere dai Mallory tra un'ora.»

«Me ne sono reso conto, ed è per questo che sono qui presto. Sarò breve. La settimana scorsa ha parlato con la mia Ispettrice, Kay Hunter.»

«Sì, e ho anche già rilasciato una dichiarazione a uno dei vostri sbirri. Una ragazzina in divisa. Bionda». Trevor si accigliò. «Allora, cosa vuole adesso?»

«Posso entrare?»

«Sto facendo colazione.»

«Può parlare e mangiare, no?»

«Cristo santo.» Trevor si girò e si avviò lungo il corridoio, scomparendo alla vista. «Chiuda la porta dietro di sé, così non entrano le mosche. Ieri hanno sparso il letame nel campo qui di fronte.»

Gavin entrò e, dopo aver chiuso la porta, superò una fila di cappotti e giacche appesi a un gancio sopra un cumulo disordinato di scarpe e stivali da lavoro. Alla sua destra c'era una scala stretta e da qualche parte al piano di sopra sentì la risatina di un bambino. Seguì Trevor in una cucina tetra che si affacciava su un giardino non curato, a ridosso di un campo arato di fresco. La porta del giardino era ben chiusa, così come la finestra sopra il lavello, e si fermò accanto a un forno con i fornelli macchiati di grasso, mentre Trevor, appoggiato al lavandino, si ingozzava con gli ultimi resti di una ciotola di cereali.

«Allora, cosa voleva?» chiese l'uomo. «E parli a voce bassa... se sveglia i bambini, mia moglie mi farà una testa così.»

«Ha già ricevuto i risultati del laboratorio riguardo ai tralci che sono stati avvelenati?»

Trevor deglutì, poi mise la ciotola nel lavello e la riempì d'acqua. «No. Volevo sollecitarli venerdì, ma siamo indietro di quattro giorni con il raccolto e quella era la priorità. Badi bene, potrebbe non essere avvelenamento... potrebbero essere solo afidi o qualcosa del genere.»

Gavin attese che l'uomo si girasse di nuovo verso di lui. «Da quanto tempo lavora nel settore, signor Leavitt?»

«Da circa quindici anni.»

«E cosa faceva nell'esercito, prima di allora?»

Trevor inarcò un sopracciglio. «Come...?»

«Ce l'ha detto Justin.»

«Non che siano affari suoi, ma partecipavo a missioni di ricognizione all'estero.» Trevor incrociò le braccia sul petto. «E questo è tutto quello che sono disposto a dirle. Legge sui Segreto di Stato e tutto il resto.»

«Nessun problema. Chi ha denunciato l'avvelenamento?»

«Non è necessariamente... lasci stare. Io. Percorro i filari due o tre volte a settimana, come fa anche Justin. Quando ho visto cos'era successo, sono tornato alla fattoria, ho preso il mio kit per l'analisi del terreno e ho prelevato alcuni campioni. Sono stati spediti al laboratorio il giorno stesso.»

«Quale laboratorio?» chiese Gavin, poi annotò i dettagli che l'altro uomo gli fornì. «Nei suoi quindici anni nel settore del luppolo, ha mai visto dei tralci in quello stato prima?»

«Una o due volte.»

«E in quei casi, cosa aveva causato il danno?»

«Non lo so.» Trevor si strinse nelle spalle. «All'epoca ero nuovo del settore e lavoravo per qualcun altro. Potevano essere insetti, o un terreno povero. L'agricoltura non è una scienza esatta, detective Piper.»

Gavin tirò fuori di tasca una copia della fotografia di Dean Spencer e la girò per mostrarla all'altro uomo. «Lo riconosce?»

«No, l'ho già detto al poliziotto che mi ha interrogato martedì e l'ho ripetuto al suo capo quando mi ha mostrato quella foto giovedì» disse Trevor. «E non ho la più pallida idea del perché sia stato ucciso alla fattoria.»

«Gloria ci ha informato che Dean faceva parte di un gruppo di quattro uomini che ha visitato l'azienda agricola per uno dei tour della piantagione di luppolo durante l'estate. Un tour che ha guidato lei, signor Leavitt.»

«Io faccio da guida a un sacco di gente. Le ha anche detto quanti visitatori abbiamo avuto in azienda quest'estate? Non posso ricordarmi di tutti.»

«A quanto pare, lui e i suoi amici si sono fatti notare perché si sono presentati ubriachi» disse Gavin. «Anzi, Gloria ha detto che erano così molesti che Dean ha sentito il bisogno di scusarsi per il loro comportamento una volta finito il tour.»

Trevor alzò le mani. «Ne vediamo di tutti i colori. Come ho detto, non me lo ricordo.»

«Dov'era domenica scorsa, signor Leavitt, tra le sei di sera e le quattro del mattino seguente?»

«Come, scusi?»

«Risponda alla domanda, per favore.»

«Ero fuori, con mia moglie e i bambini. Li abbiamo portati in piscina e poi siamo andati a mangiare una pizza. Siamo tornati verso le sette e siamo rimasti a casa per il resto della serata.»

«E sua moglie le fornirà un alibi?»

Trevor si acciglò. «Certo che lo farà.»

«È qui?»

«Fa l'infermiera. È al lavoro da mezzanotte e non tornerà prima di qualche ora.»

«Ha qualche problema con Justin e Cassandra Mallory?»

«Del tipo?»

«Qualunque cosa. Qualche problema a lavorare per loro di cui dovrei essere a conoscenza?»

«No.»

«Cosa ne pensa della richiesta di risarcimento per lesioni personali di Roland Hammerton?»

«Penso che stia esagerando» disse Trevor con un sorrisetto. «Quell'uomo non la spunterà, si è dato la zappa sui piedi. Con una reputazione del genere non troverà mai più lavoro nei campi da queste parti.»

«E per quanto riguarda Joseph Mallory?»

«Cosa c'entra lui?»

«Mi risulta che avesse la reputazione di essere un tipo

difficile quando gestiva la fattoria. Ha avuto problemi a lavorare con lui?»

«Che io ricordi, no.»

Gavin chiuse di scatto il taccuino e gli porse un biglietto da visita. «Chieda a sua moglie di chiamarmi quando rientra, per favore, signor Leavitt. E tenga presente che verificherò le sue dichiarazioni con il centro ricreativo e la pizzeria.»

«Faccia pure» ghignò Trevor. «L'accompagno alla porta.»

Gavin precedette l'altro uomo e, mentre passava, diede un'occhiata alle fotografie incorniciate sulla parete del corridoio. C'era una selezione di immagini che mostravano la crescita dei due figli, due foto dei tempi in cui Trevor era nell'esercito, una di lui in uniforme durante una cerimonia e un'altra in cui posava in tenuta mimetica accanto a un collega, in una giungla da qualche parte, e infine una di lui e sua moglie durante un anniversario.

Arrivato alla porta d'ingresso, il suo sguardo cadde sulle giacche appese agli attaccapanni e si accigliò, fermandosi un istante prima di afferrare la maniglia.

«Grazie per il suo tempo, signor Leavitt» disse. «Non dimentichi di farmi chiamare da sua moglie.»

«Le sto dicendo la verità, detective» disse Trevor, abbassando la voce. «E lei mi darà manforte.»

Gavin non disse nulla, e invece si affrettò a tornare alla sua auto, con il cuore che batteva all'impazzata.

Trevor Leavitt stava mentendo, e lui aveva appena trovato il modo di dimostrarlo.

CAPITOLO 36

Kay teneva una pila di cartelline di cartoncino sotto il braccio e un bicchiere di caffè da asporto in mano, mentre attraversava a grandi passi il parcheggio della centrale di polizia in direzione della porta sul retro.

C'era un'aria frizzante, i meteorologi prevedevano pioggia per la settimana a venire, e lei rabbrividì quando una folata di vento le scompigliò i capelli e le sollevò la giacca.

Un agente in uniforme stava finendo di fumare quando Kay si avvicinò; la spense, passò il tesserino di sicurezza sulla serratura e le tenne aperta la porta. «Giorno, capo».

«Grazie. Mi stavo giusto chiedendo come avrei fatto con tutta questa roba in mano».

«Ci sono novità, capo?» chiese il giovane agente, con gli occhi pieni di speranza.

«Non ancora». Kay si sforzò di sorridere. «Ma non sono famosa per arrendermi facilmente».

«Ci contiamo, capo. Buona giornata».

«Faccia un buon turno. E grazie ancora».

Lo lasciò dirigersi verso la stanza di custodia e salì le scale verso la sala operativa. Mentre superava il primo pianerottolo, scorse una figura familiare in cima alle scale. «Kyle, mi tiene la porta, per favore?»

Il detective aggrottò la fronte quando lei lo raggiunse. «Si è portata a casa tutto quel materiale ieri sera, capo?»

«Era l'unico modo per finire i rapporti di questo mese in tempo».

«A che ora è andata via?» le chiese, seguendola oltre la porta e lungo il corridoio.

«Le otto e mezza».

«E scommetto che è stato solo perché Adam l'ha chiamata per dirle che stava impiattando la cena».

Lei sogghignò. «Ha fatto le lasagne. Non potevo dire di no, vero?»

Kyle alzò gli occhi al cielo in risposta. «Se qualcuno di noi lavorasse tanto quanto lei, capo, ci farebbe una ramanzina».

«Lo so, ma in definitiva Dean è una mia responsabilità. Qualche giorno di straordinari non mi farà male».

Non sembrava convinto, ma ebbe il buongusto di rimanere in silenzio mentre entravano nella sala operativa.

Kay appoggiò le cartelline sulla scrivania di Debbie, in modo che l'addetta ai reperti potesse registrarle all'inizio del suo turno, poi si voltò per raggiungere le scrivanie dei detective.

«Capo».

«Oh». Fece un salto indietro, finendo dritta contro Gavin e rovesciandosi il caffè tiepido sulla mano. «Mi ha fatto prendere un colpo».

«Mi scusi». I suoi occhi si spalancarono. «Scottava?»

«Non molto. Va tutto bene». Kay si acciglò. «Quando è arrivato?»

«Circa un'ora fa».

Lei guardò l'orologio. «Sono appena passate le sette e mezza».

«Non riuscivo a dormire». Vide l'espressione di lei e alzò le mani mentre tornava alla sua sedia e si sedeva. «Va tutto bene. Mi è venuta un'idea, tutto qui, e ho pensato che tanto valesse iniziare per vedere se ero sulla pista giusta, e poi ho saputo di Trevor, e stavo per andare a parlare con alcuni degli altri braccianti per vedere cosa sapevano, ma ho pensato di passare prima di qua per poterla aggiornare».

Kay adocchiò la lattina di energy drink sulla sua scrivania e inarcò un sopracciglio. «Ne ha bevute parecchie, vero?»

«Cosa? No, è solo che... beh, sì, ne ho bevute due. E un paio di caffè. Ma stamattina sono andato a parlare con Trevor Leavitt. A casa sua, prima che andasse alla fattoria».

«Accidenti. A che ora?»

«Ehm, alle cinque e mezza, ma non è stato un problema perché Leanne era appena tornata dal lavoro e sapevo che dovevo arrivare da Trevor prima che uscisse, perché non volevo parlargli in presenza di Justin Mallory o degli altri».

«Capisco...».

«E sono arrivato proprio mentre stava facendo colazione».

«Okay». Kay incrociò le braccia sul petto e si appoggiò alla scrivania di Laura. «Allora, cosa ha motivato questa visita?»

«Dunque, prima di tutto, ci sono andato perché stavo rileggendo gli appunti di Ian su quando lei ha parlato con Trevor e Justin giovedì e mi è sembrato che entrambi stessero eludendo le sue domande sul luppolo che ha trovato e che sembrava essere stato avvelenato. Dissero…» disse, prima di consultare i suoi appunti, «…che stavano "facendo delle verifiche"».

«E siccome Cassandra ci ha interrotti per parlarci della richiesta di risarcimento per lesioni personali di Roland Hammerton, non abbiamo avuto modo di approfondire», disse Kay. «Va bene. Quindi è andato a parlare con Trevor. Cos'è che la rende così euforico? A parte il sovraccarico di zuccheri, s'intende».

«Si ricorda il bottone che la squadra di Harriet ha trovato nella piantagione di luppolo dove è stato ucciso Dean? C'è una giacca appesa a un attaccapanni nell'ingresso di Trevor con dei bottoni identici.» Gavin fece un gran sorriso. «E ne manca uno.»

Il cuore di Kay sobbalzò. «Davvero?»

«Non potevo dare un'occhiata più da vicino senza che mi vedesse, ma i bottoni hanno un design molto particolare. La giacca è vecchia, una specie di parka a tre quarti, blu scuro... perfetta da indossare di notte se non si vuole essere visti.»

«Accidenti, Gavin.» Kay si guardò dietro e vide Kyle emergere dal piccolo angolo cottura a lato della sala operativa. «Kyle, ha appena trovato la nostra svolta.»

Il giovane detective si avvicinò in fretta. «Chi?»

«Trevor Leavitt» disse Gavin. Si girò sulla sedia verso lo schermo del computer, spostò la lattina di energy drink e mosse il mouse per riattivarlo prima di puntare l'indice verso le finestre aperte sul desktop. «Spero non sia un problema, capo, ma sapevo che per lei il tempo era essenziale, perciò ho mandato un'e-mail all'Ispettore capo investigativo Sharp e gli ho chiesto se avesse qualche vecchio contatto nell'esercito che potesse aiutarci a scoprire cosa facesse esattamente Leavitt quando era arruolato. Trevor mi ha detto che lavorava nella ricognizione, ma non ha voluto aggiungere altro, appellandosi alla Legge sui Segreti di Stato.»

Le spalle di Kay si rilassarono un po' mentre l'agente parlava, sentendo in lui lo stesso entusiasmo che l'aveva spinta per tutti quegli anni, e contenta di lasciarlo crogiolare nel suo successo. «E i precedenti? C'è qualcosa?»

«No, Leavitt è pulito, capo. E ho appena parlato con sua moglie, la quale conferma la sua versione secondo cui domenica scorsa sono stati fuori con i figli fino alle sette, e ha detto che sono rimasti tutti a casa per il resto della serata. Ha detto che lui è uscito per andare al lavoro alle sei, come al solito, la mattina dopo.» Gavin si voltò di nuovo verso di lei. «Chiederò le immagini delle telecamere di sorveglianza del centro ricreativo dove dicono di essere andati a nuotare domenica pomeriggio, e anche della pizzeria in cui hanno portato i figli. Leavitt ha detto di non avere alcun ricordo di Dean quando ha visitato la fattoria con i suoi amici durante quel tour del luppolo di cui le ha parlato Gloria, e ha detto di non ricordare l'incidente. Ma, in base alla giacca, consiglierei assolutamente di portarlo qui e di farla analizzare subito, per vedere se c'è qualche traccia del sangue di Dean.»

Kyle ridacchiò, poi fece l'occhiolino a Kay, che si trattenne a stento dal sorridere.

«Senti che ti dico, Gavin» disse lei, raccogliendo la lattina dell'energy drink ormai vuota e gettandola nel cestino più vicino. «Prima mettiamo qualcosa nello stomaco per assorbire un po' di quella roba, e *poi* portiamo Trevor qui per interrogarlo. Al momento, il registratore non riuscirebbe a starti dietro, alla velocità con cui parli.»

CAPITOLO 37

Ian Barnes entrò nella sala operativa alle otto meno cinque e trovò Gavin alla sua scrivania che si stava ingozzando con un sandwich con pancetta e uova, con una bottiglia d'acqua aperta accanto alla tastiera.

Accanto, c'era un altro incarto unto appallottolato e l'odore riempiva la stanza, facendogli brontolare lo stomaco nonostante, o forse proprio per, la ciotola di muesli e frutta che aveva mangiato mezz'ora prima.

Sedendosi alla sua scrivania di fronte a quella dell'agente, inarcò un sopracciglio. «Giornata di gambe in palestra?»

«No» disse Kay, avvicinandosi con una pila di ordini del giorno per il briefing in mano e porgendogliene uno. «Qualcuno è su di giri per la caffeina e la fortuna, dopo avere trovato la svolta che stavamo cercando.»

Barnes guardò Gavin. «Davvero? Chi?»

«Trevor Leavitt» disse lui, poi si leccò le dita, se le pulì su un tovagliolo e gettò la spazzatura nel cestino sotto la scrivania prima di spiegare cos'aveva fatto nelle prime ore del mattino.

Quando ebbe finito, Barnes notò che Kay osservava il giovane detective con un leggero sorriso. «Ha fatto molta strada, non è vero? Di questo passo dovremo lasciarlo andare in giro da solo più spesso.»

Lei rise mentre Gavin imprecava bonariamente a bassa voce, poi si fece seria. «Ok, credo che l'effetto della caffeina sia abbastanza diminuito. Pensi che Trevor si sia accorto che hai visto la giacca?»

«No, non credo» rispose Gavin. «Era concentrato sul prepararsi per il lavoro e sull'assicurarsi che i figli non si svegliassero prima che sua moglie tornasse dall'ospedale dove lavora, e io sono stato attento a non avere reazioni davanti a lui. Mentre mangiavo ho anche riflettuto su alcune strategie per l'interrogatorio. Penso che dovremmo mandare una pattuglia a prenderlo e portarlo qui, e al tempo stesso sequestrare la giacca da inserire tra le prove.»

«Non vuoi essere tu ad arrestarlo?» disse Barnes, sorpreso.

Gavin scosse la testa. «Voglio essere io a interrogarlo. Non voglio dargli la possibilità di provare a spiegarmi qualcosa prima, anche se dovesse comprendere i suoi diritti.»

Barnes annuì. «Ha senso.»

«A proposito, Ian» disse Kay, «per quanto voglia essere qui, ho bisogno che sia tu a condurre l'interrogatorio con Gav. Sharp ha telefonato poco prima che arrivassi e mi è stato chiesto di andare a Gravesend. Non posso proprio esimermi: terranno una conferenza stampa alle dieci per parlare dell'omicidio di Dean e ci servirà un po' di tempo per esaminare il piano con l'ufficio stampa. Cos'altro avevi in programma per stamattina?»

«Non ho ancora ricevuto i tabulati telefonici di Dean, dovrebbero arrivare entro la mattinata secondo il suo operatore di telefonia mobile, quindi pensavo di iniziare a esaminare gli appunti di Laura su Joseph Mallory per vedere se ha precedenti di violenza o altro.» Guardò Gavin. «Ma ha più senso aspettare e vedere prima cosa ha da dire Leavitt. Se la teoria di Harriet è corretta, ovvero che ci sono volute tre persone per appendere Dean a quei viticci, allora forse Leavitt farà i loro nomi piuttosto che assumersi tutta la responsabilità.»

«Incrociamo le dita» disse Gavin, controllando l'ora sul telefono. «Sto aspettando che il centro ricreativo apra tra un minuto per richiedere i filmati delle telecamere di sorveglianza, ma sto ancora cercando di rintracciare un numero del manager della pizzeria. Preferirei non dover aspettare che aprano a mezzogiorno per parlare con qualcuno.»

«Aspettare i filmati delle telecamere di sorveglianza non dovrebbe ritardare il tuo interrogatorio con Trevor» lo informò Kay. «Puoi trattenerlo senza accusa fino a trentasei ore se Sharp approva il tempo aggiuntivo, e non penso che avrà problemi a concederlo, se ne avrai bisogno. Se ci servirà più tempo, dovremo avere l'approvazione di un magistrato. Ian, perché non telefoni tu al centro ricreativo mentre Gav organizza l'arresto e si occupa delle riprese del ristorante?»

«Nessun problema» disse Barnes, facendole l'occhiolino. «E se Leavitt dovrà restare in una cella per un paio d'ore mentre noi facciamo tutto questo, avrà tempo per riflettere sul suo futuro, no?»

Dieci minuti dopo, Kay era uscita per la sua riunione al quartier generale e Barnes era seduto alla scrivania, con il telefono all'orecchio, mentre ascoltava il centralino automatico del centro ricreativo e si faceva strada tra le diverse opzioni per raggiungere l'accettazione.

Al terzo tentativo rispose una donna, con voce allegra e amichevole. «Sono Wendy. Come posso aiutarla?»

«Sono il sergente detective Ian Barnes della polizia del Kent» disse. «Vorrei parlare con qualcuno per ottenere i filmati delle vostre telecamere di sorveglianza. Chi è la persona più indicata con cui parlare?»

«Oh.» Sentì le unghie di Wendy ticchettare su una tastiera, e poi: «Sarebbe il nostro responsabile di turno, Harvey Melton. Al momento però sta controllando i livelli di cloro in piscina. Vuole lasciargli un messaggio?»

«Sì, grazie» disse Barnes, alzandosi e prendendo le chiavi della macchina. «Gli faccia sapere che sarò lì tra venti minuti.»

—————

Barnes attese alla sbarra che conduceva al parcheggio del centro ricreativo, tamburellando con le dita sul volante mentre una luce verde accanto al cancello iniziava a lampeggiare, e osservò la telecamera sul montante mentre la sbarra si alzava. Trovò un parcheggio vicino all'ingresso principale del centro ricreativo e si diresse verso le doppie porte a vetri. All'interno si trovò in una reception dotata di un negozio con una selezione di abbigliamento sportivo e una macchinetta del caffè self-service.

Dietro un bancone della reception bianco e lucido c'erano un uomo e una donna, entrambi con una polo del colore distintivo del gruppo e il logo del centro ricamato con filo dorato sopra il taschino sinistro. La donna squadrò il suo abito e gli rivolse un sorriso cauto.

«Detective Barnes? Sono Wendy, ci siamo sentiti al telefono.» Fece un cenno verso l'uomo sulla trentina accanto a lei. «Lui è Harvey, il direttore del centro.»

L'uomo gli porse la mano, sporgendo il mento coperto da una barba castano chiaro tagliata corta. Il suo corpo ricordava un goffo triangolo rovesciato, con spalle larghe e vita stretta, e Barnes si chiese per l'ennesima volta perché alcuni uomini preferissero la panca piana a un allenamento completo.

«Spero di non arrecarle troppo disturbo» disse.

«Niente affatto» rispose Harvey. Indicò la vetrata interna che dava sulla piscina e poi una rampa di scale che portava alla palestra. «Come può vedere, al momento è tranquillo. In cosa posso esserle utile?»

«Un paio di cose, e in via confidenziale, se possibile.» Barnes si rivolse a Wendy. «Può verificare se avete un abbonamento a nome di Trevor Leavitt nel vostro sistema?»

Lei si voltò verso lo schermo e, dopo qualche clic del mouse, scosse la testa. «Nessuno con questo nome, mi spiace.»

«E per quanto riguarda le transazioni con carta? Ne tenete traccia?»

«Solo le ultime quattro cifre.»

«Potrebbe stamparmi un elenco delle transazioni di domenica scorsa, tra mezzogiorno e l'orario di chiusura, per favore?»

«Certo, nessun problema.»

«Grazie.» Si rivolse di nuovo a Harvey. «Non sbaglio se dico che usate un sistema di riconoscimento automatico delle targhe nel vostro parcheggio, vero?».

«Sì, infatti le servirà uno di questi per uscire» disse il direttore, porgendogli un buono cartaceo con un codice, preso da un cestino sulla scrivania, e indicando un tablet accanto. «Si inserisce il proprio numero di targa lì e, se si è soci, non si paga il parcheggio. Se non si è soci, le dice quanto deve pagare, a seconda di quanto tempo è rimasto qui. Lei ha un pass ospiti, quindi non paga. Registriamo tutto nel nostro sistema.»

«Potrebbe controllare se questa targa era qui domenica scorsa?» Barnes lesse il numero di targa di Trevor Leavitt e attese mentre Wendy si faceva da parte per permettere a Harvey di usare il computer.

Dopo qualche minuto, il direttore scosse la testa. «Mi spiace, non c'è niente che corrisponda. Se però fossimo stati pieni, potrebbe aver parcheggiato in strada. A volte succede.»

«Domenica scorsa non eravamo pieni» disse Wendy. «Io ero qui e c'erano un sacco di posti liberi. Ma se fosse venuto a piedi o in bicicletta, non avremmo comunque nessuna sua registrazione.»

«Okay, e le vostre telecamere di sorveglianza?» suggerì Barnes, indicandone una sopra il bancone della reception e un'altra rivolta verso le porte d'ingresso. «Potrei avere una copia di quel filmato, per favore?»

«Nessun problema» disse Harvey. Prese la chiavetta che Barnes gli porse. «Ma di che si tratta?»

Barnes attese che il direttore finisse di copiare il file, poi si infilò la chiavetta USB nel taschino della camicia e gli diede uno dei suoi biglietti da visita. «Un'indagine per omicidio. Potremmo aver bisogno di parlare formalmente con entrambi in qualità di testimoni, quindi potreste darmi i vostri contatti completi, per favore?»

CAPITOLO 38

Kyle Walker esaminò i documenti sparsi sulla sua scrivania, con il taccuino aperto accanto e una pagina nuova già mezza piena di un elenco puntato che cresceva a dismisura.

Una luce solare intensa si riversava sulla moquette accanto a lui, i raggi filtravano dalle fessure delle veneziane che aveva abbassato per fare ombra allo schermo del computer, e dietro di lui due agenti in uniforme stavano guardando uno schermo televisivo fissato alla parete, sintonizzato sulla conferenza stampa che stava per iniziare al quartier generale, e i loro commenti borbottati non erano affatto gentili nei confronti di Aspley e dei suoi compari del *Kentish Times*.

Entrando nella sala operativa quaranta minuti prima, era stato intercettato da Gavin, che gli aveva comunicato la notizia che Trevor Leavitt stava per essere portato dentro per un interrogatorio formale, e gli aveva affidato il compito di riesaminare tutte le deposizioni dei proprietari e dei lavoratori della fattoria.

«Cosa devo cercare?» chiese.

«Qualsiasi cosa che colleghi Leavitt a Dean Spencer, a parte il bottone della giacca,» fu la risposta. «Sappiamo che Dean ha partecipato a uno dei tour della piantagione di luppolo gestiti da Trevor, ma non abbiamo un movente. Sono aperto a suggerimenti.»

Kyle si sgranchì il collo e rivolse l'attenzione allo schermo del suo computer. Lì teneva visualizzate le pagine dei social media di Leavitt e di Dean, una accanto all'altra, e passava da una all'altra scorrendo indietro negli anni per vedere se i due uomini fossero apparsi insieme in qualche altra occasione.

Finora, si era rivelata una ricerca frustrante, senza alcun risultato a fronte del tempo impiegato.

«Perché diavolo l'hai ucciso?» mormorò Kyle. Alzò lo sguardo dallo schermo del computer mentre Barnes rientrava nella sala operativa e lo salutò con un cenno della mano. «Sergente, Gavin è appena sceso per incontrare l'avvocato di Leavitt. Mi ha chiesto di assistere all'interrogatorio dalla stanza di osservazione, nel caso in cui avesse bisogno di qualcosa. Questa è la strategia di interrogatorio che abbiamo preparato.»

«Okay, bene.» Barnes lasciò cadere le chiavi della macchina sulla scrivania e prese la cartellina che Kyle gli porgeva, scorrendo con lo sguardo il contenuto. «Qual è la sua opinione in merito?»

Kyle indicò le deposizioni dei testimoni. «Non riesco a trovare nulla che colleghi i due uomini, a parte il tour della piantagione di luppolo. Gloria ha detto a Laura che Dean era lì con tre amici, i quali, a suo dire, avevano già bevuto prima di arrivare, ma lui si è preso il tempo di scusarsi per il loro comportamento alla fine del tour. Non c'è nulla qui che indichi che ci fosse un problema tra lui e Trevor all'epoca, e non riesco a trovare un collegamento tra loro precedente a quell'evento sui social, quindi fino al giorno del tour della fattoria, non credo si fossero mai incontrati.»

Si interruppe quando Gavin apparve sulla porta e si diresse verso di loro. «Tutto a posto?»

«Di sotto siamo pronti. Ian, sei pronto a iniziare tra cinque minuti?»

«Perfetto.»

«Scusate, non ho trovato niente che possa aiutarvi,» disse Kyle.

«Non preoccuparti, ci arriveremo durante l'interrogatorio.» Gavin guardò Kyle e fece un sorriso da lupo. «Tieni d'occhio le reazioni di Leavitt e fammi sapere se c'è qualcosa che pensi dovremmo chiedergli. Siamo tre contro uno, quindi andiamo a prenderci qualche risposta.»

———

Kyle sedeva di fronte a un monitor e ascoltava mentre Barnes e Gavin si fermarono fuori dalla stanza di osservazione per discutere gli ultimi dettagli sulla loro strategia di interrogatorio.

Sullo schermo, osservò Trevor Leavitt e un uomo in abito scuro conversare, a teste chine, mentre il volto dell'avvocato rimaneva cupo. Non c'era ancora l'audio: sarebbe rimasto disattivato fino all'inizio dell'interrogatorio formale per garantire ai due un po' di privacy e rispettare i requisiti legali, ma sembrava una conversazione animata.

Leavitt indossava jeans blu e una polo bianca con il

logo di un marchio di abbigliamento sul lato sinistro, le braccia abbronzate sfoggiavano un tatuaggio sul bicipite destro e un massiccio orologio sportivo al polso sinistro. Teneva le mani aperte mentre parlava e scuoteva la testa di tanto in tanto mentre ascoltava il consulente legale.

Kyle guardò dietro di sé. «Come si chiama l'avvocato?»

«Bernard Crossley,» disse Gavin, porgendo due buste delle prove a Barnes prima di aprire la cartellina in cui aveva raccolto tutti i suoi appunti e sistemare le fotografie che aveva scelto in modo che fossero in primo piano. «È uno specialista di diritto penale locale che si è seduto su quella sedia diverse volte nel corso degli anni.»

«E non sembra neanche contento di esserci,» disse Barnes.

«Bene,» replicò Gavin, poi chiamò Kyle. «Sei pronto qui dentro?»

«Prontissimo,» disse lui. «Attivo l'audio appena siete dentro la stanza. Vi aspettate problemi da Leavitt?»

«Penso che andrà tutto bene.»

«Okay allora, in bocca al lupo.»

Pochi secondi dopo, Gavin e Barnes apparvero sullo schermo e Kyle regolò i controlli del volume finché non sentì le loro sedie strisciare sul pavimento mentre si sedevano di fronte a Leavitt e al suo avvocato.

Gavin avviò il registratore prima di recitare l'avvertimento formale e chiedere ai due uomini di presentarsi, poi intrecciò le mani sopra la cartellina di cartoncino che conteneva i suoi appunti e guardò Trevor Leavitt.

«Signor Leavitt, quando le ho parlato oggi, ha

sostenuto di non aver nulla a che fare con l'omicidio di Dean Spencer. C'è qualcosa in quella dichiarazione che vorrebbe cambiare o ritrattare in questo momento?»

«No.» La risposta di Leavitt fu categorica, e Kyle vide Barnes alzare lo sguardo dal suo taccuino e lanciare all'uomo un'occhiata tagliente.

«Ci parli dei tour guidati alla fattoria,» disse Gavin. «Di chi è stata l'idea che li facesse lei?»

«Mia. Justin è il migliore per farle, ovviamente, ma è troppo impegnato con la parte amministrativa per occuparsi da solo dei tour.»

«Pensavo che il direttore della fattoria fosse lei... cosa tiene impegnato Justin?»

«Io gestisco l'andamento quotidiano della fattoria, lui deve ancora occuparsi di tutta la burocrazia che ne consegue, oltre che dell'aspetto finanziario. Cassandra è brava, si occupa della contabilità e delle buste paga, cose del genere, ma è Justin ad avere il controllo generale del budget e dei pagamenti ai fornitori.»

«Le piace fare i tour?»

«Sì, per la maggior parte. A volte sono faticosi.»

«Come quando i visitatori sono ubriachi?»

Trevor serrò la bocca e il suo avvocato si sporse in avanti. «Questa domanda ha uno scopo preciso, detective?»

«Vorrei capire come si sente il suo cliente di fronte a comportamenti sopra le righe,» disse Gavin. «Soprattutto dato che presso la struttura si vendono e si consumano alcolici.»

«Vanno bene, per lo più,» disse Trevor dopo che Bernard Crossley gli fece un leggero cenno affermativo.

«A uno o due bisogna dire di darsi una calmata e abbiamo dovuto allontanare solo una persona da quando le facciamo. Chieda a qualsiasi vigneto del Weald e le diranno la stessa cosa.»

«Dean Spencer era ubriaco quando ha mostrato a lui e ai suoi amici la fattoria?»

«Non ricordo. A dire il vero, non ricordo *lui*.» Trevor si appoggiò allo schienale della sedia. «In estate, facciamo due tour al giorno, oltre ad alcuni eventi aziendali e privati serali. Dovendo anche assicurarmi che saremo pronti per la raccolta, non ci si può aspettare che mi ricordi un tizio a caso.»

«Il centro ricreativo dove ha detto di essere andato con la sua famiglia nel tardo pomeriggio di domenica non ha registrato la sua presenza,» disse Barnes. «Vuole spiegarci il perché?»

Il volto di Trevor si fece di pietra. «Non tutti quelli che ci vanno possono permettersi un abbonamento.»

«Il suo veicolo non risulta né in entrata né in uscita dal parcheggio.»

«Fanno pagare troppo se non sei socio. Abbiamo parcheggiato dietro l'angolo.»

«Accanto a una strada principale, con due bambini piccoli e tutta la roba che avrebbe dovuto portarsi dietro per loro?» disse Barnes.

«Usano i loro zainetti per il costume e gli asciugamani,» disse Trevor, con una nota d'orgoglio nella voce. «A loro piace essere indipendenti. Dovrebbe vederli quando andiamo in campeggio. Non li ferma nessuno.»

«Come ha pagato l'ingresso?» chiese Gavin.

«In contanti.»

«Insolito di questi tempi.»

«Abbiamo venduto dei vecchi mobili online. Chieda a mia moglie. Gli acquirenti ci hanno dato contanti, che di solito non usiamo, quindi li stiamo spendendo per le nostre gite per sbarazzarcene.»

Kyle vide Barnes allungarsi per afferrare il più ingombrante dei sacchi delle prove che aveva messo vicino ai piedi e poggiarlo sul tavolo.

«Ai fini della registrazione, il sergente detective Barnes sta mostrando al signor Leavitt una giacca di colore scuro trovata a casa sua,» disse Gavin. «La riconosce?»

Trevor incrociò le braccia sul petto. «Sì.»

«A chi appartiene?»

«A me.»

«Da quanto tempo ce l'ha?»

«Da una vita. L'ho comprata in un negozio di campeggio a Tunbridge Wells. Non ricordo il nome... non credo che ci sia più.»

«L'ha mai indossata al lavoro?»

«No. Perché avrei dovuto?»

Barnes posò quindi il secondo sacco sul tavolo. «A quanto pare, alla sua giacca manca un bottone, signor Leavitt. Le andrebbe di dirci cosa ci faceva questo nell'angolo del campo di luppolo dove è stato trovato il corpo di Dean Spencer?»

Kyle osservò il contegno di Leavitt mutare completamente. Il suo corpo si afflosciò sulla sedia e la sua espressione passò dalla belligeranza alla paura.

«Vorrei parlare in privato con il mio avvocato,» riuscì a dire.

«Come desidera.» Gavin annotò l'ora per la

registrazione, poi raccolse i due sacchi delle prove e la cartellina di cartoncino e seguì Barnes fuori dalla stanza.

Kyle si girò di scatto sulla sedia e si affrettò a uscire nel corridoio mentre chiudevano la porta della sala interrogatori, e sorrise scambiando un pugno con Gavin.

«Lo abbiamo preso,» disse Kyle. «Lo abbiamo fottutamente preso.»

«Forse,» replicò Barnes. «Ma c'erano almeno altre due persone in quel campo con lui e Dean, e ancora non sappiamo il perché. La strada è ancora lunga prima di poter festeggiare.»

CAPITOLO 39

«Capo, siamo arrivate.»

Kay si raddrizzò di scatto e guardò attraverso il parabrezza per vedere il palazzo dove abitava Dean Spencer, poi arrossì lanciando un'occhiata a Laura, che stava aprendo la portiera. «Gesù, per quanto tempo ho dormito?»

L'agente le rivolse un sorriso rassicurante. «Solo cinque minuti. Sembrava sfinita dopo la conferenza stampa, però. Non si preoccupi, non ho intenzione di dirlo agli altri. Anche Adam è stato di turno la scorsa settimana, no?»

«Sì.» Kay si sfregò gli occhi stanchi, poi abbassò l'aletta parasole con lo specchietto per controllarsi il trucco, prima di emettere un sospiro. «E ha ragione: oggi gli avvoltoi erano in gran forma.»

Scese dall'auto e seguì Laura fino all'ingresso comune, poi la precedette su per le scale. «E grazie per essersi offerta di guidare.»

«Nessun problema, capo. Ho pensato che, se doveva

260

venire qui, tanto valeva che facessi un salto per vedere se Andy Grey avesse avuto successo con tutti i filmati di sicurezza che gli abbiamo mandato.»

«E ci è riuscito?»

Laura fece una smorfia. «No, purtroppo. Lui e la sua squadra hanno provato a ingrandire il filmato che abbiamo ricevuto da Warner Knowles del furgone che passava davanti al suo negozio quel venerdì, ma si è sgranato prima che potesse distinguere qualche volto.»

«Maledizione.»

«Potremmo ancora ricavarne qualcosa, capo, specialmente con Trevor Leavitt in custodia. Una volta ottenuti i suoi tabulati telefonici, saremo in grado di vedere chi altro è coinvolto, no?»

«Lo spero proprio, dannazione. Avrei fatto volentieri a meno di andare al quartier generale, proprio oggi poi.» Kay frugò nella borsa e controllò il telefono in cerca di messaggi. «E ancora nessuna notizia da Gavin o Ian.»

Laura si fermò sul pianerottolo. «Gavin ha intenzione di lasciarci?»

«Non se potrò impedirlo.» Kay si accigliò. «Perché, cosa ha sentito dire?»

«Niente. È solo che lei gli ha chiesto di interrogare Trevor Leavitt. Pensavo che avrebbe chiesto a lui e a Ian di aspettare il suo ritorno dalla conferenza stampa per potersene occupare lei.»

Kay fece un profondo sospiro sollevata. «Per un attimo ho temuto di sentire una brutta notizia... è già abbastanza grave che Harry sia stato convinto ad andare in pensione anticipata, senza che qualcuno mi soffi anche i detective. Il punto è che, a eccezione di Kyle che ha solo bisogno di più esperienza, siete tutti in grado di interrogare i sospetti. Sì, vorrei davvero essere presente, ma non imparerete mai se sono costantemente io a fare tutte le cose interessanti, non è vero?»

Laura sorrise. «Ed è per questo che adoro lavorare in questa squadra, capo.»

«Bene. E se sente voci su qualcuno che se ne va, me lo dica, d'accordo? Al quartier generale piacerebbe molto avere la possibilità di mettere le mani su chiunque di voi.» Cercò nella borsa le chiavi dell'appartamento di Dean e porse a Laura un paio di guanti protettivi. «Li indossi, per sicurezza. La squadra di Harriet ha perquisito il posto e ha confermato che non ci sono segni di colluttazione, ma potremmo dover tornare a cercare altre prove a seconda di come andrà l'interrogatorio di Trevor da parte di Gavin e Ian.»

«D'accordo, grazie.»

Kay fece strada nell'appartamento e si fermò nel breve corridoio. Sembrava già un posto dimenticato, e una sensazione di malinconia aleggiava nell'aria mentre si guardava intorno. Un odore di marcio proveniva ancora dal frigorifero, e quando seguì Laura in cucina vide che una pila di piatti e di tazze di caffè vuote era rimasta nel lavandino.

«Immagino che resteranno lì finché sua madre e suo padre non organizzeranno la pulizia», disse Laura, arricciando il naso.

«Dovranno farlo», ammise Kay. «Harriet ha preso le impronte da tutto, ma non ci sono segni che qualcun altro li abbia usati, solo Dean. Al momento non ci serve nulla di lì dentro ai fini probatori.»

«Okay.»

Kay guardò il telefono che trillava per un nuovo messaggio dall'Ispettore capo investigativo Sharp, poi gemette leggendolo. «Oh, no.»

«Cosa c'è che non va, capo?»

«A quanto pare Susan Greensmith è stata contattata da Jonathan Aspley del *Kentish Times*. Le ha chiesto un'intervista esclusiva sul caso e lei vuole che la faccia io.»

«Davvero?» Laura sgranò gli occhi. «E per quale motivo? L'ultima cosa che vogliamo è un giornalista coinvolto, specialmente lui dopo quello che ha fatto.»

«Gliel'avevo già detto dopo la conferenza stampa», sospirò Kay, scorrendo il messaggio. «Secondo la Sharp, lei pensa che sarebbe un bene mostrare com'è essere una donna detective per aiutare la sua campagna di reclutamento invernale rivolta ai neolaureati del prossimo anno. Come se avessi il dannato tempo di farlo.»

«Non può chiederlo a una delle altre?»

«Posso provare a convincerla.»

«Le parli di quell'indagine sulla cocaina che la Divisione Est sta conducendo da Medway», disse Laura con un ghigno. «A quanto pare vale milioni.»

«Potrei proprio farlo, è un'ottima idea. Bene, ora trovo le foto che vogliono Maggie e Rowan e poi torniamo indietro.»

Attraversò la stanza fino alla zona giorno e si avvicinò agli scaffali, controllando le foto con l'elenco che aveva sul cellulare.

Tra le preferite dei genitori di Dean c'erano una fotografia di lui con loro a un matrimonio di famiglia, diverse dei vari viaggi del giovane in giro per il mondo e una della sua cerimonia di laurea, con entrambi i genitori raggianti d'orgoglio. Poi ce n'erano una o due dei tempi dell'atletica scolastica, tra cui una particolarmente toccante di Dean a sei anni che vinceva la corsa con l'uovo e il cucchiaio.

«Odio vedere una vita così piena andare distrutta» disse Laura, prendendo ogni fotografia incorniciata che Kay le porgeva e riponendola in una tote bag di iuta. «Sembrava proprio che se la stesse spassando.»

«Sì, pareva proprio, vero?»

Kay prese un'altra fotografia dei viaggi di Dean con lo zaino in spalla. In questa, sembrava che fosse andato in Tailandia con Liam e Dominic: tutti e tre sorridevano in posa accanto a un traballante ponte di corda sopra una cascata tumultuosa, con la fronte imperlata di sudore per quella che sembrava essere stata un'ardua scalata, data la vista montuosa alle loro spalle.

«Deve essere molto dura anche per i suoi amici» disse.

Laura la guardò. «Ho avuto l'impressione che Liam stia cercando di perdersi nei videogiochi, quando gli abbiamo parlato. Non credo che abbia nessuno con cui parlare di Dean.»

«Dio, che casino.» Kay le passò la fotografia e controllò la lista. «Okay, questa è l'ultima. Le consegnerò agli Spencer domani, tornando a casa dal lavoro. Quando andrò via dalla sala operativa stasera sarà troppo tardi. Andiamo.»

Il telefono le squillò mentre camminavano verso l'auto e, non appena vide il numero di Gavin, mise il vivavoce mentre Laura accendeva il motore. «Gav, come procede?»

«A che punto è, capo?»

«Stiamo tornando adesso. Perché?»

«Trevor Leavitt ha chiesto di parlare in privato con il suo avvocato, cosa che stanno facendo in questo momento. Stiamo aspettando i filmati delle telecamere di sorveglianza del comune che riprendono la strada fuori dal centro ricreativo, per vedere se possiamo confermare l'insistenza di Leavitt sul fatto che domenica scorsa abbia parcheggiato lì invece che nel parcheggio.»

«Sua moglie cosa ha detto per difendersi?»

«Gli ha fornito un alibi, capo, ma credo che lo faccia solo per proteggere i figli.»

«Potrebbe essere.»

«Date le circostanze, capo, vogliamo aspettare domani per continuare l'interrogatorio, quindi lo terremo in custodia per la notte. Saremo ancora abbondantemente entro le ventiquattro ore prima di dover chiedere una proroga, quando ricominceremo domattina.»

«Credi che Leavitt sia a rischio di fuga, allora?» chiese Kay.

«Sì, capo, lo credo. E dato che ci sono almeno altre due persone là fuori colpevoli quanto lui, e sapendo cosa potrebbero fargli se scoprissero che sta parlando con noi, non gliene farei una colpa, e lei?»

CAPITOLO 40

La mattina seguente, Gavin scelse di andare alla centrale di polizia a piedi, e più tardi rispetto al giorno precedente.

Non aveva chiuso occhio e, nonostante i buoni propositi, dopo la doccia aveva iniziato la giornata con un caffè forte e ora stringeva in mano un bicchiere da asporto preso in una delle sue caffetterie preferite, incontrata lungo il tragitto.

Era passata più di una settimana da quando Dean Spencer era stato brutalmente assassinato, e Gavin camminava con aria decisa, sperando che se fosse arrivato alla centrale di polizia prima di Kay, sarebbe stato lui quello scelto per continuare l'interrogatorio di Trevor Leavitt.

L'avvocato dell'uomo se n'era andato nel tardo pomeriggio del giorno prima, troppo tardi per continuare con l'interrogatorio, e così Leavitt aveva passato la notte in cella sotto l'occhio vigile del sergente Ellis Hughes.

Gavin raggiunse le strisce pedonali accanto al ponte sul fiume Medway e osservò la corrente vorticosa che si dirigeva verso la chiusa di Allington, chiedendosi se questa sarebbe stata l'indagine che gli avrebbe fruttato una promozione.

Scosse la testa per scacciare il pensiero.

Un innocente era morto in circostanze terribili, e la sua carriera non contava in quel momento. Ciò che importava era assicurarsi che tutte le prove venissero raccolte in modo tale che Leavitt, e chiunque fosse con lui quella notte, finisse in prigione per un bel pezzo.

Il semaforo pedonale diventò verde e un segnale acustico elettronico lo strappò ai suoi pensieri. Attraversò in fretta la strada a doppia corsia, entrò nella centrale di polizia pochi minuti dopo e salì le scale di corsa.

Quando entrò nella sala operativa, Kay era già seduta alla sua scrivania, ma di Kyle e Laura non c'era traccia. Barnes era alla lavagna bianca ad aggiornare gli appunti e fece un cenno a Gavin prima di tornare al suo lavoro.

«Buongiorno, capo» disse Gavin, facendo scivolare lo zaino sotto la scrivania e gettando il bicchiere da asporto vuoto nel cestino. «Pensavo di fare un salto di sotto per vedere come è andata la notte a Leavitt».

«Già fatto, non si preoccupi» disse Kay. «Hughes mi ha intercettata di sotto quando sono arrivata stamattina. Ha detto che Leavitt è stato un ospite tranquillo, e non ci sono stati problemi. Il suo avvocato è disponibile dalle nove, quindi, vuole dirmi a che punto è?»

«Certo». Gavin si sedette e indicò lo schermo del computer di lei, che mostrava la trascrizione dell'interrogatorio del pomeriggio precedente. «Dopo averle parlato, l'ho riletta e ho deciso di chiamare Justin Mallory per avere una sua dichiarazione ufficiale. Era sconvolto, ma ha confermato di non aver avuto problemi con Leavitt in passato. Non ha saputo fare luce neanche su cosa facesse mentre era nell'esercito, ogni volta che tirava fuori l'argomento, Leavitt cambiava discorso o diceva che non poteva parlarne. Ho fatto qualche ricerca su vari siti web dei reggimenti, però, e ho scoperto che ha un paio di onorificenze per operazioni dietro le linee nemiche, ma non dicono altro. Neanche l'Ispettore capo investigativo Sharp ha scoperto nulla».

«Se è un soldato decorato, però, sono abbastanza sicura che avrà partecipato a combattimenti in quelle operazioni» disse Kay. «Quindi potrebbe aver già ucciso».

«Ma anche se fosse in grado di farlo, non riesco a capire il perché» disse Gavin. «Che Dean e i suoi amici si síano presentati ubriachi al tour alla piantagione di luppolo non mi sembra un motivo sufficiente, soprattutto perché Dean si è scusato con Trevor e Gloria dopo».

«Si è fatto un'idea di cosa volesse discutere con il suo avvocato?»

«No» sospirò Gavin. «E quando hanno finito, Bernard Crossley ha detto che doveva fare delle telefonate e delle ricerche prima di poter consigliare ulteriormente il suo cliente, quindi ha concordato che Trevor passasse la notte da noi».

Kay aggrottò la fronte. «Beh, questa non è la mossa di un uomo innocente, vero?»

«È quello che ho pensato anch'io» disse Gavin, annuendo. «Mi sembra che si stia preparando a fare i nomi degli altri due uomini coinvolti, ma voglia scoprire cosa potrebbe comportare per lui».

«Un bel po' di tempo dietro le sbarre» disse Barnes,

avvicinandosi e sedendosi alla propria scrivania. «Sono le otto e mezza passate, Gav. Sei pronto a ricominciare l'interrogatorio quando arriva Crossley?»

Gavin si girò di scatto per guardare Kay. «Vuole che lo faccia io?»

«Certo». Lei sorrise. «La cosa migliore che possiamo fare ora è assicurare la continuità. Lei e Barnes siete al corrente di tutte le prove e dei fatti, e ha trovato la giacca, quindi proceda pure. Io raggiungerò Kyle nella stanza di osservazione».

«Due secondi, Ian. Lasciami prima controllare le e-mail». Gavin si precipitò alla sua scrivania e iniziò a raccogliere i suoi appunti, muovendo il mouse per riattivare lo schermo e controllando le e-mail per eventuali aggiornamenti. «Allora, non c'è ancora nulla sulle telecamere di sorveglianza del centro ricreativo, ma ho un'annotazione qui dal direttore della pizzeria in cui Leavitt e sua moglie dicono di essere andati».

«Cosa dice?» chiese Kay.

«A quanto pare non c'è nessuna prenotazione a quel nome». Gavin sospirò. «Ma questo non significa nulla, vero? Potrebbero essersi presentati senza prenotare».

«E hanno pagato in contanti, come per la lezione di nuoto» disse Barnes, poi si sporse e diede una pacca sulla spalla a Gavin. «Però abbiamo ancora quel bottone, e le immagini delle telecamere di sorveglianza potrebbero saltar fuori mentre parliamo con Leavitt.»

Gavin guardò dietro di sé mentre la porta della sala operativa si apriva ed entravano Kyle e Laura, che avevano in mano dei caffè d'asporto per la squadra. Sorrise. «Deve avermi letto nel pensiero.»

«Ne dubito» disse Laura, sorridendo mentre gli porgeva uno dei bicchieri. «È decaffeinato.»

———

Trevor Leavitt aveva un aspetto decisamente malconcio dopo una notte nelle celle della centrale di polizia.

Gavin, seduto accanto a Barnes, squadrava l'uomo dall'altra parte del tavolo nella sala interrogatori numero tre e notò che aveva i capelli scompigliati, come se vi avesse passato la mano più volte. La sua polo bianca era sgualcita in più punti, anche se per fortuna, quando quella mattina l'agente scelto Hughes aveva passato la gestione della stanza di custodia a Harry Davis, i due agenti gli avevano procurato sapone e deodorante e permesso di fare una doccia veloce prima di colazione.

Bernard Crossley sedeva accanto al suo cliente, con il taccuino legale aperto sulla stessa pagina su cui aveva finito di scrivere il giorno prima e la penna pronta. Teneva lo sguardo basso mentre ascoltava Barnes espletare le formalità per riprendere l'interrogatorio.

Fatto ciò, Gavin aprì la cartellina di cartoncino che teneva sotto il braccio e fece scivolare una fotografia sul tavolo verso Leavitt.

Sia lui che il suo avvocato sussultarono all'immagine di Dean Spencer, di come era stato trovato tra le piante di luppolo; Crossley fu il primo a distogliere lo sguardo, schiarendosi la gola.

«Mi dica perché lo ha fatto» disse Gavin, picchiettando l'indice sulla foto.

«Non l'ho fatto.» La voce di Leavitt era strozzata e chiuse gli occhi. «Non sono stato io.»

«Al momento, Trevor, ci ha fornito due alibi per i suoi spostamenti di domenica scorsa che non possono essere verificati e non ha spiegato perché questo bottone della sua giacca si trovasse nello stesso campo dove è stato trovato Dean.» Gavin ritirò bruscamente la fotografia e lo fulminò con lo sguardo. «Attualmente, lei è l'unico sospettato della sua morte, e non credo per un solo istante che ci stia dicendo la verità.»

Leavitt fece un profondo sospiro e guardò il suo avvocato, che gli fece un cenno d'incoraggiamento prima che l'uomo si voltasse di nuovo verso i due detective. «Non ho avuto niente a che fare con la morte di quell'uomo. Il motivo per cui avete trovato il bottone della mia giacca nel campo è perché ci sono andato a notte fonda qualche settimana fa e ho avvelenato i viticci di luppolo che ha visto l'altro detective.»

Gavin sbatté le palpebre. «Cosa?»

«Ho parcheggiato lontano dalla fattoria e sono tornato indietro lungo la mulattiera che passa tra la proprietà dei Mallory e quella di un altro agricoltore. La recinzione è rotta a circa metà strada, quindi mi ci sono infilato per entrare nella piantagione di luppolo.»

«Perché le ha avvelenate?» chiese Barnes mentre Gavin setacciava i suoi appunti per scoprire dove avesse trovato il bottone la squadra di Harriet.

«Perché sono stato pagato per farlo» disse Leavitt, sporgendo il mento.

«Da chi?»

«Da qualcuno che vuole lavorare con lo stesso

birrificio con cui Justin è riuscito a negoziare il suo accordo. Stanno coltivando la stessa varietà sperimentale nel Suffolk, ma Justin è arrivato prima.»

Gavin scorse gli appunti di Harriet e vide che aveva trovato il bottone esattamente dove Leavitt aveva descritto, e riuscì a reprimere la delusione. «Lei dice di essere stato corrotto per causare un danno a livello penale alle colture dei Mallory: perché farlo, quando anche lei risentirà del fallimento dell'accordo se tutti quei luppoli moriranno?»

Leavitt si strinse nelle spalle. «Per la stessa ragione per cui Roland finge un infortunio per ottenere un risarcimento, suppongo. Justin e Cassandra sono tirchi da far schifo e non ci pagano un salario decente. Non abbiamo un aumento da tre anni e prendiamo meno di chiunque altro qui intorno. Così, quando quegli altri mi hanno offerto undicimila e cinquecento euro per assicurarmi che il raccolto di quest'anno fallisse, non ho potuto dire di no.»

«Sì che avrebbe potuto» disse Gavin, raccogliendo i suoi appunti e le buste delle prove prima di lanciare un'occhiataccia a Leavitt. «Nel frattempo, la incrimineremo per danneggiamento di proprietà privata. Lei non ha l'obbligo di rispondere, ma le sue mancate risposte potrebbero pregiudicare la sua difesa in tribunale. Qualunque cosa dica potrà essere usata come prova. Interrogatorio terminato…»

Fatto ciò, Gavin interruppe la registrazione e seguì Barnes fuori dalla stanza, con una nausea che gli attanagliava lo stomaco.

Il detective più anziano gli rivolse un sorriso rassicurante mentre chiudevano la porta, e poi Kay e Kyle emersero dalla stanza di osservazione, con un'espressione di frustrazione sul volto dell'Ispettrice.

Fece un leggero cenno di diniego a Gavin con la testa e indicò il piano di sopra. «Lasci perdere. Ne parliamo tra un minuto.»

Le sue spalle si afflosciarono mentre seguiva gli altri verso la sala operativa, poi si trascinò fino alla sua scrivania e vi gettò sopra la cartellina di cartoncino prima di sprofondare nella sedia. Passò qualche istante a controllare le e-mail, poi alzò lo sguardo quando Kay finì di parlare con Barnes e si diresse verso di lui.

«Maledizione. Pensavo davvero di averci preso. Scusi, capo.»

«Non si scusi» disse Kay, con voce severa, seduta al suo computer. «Pensavamo tutti che quel bottone potesse essere una prova chiave nell'omicidio di Dean. Invece, lei ha dimostrato con successo che alla fattoria dei Mallory sono stati commessi due crimini: l'avvelenamento del raccolto e l'omicidio di Dean.»

«Sì, ma non sappiamo ancora chi ne sia responsabile» disse Gavin. Si passò una mano tra i capelli a spazzola, poi indicò il suo schermo. «E mi ha appena risposto anche Paul Solomon: non ci sono precedenti recenti di omicidi di tipo rituale nella zona. Quindi siamo di nuovo al punto di partenza, e al quartier generale non ne saranno felici, no?»

Kay non seppe cosa rispondere, e lui emise un sospiro mentre rivolgeva di nuovo l'attenzione allo schermo del suo computer, in preda alla disperazione.

«Merda» mormorò. «E adesso che diavolo facciamo?»

CAPITOLO 41

Kay guardò in cagnesco il telefono fisso al centro del tavolo della sala riunioni, da cui proveniva un segnale acustico monotono.

La Commissaria capo aveva terminato la chiamata dopo aver chiesto di inviare tutti i fascicoli dell'indagine al quartier generale, insistendo che venisse avviata immediatamente una revisione, dato l'interesse dei media per il caso, e a Kay non era rimasta altra scelta che acconsentire.

Sharp, che si trovava nella stessa stanza della Commissaria capo all'altro capo della linea, era saggiamente rimasto in silenzio, dopo averle comunicato la notizia via messaggio pochi minuti prima che venisse fatta la richiesta formale di riunione, mezz'ora prima.

«Cazzate» mormorò, poi colpì con la base del palmo la console del telefono per interrompere il segnale acustico, prima di chinarsi in avanti e appoggiare la testa sulle braccia, chiudendo gli occhi per un momento. «Merda».

Pur riconoscendo il successo di Gavin nel chiudere il

filone dell'indagine relativo all'avvelenamento, il tono di Susan Greensmith era stato secco nel rivolgere la sua attenzione all'omicidio di Dean, manifestando il suo disappunto per il fatto che Kay e la sua squadra non avessero piste valide da seguire e ricordandole per l'ennesima volta che, se i suoi assassini fossero rimasti in libertà, i media avrebbero considerato responsabile l'intero corpo di polizia.

«Uff» gemette Kay, e alzò la testa mentre il suo cellulare trillava. Sullo schermo c'era il nome di Sharp. «Sì, capo?»

«Non ho potuto fare nulla, Kay. Mi dispiace».

«Non importa, capo. Non ha tutti i torti».

«Comunque sia... Che cosa pensi di fare per il resto della giornata mentre la tua squadra mette insieme i fascicoli?»

«I tabulati telefonici di Dean Spencer sono arrivati stamattina mentre interrogavamo Trevor Leavitt, quindi Ian li sta esaminando adesso. Gavin ha ricevuto le immagini delle telecamere di sorveglianza del comune e abbiamo la conferma che Trevor e la sua famiglia sono andati al centro ricreativo domenica; ci hanno anche fornito le riprese di un parcheggio vicino alla pizzeria più tardi quella notte. Decisamente non è Leavitt il nostro uomo per l'omicidio di Dean.» Kay si alzò dalla sedia e si diresse alla finestra, osservando il flusso costante di impiegati che uscivano dagli uffici e si dirigevano verso il centro città per la pausa pranzo. «Sto andando a consegnare ai genitori di Dean alcuni effetti personali che ho preso ieri dal suo appartamento, e quando torno preparerò il mio rapporto di sintesi per i revisori. Vuole che gliene mandi una copia prima di inviarlo?»

«Per favore» disse Sharp. «Un secondo parere non farebbe male, dopotutto».

«Grazie, capo».

«E non avere quell'aria abbattuta» la rimproverò. «È una cosa perfettamente normale, e chi può dirlo... la revisione potrebbe farti ottenere più personale per aiutare nell'indagine».

«Sempre che non venga trasferita a Gravesend» disse Kay. Lasciò che la tenda della finestra scattasse di nuovo al suo posto. «È meglio che vada, capo. Immagino che dovrò fare il discorso d'incoraggiamento della mia vita quando farò il briefing più tardi».

«In bocca al lupo».

Kay terminò la chiamata e fissò il telefono per un momento. «Ne avrò un fottuto bisogno, Devon».

Sospirò e uscì dalla sala riunioni, scendendo le scale fino al piano successivo; il suono di voci e telefoni la raggiunse prima ancora di arrivare alla sala operativa.

Gavin era alla sua scrivania, con un hamburger in una mano e una penna nell'altra, mentre compilava tutte le liste di controllo delle prove richieste dalla Procura della Corona per formalizzare le accuse contro Trevor Leavitt; Kyle e Laura erano in piedi insieme a Debbie a vagliare tutte le prove raccolte fino a quel momento.

Barnes alzò lo sguardo dai tabulati telefonici di Dean quando Kay prese da sotto la sua scrivania la borsa di tela contenente le fotografie dell'appartamento del giovane e sollevò un sopracciglio.

«Hai una brutta cera, capo» disse a bassa voce. «Non lasciare che i bastardi ti buttino giù».

Lei gli rivolse un sorriso riconoscente. «Grazie, e no, non lo farò. Come te la cavi?»

Lui allargò la mano sui documenti. «Ho chiamate da e verso i numeri di Liam e Dominic, oltre a quelli di sua madre e suo padre. Alcuni numeri corrispondono a clienti identificati da Andy Grey dal computer di Dean. Ci sono alcuni numeri esteri con cui parlava settimanalmente, probabilmente clienti, ma lo verificherò dopo aver esaminato il resto. Ne ho un altro qui, che chiamava o da cui riceveva chiamate regolarmente. Sto aspettando di sapere dal gestore di telefonia mobile a chi appartiene. Potrebbe essere un altro amico o un cliente. E poi c'è quest'altro gruppo che chiamava meno di frequente. Li sto esaminando proprio ora».

«Ok, grazie». Kay sollevò la tote bag. «Sto andando a portare questa a Maggie e Rowan, quindi chiamami se hai bisogno di qualcosa di urgente».

«Certo. A dopo».

Quindici minuti dopo, Kay era sulla A20, diretta fuori città e attraverso la periferia di Bearsted, scegliendo di evitare l'autostrada trafficata. L'auto di servizio si guidava bene e, quando superò il campo da golf vicino al Castello di Leeds, stava già tamburellando le dita sul volante e canticchiando a mezza voce seguendo la radio.

La svolta per la casa del fratello di Maggie Spencer, ai margini di Ashford, apparve presto e Kay si immise in un complesso residenziale che era un dedalo di vicoli ciechi che si diramavano dalla via principale, tutti con nomi di uccelli che un tempo potevano aver vissuto nei campi ora occupati dagli edifici.

Trovò la casa alla fine di uno di questi vicoli ciechi e parcheggiò accanto alla due volumi di Rowan su un vialetto pavimentato, davanti a una casa indipendente ben tenuta con un tetto di tegole rosse e un piccolo portico sopra la porta d'ingresso.

Aaron Stewart le aprì la porta mentre scendeva dall'auto e con un cenno la invitò a entrare.

«Grazie» disse lei. «Nessun problema?»

«Nessuna traccia di giornalisti, capo, e i vicini qui si fanno gli affari loro, quindi penso che per ora non avremo problemi» disse l'agente. «Maggie e Rowan sono in salotto, se vuole andare. Stavo giusto mettendo su il bollitore per loro. Vuole un caffè?»

Kay annuì. «Sai che ti dico? Lo prendo volentieri. Grazie.»

«Arriva subito.»

Lui scomparve lungo un ampio corridoio in una cucina inondata dalla luce del pomeriggio, e Kay rivolse l'attenzione alla porta chiusa alla sua sinistra. Raddrizzando le spalle, bussò brevemente prima di entrare e trovò gli Spencer seduti insieme su un grande divano, accanto a un tavolino da caffè cosparso di fotografie.

«Ispettrice Hunter» disse Rowan, alzandosi in piedi e indicandole con un gesto una poltrona di fronte a loro. «Ha trovato le foto che cercava Maggie?»

«Sì» disse Kay, porgendogli la tote bag di tela prima di lanciare un'occhiata alla raccolta di foto già disposte sul tavolo. «A quanto pare Dean era un gran viaggiatore.»

«Gli piaceva da morire» disse Maggie, con gli occhi

cerchiati di rosso. Tirò su col naso, poi affondò la mano nella borsa. «Specialmente i grandi viaggi come questo.»

«Pensavamo che non sarebbe più tornato dalla Thailandia» disse Rowan, guardando dietro di sé con un sorriso triste. «Si è divertito così tanto.»

Kay si sporse in avanti e scrutò la fotografia. «Quelli nella foto con lui sono Liam e Dominic, non è così?»

«Sì, esatto. Andavano sempre insieme in posti esotici, lo facevano da prima dell'università.» Rowan tirò su col naso. «Non so se i ragazzi andranno ancora senza di lui in futuro, però. Era sempre Dean a farsi venire le idee e a occuparsi dei voli, quel genere di cose. Alcuni posti come questo erano fuori dai sentieri battuti, ma a lui piaceva. Meno turisti c'erano, meglio era. Questo è quello che ci diceva.»

Kay si accigliò. «E allora chi ha scattato la fotografia? Non è un selfie.»

«Sarà stato Isaac» disse Rowan. Sfogliò le fotografie sul tavolino. «Un attimo, ho una sua foto da qualche parte. Ah, ecco qua. Dean lo conosceva da quando avevano iniziato insieme le scuole medie, a undici anni.»

Maggie arricciò il naso mentre Kay prendeva la fotografia che Rowan le porgeva. «Dopo la scuola ha preso una brutta strada, però. Avevo sentito dire che era passato alla droga, e Dean diceva che a Bangkok a volte era un incubo. Era davvero preoccupato che potessero finire nei guai con la polizia per colpa di Isaac.»

«Dov'è Isaac adesso?»

«Credo che abbia un lavoro dalle parti di Sittingbourne, per una società di consulenza.»

«Dean aveva detto che ogni tanto aiuta anche suo

padre, giusto per guadagnare qualche soldo in più» aggiunse Rowan. «Mi pare che qualche anno fa si sia messo nei guai, doveva dei soldi a della gente...»

«Probabilmente per la droga» disse Maggie.

Kay guardò di nuovo la fotografia e passò il pollice sul viso di Isaac, mentre un'idea prendeva forma. «Qual è il suo cognome?»

«Trimble» disse Rowan. «Suo padre ha un'impresa di idraulica vicino a Sevenoaks.»

CAPITOLO 42

Kay aprì di slancio la porta della sala operativa, per poco non travolse un giovane agente che stava uscendo con una pila di fascicoli e, dopo essersi scusata, si affrettò verso la scrivania di Gavin.

«Dove sono tutti gli altri?» chiese, sollevando la fotografia incorniciata di Dean Spencer e dei suoi compagni di viaggio. «Abbiamo appena avuto la svolta che ci serviva per l'omicidio di Dean.»

L'agente rimase a bocca aperta per lo shock prima di riprendersi. «Barnes è di sotto a supervisionare il rilascio di Leavitt in attesa dell'udienza, mentre Kyle e Laura sono fuori a mangiare un boccone.»

«Li chiami. Li faccia tornare subito qui... e chieda loro di prendermi un caffè per strada, le dispiace?»

Lui sogghignò. «Sì, capo.»

Con il cuore che ancora le batteva forte per la rivelazione di Rowan Spencer, Kay compose il numero di Barnes usando la chiamata rapida del suo telefono. Lui rispose dopo due squilli. «Quanto le ci vuole per tornare qui?»

«Ho quasi finito, capo. Altri cinque minuti e...»

«Che siano due, Ian. Abbiamo il nostro sospettato.»

Terminato la chiamata, andò verso la stampante e la fotocopiatrice e sfilò con cautela la fotografia di Dean dalla cornice. Dopo averne fatto diverse copie, mise l'originale sulla sua scrivania e appese una delle copie alla lavagna, poi portò le altre a Debbie, che stava già preparando un ordine del giorno.

«Ho sentito,» disse l'agente in divisa. «E immagino che indirà una riunione immediata, giusto, capo?»

«Sì, e può allegare queste all'ordine del giorno? Aiuteranno a dare un contesto... e se c'è qualcun altro in pausa pranzo, lo richiami subito, per favore.»

«Ci sto già pensando, capo.»

«Ancora una cosa: ho bisogno che assegni quattro agenti per accompagnare Kyle, Laura e Gavin quando andranno ad arrestare Liam Peyton e Dominic Bridger. Voglio interrogare i due qui non appena la riunione sarà finita.»

«Sarà fatto.»

«Grazie, Debbie.»

Kay tornò alla lavagna bianca e si prese un momento per calmare i suoi pensieri tumultuosi mentre ne scrutava il contenuto, ascoltando l'agente in divisa che radunava il resto della squadra investigativa e distribuiva gli ordini del giorno mentre, uno a uno, la raggiungevano nella parte anteriore della stanza, con i volti carichi di aspettativa. Dopo qualche istante, si voltò verso di loro e abbozzò un sorriso rassicurante, mentre Gavin si appoggiava a una scrivania alla sinistra della lavagna bianca, con la mascella serrata. «Aspetteremo i ritardatari prima di iniziare, ma voglio cogliere l'occasione per ringraziare ognuno di voi per gli sforzi fatti fino a oggi. So che abbiamo faticato a fare progressi su questo caso, ma siate certi che sono consapevole di quante ore state dedicando a trovare l'assassino di Dean e lo apprezzo. Abbiamo già effettuato un arresto nel processo di eliminazione dei sospetti e spero che entro la fine della giornata ce ne saranno altri.»

Scrutò gli agenti seduti mentre la porta della sala operativa si apriva e Barnes, Kyle e Laura entravano. Si affrettarono verso di lei e Kyle le porse un bicchiere da asporto fumante.

«Grazie,» disse lei, e sollevò il coperchio prima di bere un sorso incerto. «Così va meglio. Bene, iniziamo. Sappiamo che Dean Spencer, Dominic Bridger e Liam Peyton hanno visitato la piantagione di luppolo dei Mallory durante l'estate per una visita guidata e che, prima di andarsene, ci sono state delle buffonate dovute all'alcol, tanto che Dean si è scusato per il comportamento degli altri. Tre mesi dopo, Dean viene trovato morto nello stesso posto, dopo essere stato appeso e accoltellato più volte prima di essere sventrato. Tuttavia, Harriet ha sempre detto che ci sarebbero volute tre persone per sollevarlo e legare le corde che sono state usate. Sappiamo che per trasportarlo è stato utilizzato un furgone e che quel furgone è stato rubato da un'azienda di forniture idrauliche di proprietà di Rex Trimble a Wrotham.»

Bevve un altro sorso prima di posare il bicchiere sulla scrivania accanto a Gavin, lanciandogli un'occhiata di avvertimento, poi si rivolse di nuovo al resto della squadra.

«La fotografia nel vostro dossier è stata scattata in Thailandia qualche anno fa, quando Dean e i suoi amici erano in viaggio con lo zaino in spalla. I genitori di Dean mi hanno confermato meno di un'ora fa che quella foto l'ha scattata Isaac Trimble.»

Un mormorio si diffuse tra i suoi agenti e sentì Kyle imprecare a bassa voce.

«Tre persone,» disse lui. «Tre amici. Ma perché?»

«È quello che scopriremo,» disse Kay. «E dovremo muoverci in fretta, perché sono passati quattro giorni da quando abbiamo interrogato Dominic e Liam e probabilmente hanno avvertito Isaac che siamo sulle sue tracce. Quindi, una volta finito qui, prendete tutti i provvedimenti necessari a casa o altrove, perché ci aspetta una lunga nottata. Per quanto riguarda gli incarichi, voglio che Dominic e Liam siano arrestati entro le prossime due ore. Lavorano entrambi da casa, quindi non dovrebbe essere un problema rintracciarli. Kyle, Laura: vorrei che andaste con una pattuglia in uniforme ad arrestare Dominic, e Gavin, tu puoi essere l'agente che arresta Liam. Dato che non li abbiamo più contattati dopo il nostro primo colloquio, spero che abbiano abbassato la guardia e pensino di averla fatta franca. Ian, tu e io andremo a Sittingbourne, dove lavora Isaac quando non aiuta suo padre, e lo arresteremo lì. Non voglio aspettare che torni a casa nel caso in cui venga a sapere degli altri arresti.»

Attese mentre i suoi agenti aggiornavano gli appunti. «Nel frattempo, voglio che tutti voi rivolgiate la vostra attenzione a Isaac Trimble. Controllate i social, verificate se è stato arrestato in passato... a detta degli Spencer, ha una lunga storia di tossicodipendenza, quindi potrebbe esserci qualcosa. Ha frequentato la stessa scuola superiore di Dean: rintracciate il preside, scoprite se ci sono stati problemi tra loro due. Stessa cosa per l'università. Avrò anche bisogno che due di voi parlino con i suoi datori di lavoro dopo che lo avremo preso in custodia, per vedere se ci sono stati problemi».

Finito il caffè, controllò l'orologio. «Affido a Debbie il compito di raccogliere quante più informazioni possibili nel tempo che io e Barnes impiegheremo per arrivare a Sittingbourne, e di fornirmi un quadro generale prima che entriamo per arrestarlo. Non voglio che nessuno si faccia male, inclusi i civili».

«Mi sembra una buona idea, capo» disse Sean. «Vuole che venga anch'io, allora, data la mia esperienza nei Marine?»

«Sì, per favore, nel caso in cui avessimo bisogno di un paio di mani in più. Tim, vorrei che venisse anche lei con noi».

Il sergente Wallace annuì. «Nessun problema».

«Bene, gente, per ora è tutto. Ci riuniremo di nuovo qui dopo che gli arresti saranno stati effettuati».

CAPITOLO 43

Laura era fuori dalla porta d'ingresso della casa di Dominic Bridger e ascoltava le voci concitate all'interno.

Cinque minuti prima, l'auto di servizio di Kyle e un'autopattuglia della polizia del Kent con la sua livrea erano entrate a tutta velocità nel vicolo cieco e avevano parcheggiato all'ombra del complesso industriale che sovrastava le villette a schiera. Aveva visto la tenda del soggiorno di un vicino scostarsi e poi tornare a posto mentre si avvicinavano alla casa di Dominic e quando Kyle aveva picchiato le nocche contro la porta, il suono si era riverberato sulla superficie echeggiando tra le altre case.

«Scommetto che questo lo tirerà giù dal letto» disse Laura.

Uno degli agenti in uniforme aveva sollevato un sopracciglio. «È pomeriggio».

«Pare abbia clienti internazionali».

Si erano voltati tutti verso la porta quando si aprì. Kyle si mise davanti a Laura in caso di un attacco, ma l'uomo che sbirciò verso di loro era pallido e smunto.

Dalla fessura si sprigionò un tanfo di pelle e vestiti non lavati, e loro fecero un passo indietro.

«Buon pomeriggio, Dominic» disse Laura allegramente, per poi recitare la formula di rito dell'arresto.

«C…che cosa volete?» riuscì a dire lui.

«Vorremmo scambiare due parole» disse Kyle. «Non qui, da noi».

Dominic sbatté le palpebre. «Devo vestirmi».

«Allora si sbrighi» disse Laura e spinse la porta. «Non abbiamo tutto il giorno, no?»

Il giovane barcollò all'indietro, e lei vide che indossava solo un paio di boxer. Arrossì, poi indicò le scale. «Vado a cercare qualcosa da mettermi».

«Nessun problema». Laura fece un cenno a uno degli agenti in uniforme che ora si trovava nell'ingresso. «Ma lui verrà con lei».

Dominic deglutì, poi annuì e barcollò su per le scale mentre Kyle si dirigeva verso il soggiorno.

La stanza era tetra, la luce bloccata dalle tende tirate, e c'era un odore forte e unto di grasso.

Laura premette l'interruttore della luce.

«Porca miseria» riuscì a dire Kyle, coprendosi il naso con la manica della giacca. «Pensavo fosse un porcile l'ultima volta che siamo stati qui...»

Laura lo spinse avanti e guardò la montagna di lattine di birra che si era accumulata sul tavolino da giovedì; alcune erano cadute sul tappeto e rotolate sotto. La pila di cartoni di cibo da asporto e di pizza era aumentata, eppure la maggior parte del cibo era stato abbandonato, il che spiegava in parte l'odore che si mescolava alla mancanza di igiene di Dominic.

Laura sollevò un sopracciglio verso Kyle. «Alla faccia delle pulizie della domenica».

«Sembra che i sensi di colpa lo stiano divorando, non trovi?» Le fece l'occhiolino. «Lo portiamo in custodia e iniziamo l'interrogatorio?»

——

Un avvocato d'ufficio li stava già aspettando quando Laura portò di forza Dominic verso il banco della custodia. L'uomo non riuscì a nascondere il suo disgusto per lo stato del suo nuovo cliente prima di schiarirsi la gola.

«Avrò bisogno di qualche minuto per parlare con il signor Bridger. Quali sono i dettagli?»

Kyle gli porse un fascicolo sottile. «Lo registreremo e poi potrà scambiarci due parole. Si accomodi nella sala interrogatori e lo porteremo giù quando avremo finito qui».

L'uomo annuì e si affrettò a seguire uno degli agenti in uniforme che gli aprì la porta di sicurezza, e Laura sentì Dominic strascicare i piedi.

Voltandosi, vide la paura nei suoi occhi, e il suo cuore divenne di ghiaccio. «Harry, puoi sbrigare la pratica in fretta? Vorrei iniziare».

«Nessun problema» disse l'agente più anziano e tese la mano. «Prima gli oggetti di valore, per favore, signore».

Kyle condusse Laura fuori dalla stanza di custodia e si avviarono lungo il corridoio verso il distributore automatico. Passò la sua carta e scelse un pacchetto di patatine. «Dato che abbiamo saltato il pranzo, ho bisogno di mangiare qualcosa, altrimenti il mio stomaco si sentirà nella registrazione. Tu cosa vuoi?»

«Cioccolato, per favore. Grazie».

Fecero tintinnare gli snack per fare un brindisi, poi si appoggiarono al muro in un silenzio complice mentre mangiavano.

«Allora, che ne pensi?» chiese Laura, tenendo la voce bassa mentre due impiegati amministrativi di un'altra indagine passavano. «Dean ha fatto qualcosa per far incazzare i suoi amici, o cosa?»

«Non ne ho idea» disse Kyle, leccandosi il sale dalle dita prima di allontanarsi di qualche passo per gettare il sacchetto vuoto di patatine in un cestino. La sua espressione era pensierosa quando si rivolse di nuovo a lei. «Considerando da quanto tempo si conoscono, ai loro occhi dev'essere stato qualcosa di grave. Forse li stava ricattando o qualcosa del genere?»

Laura si accigliò. «Non avevo pensato a questa possibilità. Ottima osservazione. Assicurati di affrontare l'argomento quando gli parli, d'accordo?»

«Vuoi che sia io a condurre l'interrogatorio?» disse Kyle, sorpreso.

«Ha senso». Sorrise. «Dopotutto, hai bisogno di pratica».

«Che sfacciata».

CAPITOLO 44

Kay strinse i denti mentre Barnes accelerava sulla superstrada che passava accanto al Detling Showground; il paesaggio sfrecciava oltre il finestrino mentre lei cercava di stabilizzarsi contro il movimento dell'auto e di scrivere un messaggio all'Ispettore capo investigativo Sharp.

Con la coda dell'occhio, vedeva le luci blu e rosse lampeggianti dell'auto di pattuglia guidata dal sergente Tim Wallace davanti a loro, con le sirene del veicolo per ora spente, mentre si faceva strada nel traffico e sfrecciava verso Sittingbourne.

«Almeno ci toglieremo di torno i revisori» rifletté Barnes, scalando la marcia mentre l'auto affrontava la pendenza della collina. «Ce la siamo vista brutta.»

«Anche troppo. Ho detto a Sharp cosa stiamo facendo, quindi con un po' di fortuna parlerà con la Commissaria capo e ci farà guadagnare altro tempo.» Il suo telefono suonò di nuovo. «Bene. Harry Davis ha confermato che sia Dominic che Liam sono in custodia. Stanno solo aspettando che si presenti l'avvocato di Liam. Lui è tenuto in cella mentre Dominic sta parlando con il suo legale prima che Kyle e Laura lo interroghino.»

«Tutti i pezzi stanno andando al loro posto, capo.»

«Dio, lo spero, Ian. Voglio solo delle stramaledette risposte.» I piedi di Kay si piantarono nel vano piedi quando le due auto si avvicinarono a una rotonda e frenarono bruscamente, per poi sfrecciare fuori dall'altra parte e riprendere velocità. Poi il suo telefono squillò.

Sullo schermo del telefono apparve il nome di Debbie e Kay inserì il vivavoce. «Cosa sei riuscita a scoprire finora, Debs?»

«Be', a quanto pare Isaac era una vera piccola canaglia a scuola» rispose l'agente. «Ho parlato con il suo ex preside, che lo ricorda come un elemento di disturbo, irrispettoso e rissoso.»

«Un tesoro, insomma» disse Barnes.

«Già, e non era nuovo neanche alle risse» disse Debbie. «Sembra però che si sia calmato quando è passato all'università. Ho parlato con alcuni dei suoi docenti e di Dean, e uno di loro mi ha detto che, sebbene circolassero voci sul fatto che Isaac facesse uso di droghe, questo non ha influito sui suoi voti. Si è laureato in gestione aziendale con una votazione di seconda fascia inferiore. L'azienda per cui lavora è una società di consulenza pubblicitaria con diversi clienti importanti nel sud-est e a livello nazionale. Secondo il loro sito web, Isaac è un Responsabile chiave dei clienti, e cura l'acquisizione di nuovi clienti.»

«Come sono i suoi social?» chiese Kay.

«Silenziosi da oltre una settimana» rispose Debbie. «Fino ad allora era piuttosto attivo su due o tre piattaforme, e poi, all'improvviso, niente.»

«Ha avuto a che fare con noi in passato?»

«Niente di registrato, capo. Continuerò a scavare, però, e sto ancora seguendo un paio di piste in sospeso dalla scorsa settimana che potrebbero aiutarci. Nel frattempo le mando alcune foto recenti di Isaac.»

«Allora ti lascio continuare. Grazie.»

Kay terminò la chiamata e rimase in silenzio mentre si avvicinavano alla periferia di Sittingbourne.

Le auto svoltarono a sinistra in una zona industriale e lei notò diverse insegne di marchi noti alla fine di ogni viale che si dipartiva dalla strada principale. L'auto di Tim si immise in una via fiancheggiata da capannoni a due piani, ciascuno con il nome di un'azienda sopra i portoni dei singoli magazzini, e parcheggiò davanti a quello della società di consulenza pubblicitaria.

Kay scese e guidò Barnes e i due agenti in uniforme verso la porta d'ingresso. Spingendo la maniglia cromata, si ritrovò in uno spazio fresco con aria condizionata, arredato con un alto standard. Una donna in un tailleur era seduta dietro un bancone della reception e i suoi occhi si spalancarono alla vista dei quattro agenti di polizia di fronte a lei.

«Posso aiutarvi?» riuscì a dire.

«Ispettrice Hunter» disse Kay, mostrando il tesserino. «Vorrei parlare con Isaac Trimble, per favore.»

«Lo informo che siete qui» disse la donna, prendendo il telefono.

«Non è necessario, grazie. Dov'è la sua scrivania?»

«Ehm, oltre quella porta, ma non facciamo passare i clienti da lì, preferiamo…»

Kay non sentì il resto della frase e seguì Sean Gastrell

mentre si dirigeva a grandi passi verso una porta con la scritta "Privato" e la apriva di forza. Con Barnes e Tim Wallace alle calcagna, percorsero un breve corridoio, superarono un'area cucina e i bagni del personale, e attraversarono un'altra porta che dava su un ufficio open space.

Sei uomini e otto donne li fissarono scioccati; la più giovane di loro emise un gridolino di sorpresa prima che un uomo sulla cinquantina avanzata emergesse da un ufficio in fondo e li fulminasse con lo sguardo.

«Che diavolo significa tutto questo?» chiese lui.

Kay lo ignorò, il suo sguardo passò in rassegna le scrivanie finché non individuò un uomo sulla ventina che si nascondeva dietro lo schermo di un computer. Avvicinandosi a grandi passi, riconobbe Isaac Trimble dalle fotografie che Debbie le aveva inviato via e-mail.

Invece dell'uomo sicuro di sé ed espansivo che pubblicava le sue avventure di viaggio e le sue bravate alle feste sui social, Isaac si ritrasse spaventato da lei, alzando le mani.

«Ehi», disse l'uomo più anziano, avanzando verso di lei. «Le ho fatto una domanda».

Barnes gli si parò davanti. «Un po' di educazione, per favore. Chi è lei?»

«Bradley Dankworth, il proprietario. Perché state importunando il mio personale?»

«Non lo stiamo importunando», spiegò Kay, poi si rivolse a Isaac, che impallidì quando lei iniziò a recitare la formula di rito. «Isaac Trimble, la arresto con l'accusa di omicidio. Non è obbligato a dire nulla, ma potrebbe nuocere alla sua difesa...»

Isaac scattò in piedi, allontanando di scatto la sedia e urtando una ragazza che aveva in braccio una pila di bozze di riviste, che si sparsero sul pavimento. Corse per tutta la lunghezza dell'ufficio verso l'uscita, spintonando le persone nella fretta di fuggire, e svoltò di colpo attorno a una scrivania con divisori, facendo crollare l'intera struttura sulla moquette.

«Merda», mormorò Kay, poi vide Sean Gastrell lanciarsi all'inseguimento.

L'agente in uniforme corse indietro per la stessa strada da cui erano entrati nell'open space, saltò una pila di scatoloni d'archivio, raggiunse la porta pochi istanti prima di Isaac e gli si parò davanti, con la sua corporatura robusta che riempiva la soglia. Fece un sorriso tirato mentre Isaac si fermava di colpo, e frugò nel giubbotto antiproiettile per tirare fuori un paio di manette che fece dondolare.

«Vogliamo riprovare, signore?»

CAPITOLO 45

Quando Gavin condusse Kyle nella sala interrogatori numero due, Liam Peyton aveva l'aspetto di un malato.

Il suo contegno era peggiorato da quando era stato registrato nella stanza custodia e gli era stato presentato l'avvocato d'ufficio che lo rappresentava, e ora sedeva accasciato su una sedia accanto a lui. I capelli, lunghi fino alle spalle, erano unti e sporchi e gli ricadevano flosci attorno a un viso dal colorito pallido. Teneva la testa bassa mentre si mordicchiava un'unghia e contemplava la superficie del tavolo, rifiutandosi di alzare lo sguardo mentre Kyle controllava il registratore e Gavin accettava uno dei biglietti da visita dell'avvocato.

«Grazie per essere venuto con così poco preavviso, signor Brackenridge» disse. «Ha avuto abbastanza tempo per informare il suo cliente?»

«Sì, grazie, detective Piper.» L'uomo si strinse la giacca per contrastare l'aria condizionata gelida che Kyle aveva impostato a una temperatura volutamente spietata, e prese la penna, pronto a scrivere.

Gavin avviò la registrazione e ripeté la formula di rito, poi si mise comodo e attese che Liam alzasse la testa. Lo sguardo dell'uomo era torvo, e abbassò di nuovo subito gli occhi per mordersi il labbro.

«La prego di confermare il suo nome ai fini della registrazione» disse Gavin.

«Liam Peyton» borbottò.

«Dovrà parlare più forte.»

«Liam Peyton.»

«Bene, Liam» esordì Gavin, intrecciando le mani sul tavolo. «Parliamo di quello che è successo domenica scorsa, quando lei, Dominic Bridger, Isaac Trimble e Dean Spencer avete deciso di rubare un furgone e guidarlo fino a una piantagione di luppolo di proprietà di Justin e Cassandra Mallory. Quando vi è venuta l'idea di andare lì? Era stata pianificata con giorni di anticipo o all'ultimo minuto?»

«Non ricordo.» Liam tirò su col naso.

«Perché la piantagione di luppolo?»

La spalla sinistra di Liam si sollevò, poi ricadde.

«La prego, deve parlare per la registrazione.»

«Non lo so.»

«Ma lei era lì, Liam, non è vero? Voi quattro avete rubato un furgone di proprietà di Rex Trimble, domenica scorsa, e poi avete guidato fino a una piazzola di sosta vicino alla fattoria. Cos'è successo poi, Liam?»

Il giovane chiuse gli occhi e scosse la testa, con il volto affranto.

«Credo che abbiate litigato con Dean, giusto?» insistette Gavin. «È successo qualcosa, e voi tre avete aspettato di essere sicuri che nessuno guardasse prima di trascinarlo fuori dal furgone; uno di voi ha tagliato una recinzione e avete portato Dean a forza attraverso un campo di grano prima di raggiungere un sentiero che costeggiava la piantagione di luppolo dei Mallory, a quel punto avete tagliato la recinzione e trascinato Dean all'interno. Si è dibattuto per tutto il tempo?»

«Non lo so.»

«Non le credo» disse Gavin, facendogli scivolare una fotografia sul tavolo. «Le va di dirmi perché ha ucciso Dean Spencer e poi gli ha inciso questi simboli sulla pelle?»

Brackenridge si schiarì la gola e distolse rapidamente lo sguardo, ma Liam si limitò a sbattere le palpebre, poi allontanò la foto con un gesto secco.

«Non so niente» disse.

«Dopo aver ucciso Dean, voi tre siete tornati da dove eravate venuti, poi avete deciso di guidare il furgone in un luogo isolato, dove avete versato benzina all'interno e gli avete dato fuoco» continuò Gavin. «Perché? Cos'è successo dentro il furgone? È lì che avete sopraffatto Dean, o avete iniziato a torturarlo mentre era ancora dentro?»

«Non l'ho ucciso io» sbottò Liam, sporgendosi in avanti al punto che uno sputo per poco non raggiunse Gavin in faccia.

Il detective si scansò di lato giusto in tempo e ringraziò Kyle per il fazzoletto di carta che gli porgeva. Pulendosi la spalla della giacca, Gavin squadrò l'uomo di fronte a lui e gettò il fazzoletto da una parte.

«Allora, chi è stato?»

Aprendo la cartellina di cartoncino che conteneva le prove raccolte fino a quel momento, Gavin estrasse la fotografia che Kay aveva trovato nell'appartamento di Dean e vi puntò il dito. «Voi quattro siete sempre stati molto uniti, non è vero?»

Una lacrima solitaria spuntò nell'occhio destro di Liam mentre il suo sguardo vagava sull'immagine, ma non disse nulla.

«Cos'è cambiato, Liam?» lo incalzò Gavin. «Cos'è andato così storto tra voi quattro da far finire Dean appeso tra i viticci di luppolo dei Mallory, prima che gli puntaste un coltello addosso e lo faceste a pezzi mentre era ancora vivo?»

«Io... io non posso.»

Il grido strozzato di Liam fu interrotto da un forte colpo alla porta della sala interrogatori e Gavin si girò sulla sedia mentre Debbie faceva capolino.

«Scusa, devo dirti una cosa urgente» disse lei.

Gavin fece cenno a Kyle di sospendere l'interrogatorio e seguì Debbie in corridoio. «Che c'è?»

«Niente che non va» disse lei, rivolgendogli un sorriso tirato. «Ho altre prove per te. Ricordi l'agente immobiliare che vende il vecchio pub? È tutta la stramaledetta settimana che la inseguo per farmi mandare le registrazioni delle telecamere di sorveglianza che hanno sparse per il locale.»

«Allora?» disse Gavin, guardando dietro di sé mentre Kyle sgusciava fuori dalla stanza e si chiudeva la porta dietro di sé, con il volto carico di aspettativa. Gavin si portò un dito alle labbra, poi si rivolse di nuovo a Debbie. «Continua.»

Per tutta risposta, lei sollevò una fotografia ingrandita. «Nadine ha passato l'ultima ora a esaminare i filmati e ha appena trovato questo. Il pub ha un faretto potente sopra la porta che illumina la strada, il che le ha reso il lavoro un po' più facile. Questo è un fermo immagine, ma nel filmato il furgone passa a una velocità considerevole... allontanandosi dalla piantagione di luppolo.»

Gavin gliela prese e la inclinò perché anche Kyle potesse vederla. Nella foto, si vedeva l'immagine bloccata del furgone di Rex Trimble, con il logo della ditta ben visibile sulle fiancate pannellate.

E, a torso nudo al posto di guida, c'era Liam Peyton.

«Beccato» mormorò Gavin. «Grazie per essertene occupata, Debs. E ringrazia Nadine quando torni di sopra, d'accordo?»

«Nessun problema.»

Gavin e Kyle rientrarono nella sala interrogatori e, mentre il suo collega riavviava il registratore e annotava l'ora, lui osservava Liam che si spostava sulla sedia da un lato all'altro, palesemente nervoso.

«Liam» disse, posando di nuovo i suoi fascicoli e mettendo la foto della telecamera di sorveglianza sul tavolo tra di loro, «perché domenica scorsa stava guidando a tutta velocità il furgone di Rex Trimble che lei ha rubato, allontanandosi dalla tenuta dei Mallory? Forse perché aveva appena assassinato Dean Spencer e voleva distruggere ogni prova che la collegasse a quel posto?»

«No comment.»

Gavin prese la fotografia dalla scrivania, chiuse la

cartellina di cartoncino si sporse in avanti. «Signor Brackenridge, le suggerirei di informare il suo cliente di quanto sia precaria la sua attuale posizione, perché, da qualunque parte la si guardi, Liam, lei sa esattamente cosa è successo alla piantagione di luppolo dei Mallory, e ci sta mentendo. Il suo futuro non sembra molto roseo al momento, non è vero?»

CAPITOLO 46

Quando Kay seguì Barnes attraverso la porta di sicurezza che conduceva alla stanza di custodia, vide Laura e Tim Wallace intenti a conversare con Debbie fuori dalla sala interrogatori numero uno.

«Come sta andando lì dentro?» chiese. «Dominic ci sta già dicendo qualcosa?»

«Andrà meglio dopo che gli avremo messo questo sotto il naso» disse Laura, mostrando l'immagine della telecamera di sorveglianza del pub abbandonato. «È stata una scoperta incredibile, Debbie.»

«Ringrazia Nadine quando la vedi» disse l'agente in uniforme. «Lei ha ricevuto una copia, capo?»

Kay indicò la cartellina di cartoncino che aveva in mano. «Ecco. Avete parlato con Gavin?»

«Lui e Kyle sono appena rientrati nella stanza due con Liam.»

«Okay, grazie. Sono stati prelevati i campioni di DNA a tutti e tre i sospettati al momento della registrazione, come avevo chiesto?»

«Sì, capo» disse Tim, «e sono stati inviati tramite corriere al laboratorio di Harriet per le analisi. Vista l'ora, probabilmente non avremo i risultati prima di domani.»

«Beh, speriamo di ottenere qualche risposta nel frattempo.» Lanciò un'occhiata a Barnes e fece un cenno col mento verso la stanza successiva sulla destra. «Vogliamo cominciare?»

«Dopo di lei, capo.»

«Va bene, in bocca al lupo con il vostro» disse a Laura e Tim. «Ci vediamo di sopra dopo per il briefing.»

Mentre apriva la porta della stanza cinque, vide Isaac Trimble e il suo avvocato, un uomo di nome Bernard Crossley, a capo chino mentre parlavano a bassa voce. Si raddrizzarono quando la porta si chiuse, e Kay vide un lampo di paura negli occhi del giovane mentre Barnes controllava il registratore, per poi recitare la formula di rito e fare le presentazioni.

Fatto ciò, nella stanza calò il silenzio mentre lei contemplava Isaac dall'altra parte del tavolo.

Non era attraente come i suoi amici, questo era chiaro. Sembrava che si fosse tagliato facendosi la barba negli ultimi giorni, e aveva un taglio profondo sulla mascella su cui si era formata una crosta, dall'aspetto infiammato e dolente. I suoi occhi azzurri erano iniettati di sangue, forse per la mancanza di sonno, e delle chiazze di sudore stavano già comparendo sotto le sue ascelle, nonostante l'aria fresca che ventilava la piccola stanza.

Kay aprì la cartellina. «Mi parli di Dean Spencer, Isaac.»

«Cosa vuole sapere?»

«Vi conoscevate da molto?»

«Dai tempi della scuola.»

«Direbbe che eravate molto legati?»

«Suppongo di sì, sì.»

Kay fece scivolare la fotografia scattata in Thailandia verso Isaac. «L'ha scattata lei?»

«Sì, ci eravamo iscritti per un'escursione di cinque giorni lontano dalla città.»

«Può confermare i nomi degli altri due uomini in questa foto con Dean?»

«Dominic Bridger e Liam Peyton.»

«E da quanto tempo li conosce?»

«Dai tempi dell'università.»

«E fate spesso cose come andare in vacanza insieme?»

Isaac si strinse nelle spalle. «Ogni tanto. Non più così spesso di questi tempi per via del lavoro.»

«Ma direbbe che siete molto legati?»

«Immagino di sì.»

«Di chi fu l'idea di visitare la piantagione di luppolo dei Mallory durante l'estate?»

«Non lo so. Io non ci sono andato.» Isaac si appoggiò allo schienale della sedia, con un'espressione compiaciuta negli occhi. «A quel tempo ero in vacanza con la mia ragazza.»

«E lei direbbe lo stesso, se le parlassi, non è vero?»

«Ci siamo lasciati il mese scorso, ma sì. Glielo confermerebbe. Siamo stati a Cipro per una settimana. Una di quelle offerte last minute.»

«Quand'è stata l'ultima volta che ha visto Dean?»

Isaac aggrottò la fronte. «Sabato scorso, credo.»

«Dove?»

«Io... io credo al supermercato.»

«Al supermercato?» Kay lanciò un'occhiata a Barnes, che inarcò un sopracciglio, poi guardò di nuovo Isaac. «È lì che bazzicano i ventenni di questi tempi? Non sembra molto eccitante.»

«No, voglio dire che ero fuori a fare la spesa e l'ho visto lì.» Isaac fece una smorfia e incrociò le braccia sul petto.

«Aveva litigato con lui? Avuto una discussione per qualcosa?»

«No.»

«Era geloso di lui?»

«No, perché?»

«Perché sto cercando di capire il motivo per cui, per essere uno che si definisce il migliore amico di Dean, lei gli avrebbe fatto questo.»

Kay lanciò a Isaac la fotografia scattata a Dean nella piantagione di luppolo e osservò la sua espressione mentre lui prima girava l'immagine e poi sussultava a quella vista.

Si sporse più vicino, ignorando lo sguardo costernato di Crossley mentre distoglieva gli occhi. «Domenica scorsa ha rubato uno dei furgoni di suo padre, Isaac. Lei, Dean, Dominic e Liam. Perché? Ha forse litigato con Dean e ha deciso di ucciderlo?»

«No.» Lui scosse la testa, dondolandosi avanti e indietro mentre si teneva una mano sul petto.

«Lei ha rapito Dean, non è vero, Isaac? Lo ha portato in quella piazzola di sosta vicino alla piantagione di luppolo, ha trascinato Dean attraverso il campo di grano e si è aperto un varco nella recinzione, per poi proseguire lungo il sentiero e attraverso una seconda recinzione fino alla piantagione di luppolo dei Mallory. Da qualche parte, però, uno di voi non è stato abbastanza attento e si è impigliato nel filo spinato. È così che si è procurato quel brutto graffio?»

Isaac si portò le dita alla mascella, poi ci ripensò e lasciò cadere la mano. «No.»

«Si ricorda il tampone del DNA che le abbiamo prelevato quando è arrivato qui?» disse Barnes. «In questo momento è presso la nostra squadra di investigatori forensi per le analisi.»

Kay osservò il pomo d'Adamo di Isaac sussultare nella gola e il sudore imperlargli la fronte.

«Quando avete raggiunto la piantagione di luppolo,» continuò lei, «avete assassinato Dean Spencer, non è vero?»

Isaac spinse indietro la sedia e la indicò. «No! Non sono stato io. So solo che... che il giorno dopo mi sono svegliato nel mio letto, avevo sangue e vomito sul petto ed indossavo solo le mutande. Non ricordo. Deve essere stato qualcun altro a uccidere Dean.»

Kay allontanò la mano dal pulsante antipanico sotto il tavolo mentre Bernard Crossley riaccompagnava il suo cliente a sedere e Isaac si nascondeva il viso tra le mani, poi si voltò sentendo bussare alla porta.

«Metti in pausa l'interrogatorio,» disse a Barnes, poi aprì.

Gavin era fuori, con la mascella serrata.

Lei uscì nel corridoio e si tirò dietro la porta. «Che succede?»

«Liam Peyton. Penso che vorrà sentire questa, Ispettrice.»

CAPITOLO 47

Kay ringraziò Kyle con un cenno del capo. Lui si alzò, le indicò di sedersi, poi si spostò verso la porta e vi si appoggiò con le braccia conserte.

Una volta che si fu accomodata accanto a Gavin e dopo che lui ebbe riavviato il registratore e dichiarato data e ora, lei guardò Liam Peyton dall'altra parte del tavolo.

Da quando era iniziato l'interrogatorio originale nella stanza accanto, lui aveva vomitato sul pavimento della sala interrogatori due e l'indagine si era spostata in una stanza più piccola, usata di solito per interrogare i minorenni. Era toccato a Harry Davis pulire il tutto, ma l'agente più anziano aveva rivolto a Kay un sorriso stoico mentre lei gli passava davanti, e lei aveva risposto con un cenno del capo.

La stanza era diversa dagli interni spogli di quelle usate per i delinquenti adulti. Colori vivaci ricoprivano le pareti intonacate e l'illuminazione era più morbida, sebbene non riuscisse a mascherare il colorito pallido di Liam.

«Ho motivo di credere che lei abbia qualcosa da dirmi in relazione alla tortura e all'omicidio di Dean Spencer» disse lei, tenendo le mani appoggiate sul tavolo mentre Gavin apriva il suo taccuino.

Liam annuì, poi si sporse in avanti, ricordandosi della registrazione. «Sì.»

«Prosegua.»

Il giovane guardò il suo avvocato e, una volta che Brackenridge gli fece un secco cenno d'assenso, fece un respiro profondo. «Non credo volesse ucciderlo. Doveva essere uno scherzo, tutto qui.»

«Torni all'inizio» disse Kay. «Cosa ci facevate voi quattro nella proprietà dei Mallory domenica scorsa?»

«Dean si vedeva con questa ragazza, Ingrid, che ha conosciuto l'anno scorso durante un viaggio in Norvegia» disse Liam, con la voce tremante. «Passava la maggior parte dei weekend laggiù, o a Londra quando lei prendeva l'aereo. Se la cava bene, quindi può permettersi i voli ogni volta che vuole. L'altra settimana ci ha detto che le avrebbe chiesto di sposarlo, ma che dovevamo mantenere il segreto finché non l'avesse detto prima ai suoi genitori. Loro sono... erano molto legati, e non gliel'aveva ancora presentata perché lei vive a Oslo. A quanto pare, arriverà in aereo questa settimana.»

«Capisco...» disse Kay.

«Un giorno o due dopo, Isaac ha telefonato a me e a Dominic e ha detto che dovevamo festeggiare, solo noi quattro, perché una volta che Dean si fosse sposato sarebbe cambiato tutto. Non sarebbe stato più lo stesso. In più, pensava che potessimo fare uno scherzo a Dean: lasciarlo da qualche parte dove potessero trovarlo, una specie di addio al celibato anticipato, così l'ha definita.» Liam fece una pausa. «Potrei avere un bicchiere d'acqua, per favore?»

Kyle si staccò dal muro e uscì dalla stanza, tornando qualche minuto dopo con una bottiglietta d'acqua minerale che stappò e posò sul tavolo.

«Grazie.» Liam ne bevve metà, poi si asciugò la bocca con il dorso della mano. «È stata un'idea di Isaac prendere in prestito il furgone di suo padre. Lui dà una mano là ogni tanto, quindi al momento non ci abbiamo visto niente di male. Noi... noi avremmo dovuto riportarlo entro la mattina.»

Si asciugò delle lacrime, poi tirò su col naso. «Isaac... ha avuto problemi in passato, con la droga, intendo. Era pulito da un po', credo, ma ogni tanto... Dean amava la fattoria. Ci aveva detto che era lì che voleva celebrare il suo matrimonio, quindi abbiamo pensato: quale modo migliore per festeggiare il suo fidanzamento, no?»

Kay deglutì, la gola stretta dall'emozione mentre ascoltava, ma non disse nulla mentre la penna di Gavin grattava sul suo taccuino e l'avvocato teneva lo sguardo basso sul proprio lavoro.

«Avevamo dell'alcol con noi» disse Liam. «Ci siamo fatti qualche birra nel furgone durante il viaggio. Quando siamo andati a prendere Dean gli abbiamo detto che saremmo andati a fregare un paio di pedalò sul lago a Mote Park, quindi quando abbiamo lasciato la città per dirigerci alla fattoria, lui si era già scolato qualche lattina e non se n'è accorto. Quando l'abbiamo portato alla piazzola di sosta, era troppo tardi. Gli siamo saltati addosso. A quel punto era ancora divertente, non aveva idea di cosa stesse per succedere. L'abbiamo trascinato attraverso quel campo e nella piantagione di luppolo. Isaac si è graffiato la faccia sul filo spinato, ed è stato allora che l'ho visto barcollare. Non come se avesse bevuto, ma come se fosse strafatto di qualcosa.»

Si fermò, appoggiò i gomiti sul tavolo e si nascose il viso tra le mani. «Avrei dovuto capire che c'era qualcosa che non andava, allora.»

«Ma non l'ha fermato.»

Liam scosse la testa. «Dominic rideva, e anche Dean, anche se ci stava chiamando in tutti i modi mentre lo legavamo. Volevamo solo fare qualche foto. Doveva essere solo un po' di divertimento prima che si fidanzasse ufficialmente la settimana prossima.»

Gavin smise di scrivere e alzò lo sguardo. «Quando è andato tutto storto?»

«Qualunque droga avesse preso Isaac mentre non guardavamo deve avergli dato alla testa. Penso che... deve aver avuto delle allucinazioni. Io e Dom ci siamo allontanati un po' per farci una canna, e poi...» Liam si interruppe e bevve un altro sorso d'acqua esitante. «La prima cosa che mi ha fatto capire che qualcosa non andava è stato quando Dean ha urlato. Siamo tornati di corsa e Isaac era lì, in piedi, con un coltello preso dalla cassetta degli attrezzi del furgone. Non avevo idea che l'avesse portato. Pensavo avesse preso solo le pinze per tagliare il filo spinato per entrare nel campo. Lui... oh, Dio. Aveva pugnalato Dean. Lui... l'ha squarciato. C'era sangue dappertutto, e...»

Liam si interruppe e scoppiò a piangere, i suoi singhiozzi riempirono la stanza.

Kay provò poca pietà per l'uomo. «Di chi è stata l'idea

di incidere i simboli nella sua pelle per farlo sembrare una sorta di omicidio rituale?»

«Di Dominic» disse lui, con la voce rotta dall'emozione. «Era nel panico, lo eravamo entrambi. Isaac era coperto di sangue e, dopo che... beh, dopo, è rimasto lì, accovacciato per terra, a dondolarsi avanti e indietro, borbottando tra sé e sé. Ho pensato che dovessimo portarlo via di lì, così l'abbiamo aiutato a tornare al furgone attraverso la recinzione. L'abbiamo caricato dietro e siamo partiti. Non riuscivo a ragionare, Dominic insisteva che dovevamo sbarazzarci del furgone e poi ci siamo resi conto di avere anche noi il sangue di Dean addosso, per aver trascinato via Isaac. Io... io non ne vado fiero, di niente di tutto questo. Ma ho detto a Dominic che avremmo dovuto dare fuoco al furgone con dentro tutti i nostri vestiti... e il coltello. E così abbiamo fatto.»

«Come siete tornati a casa dopo aver dato fuoco al furgone di Rex?» chiese Gavin.

Il corpo di Liam fu scosso da un fremito e si strinse le braccia al petto. «A piedi... beh, siamo riusciti a trascinarci sorreggendo Isaac, che era ancora completamente fatto, finché non siamo arrivati alla periferia di Marden. Lì abbiamo raggiunto la stazione dei treni, poi abbiamo chiamato un'auto a noleggio con conducente e abbiamo finto di essere stati raggirati durante una bravata da ubriachi. Abbiamo lasciato prima Isaac, poi ho detto a Dom che era il suo turno. Ho pensato che in quel modo avrei potuto far fermare l'autista all'inizio della mia via per potermela svignare senza che mamma e papà se ne accorgessero.»

«Non avete detto a Isaac cosa è successo quella notte, vero?» disse Kay. «Tutto ciò che ricorda è di essersi svegliato in mutande, coperto di sangue e vomito. Ecco perché prima non si aspettava di essere arrestato.»

«Non sapevamo come dirglielo. Insomma, ha assassinato il suo migliore amico. Voi cosa gli avreste detto?»

Kay guardò Gavin e gli fece un lieve cenno col capo.

«Avrebbe dovuto denunciarlo» disse lui, rivolgendosi a Liam. «Avrebbe potuto dire a qualcuno cosa era successo. Invece, lei e Dominic avete scelto di mutilare il corpo di Dean per cercare di rallentare la nostra indagine, insinuando che avesse avuto luogo un rito satanico o qualcosa di simile. Avete manomesso le prove, sia incidendo quei simboli sulla sua pelle, sia bruciando tutti i vostri vestiti e dando fuoco al furgone di Rex Trimble. L'elenco dei reati che voi tre avete commesso domenica notte scorsa è uno dei peggiori che abbia visto in tutta la mia carriera.»

«Ma è stata colpa di Isaac» insistette Liam.

«Lei ha occultato un omicidio. Ha mutilato il corpo di Dean. Ha deliberatamente distrutto le prove» disse Kay. «Lascio al detective Piper il compito di spiegarle le accuse che le verranno mosse.»

Si alzò dalla sedia, fece un cenno di ringraziamento a Kyle mentre lui le apriva la porta e uscì nel corridoio.

Mentre tornava a concludere il suo interrogatorio con Isaac, le gambe le tremarono e si appoggiò al muro per sorreggersi.

Chiudendo gli occhi, si chiese come diavolo avrebbe

fatto a dire a Rowan e Maggie Spencer cosa era successo al loro unico figlio.

Tirò su col naso, si ricompose e raddrizzò le spalle mentre guardava la sala interrogatori successiva.

«Bene, Isaac Trimble» mormorò. «Tocca a te.»

CAPITOLO 48

Due ore dopo, la sala operativa era priva di personale amministrativo e anche gli ultimi agenti in uniforme se n'erano andati poco dopo.

Fuori era ormai buio, la pioggia sferzava le finestre e una raffica di vento proveniente dal fiume Medway si abbatteva di tanto in tanto contro i vetri. Qualcuno della squadra di manutenzione aveva finalmente impostato l'aria condizionata in modalità riscaldamento, cosicché un tepore si diffondeva dalle bocchette del soffitto, e la maggior parte delle luci era stata spenta, fatta eccezione per quelle sopra la lavagna bianca attorno alla quale si erano riuniti Kay e la sua squadra di detective.

Gavin si era precipitato al minimarket in fondo alla strada per prendere delle lattine di birra, e i capelli di Kay erano ancora umidi per la breve passeggiata che aveva fatto per andare a ritirare le pizze per tutti. La stanchezza le si insinuava nelle ossa, ma mentre guardava i volti degli altri, provò un travolgente senso di orgoglio.

«A Dean» disse lei, alzando la sua lattina di birra.

«A Dean» disse in coro la squadra, facendo tintinnare le loro lattine contro la sua prima di bere.

«Grazie per la pizza, capo» disse Laura, poi diede uno schiaffetto sulla mano di Gavin mentre lui cercava di soffiarle l'ultima fetta di quella al salamino piccante. «Troppo lento.»

Kay rise all'occhiataccia di Gavin. «Prego. Gav, ce n'è un'altra di quelle, non ti preoccupare. Ho immaginato che altrimenti vi ci sareste messi a litigare.»

Lui le fece l'occhiolino in risposta, poi distribuì altre fette a tutti. «Qualcuno è riuscito a rintracciare la ragazza di Dean?»

«Ho parlato con sua madre» disse Kyle, pulendosi le labbra con un tovagliolo. «Ingrid è sconvolta, come potete immaginare. Sua madre mi ha chiesto di passare i suoi contatti a Maggie e Rowan Spencer. Ha detto che Ingrid vorrebbe comunque incontrarli, solo non adesso.»

«Hanno sofferto così tante persone» mormorò Kay, fissando la moquette. «Ogni volta, non solo le vittime. Ma tutti quelli che restano.»

«Qual è la prima cosa sulla lista per domani, capo?» le chiese Barnes, strappandola ai suoi pensieri malinconici. «Vuole che mi tenga in contatto io con la Procura della Corona se lei deve andare al quartier generale?»

«Sarebbe fantastico, grazie Ian. Laura, potresti lavorare con Debbie per assicurarti che tutte le dichiarazioni siano catalogate e facciano riferimento alle prove che abbiamo raccolto?»

«Certo, capo.»

«Kyle, vorrei che tu lavorassi con Ian nel contatto con

la Procura della Corona, se puoi. Ti darà un po' più di esperienza con quell'aspetto del lavoro.»

«Nessun problema, capo» disse il giovane detective. «E grazie a tutti per avermi lasciato fare alcuni degli interrogatori in questo caso.»

Gavin si sporse e fece toccare la sua lattina con quella di Kyle. «Sei stato bravo.»

«Anche tu, Gav, a capire che avevamo per le mani due indagini, non una» gli disse Kay. «Una volta risolta la pista dell'avvelenamento, è diventato più facile separare le prove che avevamo. Fino a quel momento era un caos.»

«Ancora non riesco a credere che Dominic e Liam abbiano pensato che fosse una buona idea mutilare il corpo di Dean» disse Laura, scuotendo la testa. «Voglio dire, tutto quello che dovevano fare era denunciare Isaac e spiegare cosa fosse successo, e ora...»

«Ora rischiano anni di prigione» disse Kay. «A proposito, ottimo lavoro nell'eliminare Joseph Mallory dall'indagine. Per un po' ho pensato che potesse essere un sospettato.»

«Grazie, capo, e anch'io» disse Laura, poi si strinse nelle spalle. «Ma credo che sia solo amareggiato perché non ha più il controllo, e questo probabilmente è causato più dalla noia che da altro. È un peccato.»

«Ha avuto modo di parlare con i Mallory, capo?» chiese Barnes.

«Ho fatto una telefonata veloce a Justin mentre aspettavo queste» disse Kay. «E gli ho assicurato che domani verrà rilasciato un comunicato ai media in tempo per il telegiornale della sera, così il pubblico saprà che nessuno della fattoria è stato coinvolto nell'omicidio di Dean.»

«Pensi che continueranno con i tour delle piantagioni di luppolo?» si chiese Kyle.

«Ne dubito. Puoi immaginare il tipo di persone che si presenterebbero solo perché vogliono vedere dove è stato ucciso Dean.» Kay rabbrividì. «Justin ritiene che sia meglio di no, e ad essere onesta sono incline a dargli ragione. Ha detto però che la nuova varietà di raccolto si sta rivelando promettente, quindi speriamo che questo li aiuti a rimanere in attivo.»

Barnes guardò le finestre buie mentre una nuova folata di vento spargeva gocce di pioggia sul vetro. «Sembra che abbiano finito il raccolto giusto in tempo, tra l'altro.»

«Non dirlo a me. Okay, allora, chi va alla festa di pensionamento di Harry sabato?»

Kay ascoltò i suoi detective che condividevano i loro piani per l'imminente festa, sorridendo mentre Gavin e Barnes discutevano su quali scherzi avrebbero potuto fare prima che il rispettato agente in uniforme, che era stato una parte così importante delle loro vite alla centrale di polizia, uscisse dalla porta per l'ultima volta, e poi rise quando Laura li rimproverò.

Presto, le birre finirono, la pizza sparì, e iniziarono a raccogliere i cartoni vuoti e le lattine e i tovaglioli gettati via per gli addetti alle pulizie prima di tornare alle loro scrivanie.

«Bene» disse Kay. «Domani si inizia tardi, viste le ore che avete fatto tutti, quindi non voglio vedervi prima delle nove, intesi?»

«Grazie, capo» disse Gavin, poi si acciglò quando

prese lo zaino e la vide sedersi davanti allo schermo del suo computer. «Ma tu non vai a casa adesso?»

Kyle e Laura si fermarono sulla porta, i volti pieni d'aspettativa.

«Sì, tra un attimo» disse Kay, congedandoli con un gesto. «Ma prima devo fare una telefonata.»

Barnes aspettò che gli altri se ne fossero andati, poi la guardò. «Spero che vada il meglio possibile, date le circostanze, capo.»

«Grazie, Ian. Ci vediamo domani.»

«Puoi contarci.»

Kay aspettò che la porta della sala operativa gli si chiudesse alle spalle, poi prese le chiavi della macchina e fece un respiro profondo prima di uscire per andare a dire a Maggie e Rowan Spencer cosa era successo al loro unico figlio.

CAPITOLO 49

Sabato

«L'auto che abbiamo prenotato è qui.»

La voce di Adam echeggiò su per le scale fino alla camera da letto, dove Kay si fissava nello specchio dell'armadio e digrignava i denti mentre si infilava un orecchino d'argento in un lobo che non vedeva un gioiello da sei mesi.

«Ancora due minuti e scendo.»

«L'hai detto cinque minuti fa.»

«È l'autista che è in anticipo.»

La raggiunse una risata. «Sì, lui è in anticipo.»

«Ah» disse lei, con l'orecchino finalmente al suo posto. Girò la testa da una parte e dall'altra, ammirando i fili d'argento che le pendevano oltre la mascella. «Allora ho guadagnato qualche minuto.»

«Faremo tardi.»

«Andrà tutto bene» disse lei, afferrando la borsa e un

paio di scarpe col tacco. Scese le scale e trovò Adam che camminava avanti e indietro per il soggiorno. Gli porse la borsa mentre stava in equilibrio prima su un piede, poi sull'altro, e guardò la cuccia del cane nell'angolo. «Poppy se la caverà da sola per qualche ora?»

«Se la caverà benissimo.» Adam si accovacciò e le grattò il pelo tra le orecchie. «Vero? Niente feste rumorose mentre siamo via, va bene?»

Poppy tirò fuori la lingua, dando l'impressione che stesse sorridendo, e Kay rise. «Probabilmente torneremo e scopriremo che ha messo a soqquadro la cucina, conoscendo i Labrador.»

«Non preoccuparti, ho chiuso la porta.» Adam si rialzò e le restituì la borsa. «Sei bellissima.»

«Grazie, anche tu non te la cavi male quando ti metti in ghingheri.» Lo baciò. «Andiamo.»

Venti minuti dopo, il loro autista si fermò davanti a una sala comunale alla periferia di Maidstone, addobbata con stelle filanti e palloncini intorno al doppio portone di legno. Diverse auto erano parcheggiate sulla ghiaia all'esterno, e i tacchi di Kay scricchiolarono sui sassi mentre lei e Adam si avvicinavano.

Dall'interno proveniva della musica, un mix di vecchio e nuovo, con la voce di un DJ che si faceva strada tra i brani, attutita dalle spesse pareti dell'edificio. Di tanto in tanto, la porta si apriva quando qualcuno lasciava la festa e si dirigeva verso l'angolo più lontano del parcheggio per fumare una sigaretta, e l'odore del cibo si spandeva nella brezza notturna.

«Sera, capo.»

Lei si voltò e vide Barnes che le veniva incontro, con

la sua compagna Pia che gli teneva la mano mentre attraversava con eleganza il vialetto su tacchi alti otto centimetri. «Non so come tu faccia.»

«Pratica» disse Pia, poi le diede un abbraccio. «Ho sentito che sono state un paio di settimane difficili.»

«Ce la faremo.» Kay sorrise. «E poi, è stato speciale andare al quartier generale e vedere la delusione sul volto dell'altro Ispettore capo quando ha capito che non avrebbe avuto la possibilità di revisionare la nostra indagine. La revisione è difficile, ma necessaria. Avrei potuto fare di meglio.»

«Stronzate» disse Barnes.

«È solo politica, tutto qui, Ian. È solo il mio turno.»

«Di nuovo.»

«State parlando di lavoro, o stasera facciamo festa?» gridò Gavin.

Kay si voltò per vederlo con Leanne che aspettavano vicino all'ingresso della sala e alzò una mano in segno di saluto. «Festa.»

«Bene, perché sento l'odore del cibo da qui e sto morendo di fame.»

Risero, poi Gavin aprì la porta a Leanne e sorrise mentre Kay gli passava accanto. «È passato troppo tempo dall'ultima volta che ci siamo dati alla pazza gioia, capo.»

«Lo so. Peccato per le circostanze, però. Mi mancherà avere Harry qui.»

«Kay!» tuonò una voce familiare non appena entrò nella sala. «Ce l'hai fatta. Pensavo fossi ancora alla tua scrivania.»

Si guardò a sinistra e vide l'Ispettore capo investigativo Devon Sharp che si dirigeva verso di lei, con sua moglie Rebecca poco dietro, sorridente. «Non sia mai detto. Mi sto prendendo una meritata serata libera.»

«Bene. Kyle and Laura sono da qualche parte.» Sharp allungò il collo sopra la folla riunita. «Hai conosciuto il nuovo ragazzo di Laura?»

«No... non sapevo che si vedesse con qualcuno.»

«Sembra a posto, rispetto all'ultimo.»

«Devon, ssss!» lo rimproverò Rebecca. «Chiunque penserebbe...»

Sharp sorrise di rimando, poi si rivolse di nuovo a Kay e Adam e porse a entrambi un gettone di plastica blu. «Bene, il bar è aperto. Il primo giro lo offro io, e il cibo è da quella parte... ah, okay, beh, a quanto pare Gavin l'ha già trovato. Stiamo solo aspettando che arrivi ancora un paio di persone e poi metterò in imbarazzo me stesso e Harry con un breve discorso.»

«Dove lo mettiamo, questo?» chiese Adam, sollevando il pacco regalo che avevano portato per il poliziotto che andava in pensione.

«C'è un tavolo vicino al buffet apposta per i regali. Lo troverete. Sembra un maledetto albero di Natale» disse Sharp, poi si voltò al suono del suo nome. «A quanto pare devo socializzare un altro po'. Ci vediamo tra poco.»

Kay sorrise mentre lui e sua moglie si allontanavano, poi scrutò la folla con lo sguardo finché non vide Harry. Strinse la mano di Adam. «Mi dai un minuto?»

«Certo. Vado a lasciare questo regalo insieme agli altri.»

«Grazie.»

Facendosi strada tra i colleghi e numerosi agenti che riconobbe di altri dipartimenti della divisione occidentale della polizia del Kent, oltre ai familiari che si erano uniti alla festa, Kay raggiunse Harry proprio mentre un altro ispettore se ne stava andando. Sorrise e accettò il bicchiere di vino che il sergente in pensione le porgeva, facendolo tintinnare contro la sua pinta di birra.

Lui sembrava rilassato in jeans e polo azzurra, e alcune delle rughe che gli avevano solcato il viso negli ultimi anni erano già svanite da quando aveva lasciato la centrale di polizia per l'ultima volta tre giorni prima.

«Alla tua!» disse lei, alzando la voce per sovrastare il brusio. «E prima che Sharp mi batta sul tempo con il suo discorso, volevo dirti che non avrei mai potuto fare tutto quello che ho fatto senza di te, Harry.»

Lui sorrise. «Grazie, Kay. E ne hai fatta di strada da quando ti ho conosciuta la prima volta, quando ti sei unita a noi come agente tirocinante da Tonbridge. Sapevo che te la saresti cavata. Lo vedevo, anche allora.»

«Ah, mi lusinghi» disse Kay, arrossendo. «Tu e io sappiamo benissimo che è un lavoro di squadra.»

Il suo sguardo vagò sulle persone nella stanza. «Ed è una bella squadra, non trovi?»

«Mancherai a tutti, Harry.»

«Attenta» disse, e le fece l'occhiolino. «Sarà già abbastanza difficile fare il mio discorso così com'è, senza che tu mi faccia commuovere prima del tempo. Credo che sarò uno straccio entro la fine della serata, comunque. Di certo domattina non avrò più molta voce.»

Kay rise. «Oh, te la caverai. Quando partite per le vacanze?»

«Tra un paio di settimane. Mia moglie vuole prima passare un po' di tempo con i parenti che vivono lontano e che non siamo riusciti a vedere durante l'estate, e io voglio sondare il terreno per qualche lavoro di consulenza freelance, così avrò qualcosa da fare quando torniamo.»

«Be', hai il mio numero, quindi ogni volta che hai bisogno di me, chiama, capito?»

«Lo farò. E grazie ancora, Kay. È stato un piacere.»

«Anche per me.» Kay si guardò intorno. «Bene, è meglio che vada a cercare Adam e gli porti una birra. Ci vediamo dopo.»

Scorse Adam che parlava con Aaron Stewart in un angolo della sala e iniziò a farsi strada tra la gente per raggiungerlo, quando sentì qualcuno afferrarle un braccio.

«Hai un minuto, capo?» disse Barnes, tenendo la voce bassa.

«Certo. Che c'è che non va?»

Lei lo seguì attraverso la sala fino a un palco in fondo, che era stato chiuso da un tendone in modo che si vedessero solo i pannelli di legno anteriori della piattaforma rialzata, e appoggiò il suo bicchiere di vino accanto a una fila di piatti vuoti lasciati da altri invitati. Barnes si appoggiò al palco e osservò i festeggiamenti con un'espressione pensierosa.

«Che succede, Ian?»

«Volevo solo fartelo sapere, così non lo scopri da qualcun altro» disse lui. «Il quartier generale mi ha contattato tre settimane fa. Be', l'ufficio del personale, per essere precisi.»

«C'è qualcosa che non va? Stai bene?»

«Sto bene, non preoccuparti. In forma smagliante.»

«E allora, cosa volevano?»

In risposta, Barnes fece un cenno col mento verso

Harry, che era circondato da altri quattro colleghi, mentre la sua risata che si diffondeva tra la folla. «La stessa cosa che hanno appena fatto a lui.»

Kay rimase a bocca aperta. «Non andrai in pensione anche tu, vero?»

«Non preoccuparti, capo. Non me ne vado ancora per un bel pezzo. La lettera diceva solo che, se avessi voluto, avrei avuto diritto ad andare in pensione anticipata.»

«Pia cosa ne pensa?»

«Pensa che stiano solo contattando alcuni di noi per vedere se qualcuno prenderà i soldi e scapperà. Io sto ignorando la richiesta, ma a un certo punto vorranno liberarsi di me per fare spazio a sangue nuovo.» Fece l'occhiolino, poi indicò Gavin, che se ne stava in piedi con un drink in una mano e una tartina nell'altra, la fronte aggrottata per la concentrazione mentre ascoltava un altro sergente raccontare una storia. «Niente panico, comunque, hai un ottimo sostituto per me proprio lì.»

Kay seguì il suo sguardo e si accigliò. «Non voglio nessun sostituto, Ian. E non voglio che tu te ne vada per un bel pezzo, capito? Non avremmo risolto l'omicidio di Dean senza voi due, e l'ho messo bene in chiaro al quartier generale, quindi possono anche andarsene a quel paese se pensano di poterti costringere a mollare.»

«Okay, okay.» Barnes alzò le mani e rise. «Messaggio ricevuto. Come ho detto, per ora stanno solo facendo un'offerta. E poi, a un certo punto dovrai promuovere Gavin, no? Per lui il tempo stringe. Ce lo siamo già detti: se non ottiene la promozione a sergente qui, se ne andrà. Non per mancanza di lealtà, Kay, ma per necessità.»

«Lo so» disse lei. «E ho già detto a Sharp che voglio

due sergenti investigativi nella mia squadra, soprattutto perché ci sono un paio di persone che sarebbero dei buoni candidati per detective tirocinanti nei prossimi dodici mesi.»

«Ah sì? E a chi pensi?»

Kay sorrise, posò la mano sul braccio di Barnes e lo guidò verso il bar. «Offrimi un altro bicchiere di vino e forse te lo dico.»

FINE

L'AUTRICE

Prima di dedicarsi alla scrittura, Rachel Amphlett, autrice di romanzi polizieschi tra i più venduti di USA Today, ha suonato la chitarra in una band, ha lavorato come comparsa in TV, al cinema e nell'editoria come assistente editoriale.

Ora impugna una penna al posto del plettro e scrive polizieschi. Ha oltre 30 romanzi e racconti all'attivo che vedono come protagonisti spie, detective, giustizieri e assassini.

Appassionata di viaggi e investigatrice privata per caso, Rachel ha la cittadinanza australiana e britannica.

9 781917 771559